Storïau'r Troad

Golygwyd gan
Manon Rhys

Argraffiad cyntaf—2000

ISBN 1 85902 803 9

ⓗ y storïwyr unigol

Dymuna'r cyhoeddwyr gydnabod cymorth
Adrannau Cyngor Llyfrau Cymru.

Cyhoeddwyd gyda chymorth
Cyngor Celfyddydau Cymru.

Argraffwyd gan
Wasg Gomer, Llandysul, Ceredigion

Cynnwys

Rhagair

Crisialu crefft y stori fer Gymraeg gyfoes; dyna oedd y prif fwriad wrth fynd ati i gyhoeddi'r casgliad hwn. Ac wrth grisialu, adlewyrchu tueddiadau awduron cyfoes o ran eu dewis o themâu, saernïaeth eu storïau, eu harddull a'u defnydd o iaith. Y gobaith yw y bydd y croestoriad eang ac amrywiol o awduron—eang ac amrywiol o ran oed, cefndir a phrofiad o ysgrifennu—yn rhoi inni ddarlun llenyddol cynhwysfawr a gwerthfawr.

Yn gyfleus iawn, roedd yna ysgogiad creiddiol amlwg ar gyfer yr ugain awdur a wahoddwyd i gyfrannu. Roedd hi'n digwydd bod yn drobwynt amseryddol o bwys a ninnau ar drothwy blwyddyn, canrif a mileniwm newydd. Pa well cyfnod na hwn i grisialu ac i adlewyrchu tueddiadau a datblygiadau llenyddol?

Creu casgliad eclectig, felly, oedd y nod. Un a fyddai'n cynrychioli'r math o ryddiaith a gynhyrchir ar hyn o bryd, ar ddechrau'r unfed ganrif ar hugain. Un na fyddai'n seiliedig ar farn —nac ar fympwy—golygydd; un a fyddai, yn hytrach, yn arddangos y modd y derbyniodd yr awduron y sialens a roddwyd iddynt sef 'i ymateb i'r cyfnod cyffrous ac arwyddocaol hwn'. Byddai'n gyfle da i bwyso a mesur cyflwr rhyddiaith Gymraeg gyfoes ar gyfer y cenedlaethau a ddaw.

Yn 1938 y cyhoeddwyd y gyfrol *Ystorïau Heddiw* o dan olygyddiaeth T. H. Parry-Williams. Mae ei Ragymadrodd eglurhaol a diffiniol i'r gyfrol honno yr un mor berthnasol nawr ag yr oedd bron i drigain mlynedd yn ôl. Ar ôl trafod y stori fer o ran 'y deunydd', 'y dweud', 'y dechneg' a 'rheolau a chanonau' fe ddaw i'r penderfyniad mai 'wrth lwyddiant ei heffaith, y mae'n debyg, y dylid barnu ystori'. Drigain mlynedd yn ddiweddarach mentraf innau gytuno â hynny. Barned y darllenydd y storïau newydd hyn yn ôl ei safon a'i chwaeth ei hun. Yn unol â'r chwaer gyfrol, *Cerddi'r Troad*, y bwriad oedd bwrw'r rhwyd i'r dwfn. Mae'r ddalfa'n un ddiddorol.

Hoffwn ddiolch i Wasg Gomer am weld yr angen i gynhyrchu'r ddwy gyfrol. Dyfed Elis-Gruffydd a wthiodd y cwch i'r dŵr; ei olynydd, Bethan Mair Matthews, a fu'n ei lywio gyda mi. Diolch iddi am ei chyngor a'i harweiniad cyson.

Manon Rhys
Caerdydd, Mehefin 2000

7

Nos Cusan

Sonia Edwards

'I have been so innerly proud and so long alone,
Do not leave me, or I shall break.
Do not leave me.'

(D. H. Lawrence)

FO: Mae'i gwallt hi'n cyrlio ar y glaw. Yn modrwyo'n ddiniwed o gwmpas ei chlustiau hi fel cynffonnau moch bach. Dwi'n gwybod hynny'n barod. Dim ond ers dau ddiwrnod. Dwi'n ei hadnabod hi o bell ers dau ddiwrnod hir ac wedi darganfod 'run pryd nad ydw i isio dod i f'adnabod fy hun. Mae hynny'n rhy debyg i waith. Dau ddiwrnod: mae 'na dridiau'n weddill o'r cwrs ysgrifennu 'ma ac arna i maen nhw i gyd yn dibynnu i'w tywys nhw i wlad yn diferu o neithdar geiriol a mêl ansoddeiriol ysbrydoledig. Dau ddiwrnod o ddarlithio a sbarduno, ac edrach fel taswn i'n credu yn y crap 'ma i gyd. Dau ddiwrnod o haul yn diweddu mewn glaw. Glaw-gwe-pry-cop lliw llymru llwyd a gwallt Modlen yn cyrlio . . .

HI: Mae o'n dweud wrthan ni am sylwi ar betha. Petha bach nad ydi pobol eraill yn eu gweld—hiraeth mewn llygaid, lludded mewn lleisiau, cynffonnau cymylau a hulpiau'r haul. Ond mae hynny'n medru bod yn boen weithiau—sylwi ar betha bach. Y petha bach sy'n gallu mynd o dan y croen. Fel sneipan dan drwyn rhywun. Briwsionyn yn sownd mewn mwstásh. Camsillafu ar arwyddion y Cyngor Sir. Mi fydda i'n parcio 'nghar weithiau ym maes parcio'r Cyngor Sir. Does gen i mo'r hawl chwaith, o achos mae yno arwydd yn gwahardd meidrolion 'fath â fi: 'RHYBYDD'—hefo dwy 'y'. Gair difrifol ydi 'rhybudd' ond sut fedar neb ei gymryd o ddifri hefo dwy 'y' ynddo fo? A dwi'n sylwi ar hynny bob tro dwi'n parcio yno. Peth bach ydi o. Ond peth bach 'mawr' rywsut. A'r tro diwetha i mi sylwi ar yr arwydd mi oedd yna rywbeth 'bach'

9

arall arno fo. Ebychnod brith o gachu deryn wedi disgyn yn dwt tu ôl i'r 'dd' olaf. Mi oedd rhywfaint ohono fo wedi glanio'n sbrencs dros gynffon yr ail 'y'. Ac mi ges inna gyfle i chwerthin yn slei bach, am ennyd fach, o dan fy wyneb heb symud fy ngwefusau. Chwerthin tu mewn, fel y bydd pobol sydd wedi arfer â'u cwmni eu hunain. Chwerthin am bod rhyw wylan biblyd o nunlle wedi cywiro camsillafu'r Cyngor Sir.

Sylwch ar y pethau bach. Mae'n hawdd iddo fo ddweud. Mae o'n ddarlithydd, yn dalent. Yn enillydd gwobrau. Maen nhw'n dod o bell i wrando arno fo. Felly dw inna'n gwrando. Yn cnoi top fy meiro ac yn gwrando. Pysgodyn bach hefo syniadau mawr ydw i, gohebydd papur newydd lleol hefo uchelgais ac yntau'n dduw. Dwi wedi darllen ei lyfra fo i gyd a chwilio am ei feddwl o wrth syrthio mewn cariad hefo miwsig cryg ei ryddiaith o—y brawddegau celyd cryno bob yn ail â'r bwrw bol barddonol, coeth. Dwyn hefo un llaw a gwobrwyo hefo'r llall. Mae darllen ei waith o fel gwrando ar gornchwiglen mewn niwl.

FO: Dwi'n ei gwylio hi o bell, yn astudio'i stumiau hi i gyd fel petai f'ymennydd yn paratoi i'w rhoi hi mewn nofel heb ofyn i mi'n gyntaf. Mae'r 'ofar-dreif' ymenyddol 'ma'n dechrau fy mhoeni i, o achos does arna i ddim isio troi Modlen yn stori. Dim eto. Dwi isio'i mwynhau hi cyn siarad efo hi, gwylio'r siapiau yn ei hwyneb hi, dilyn ei hanadl ar hyd ymchwydd ei bronnau hi, dychmygu'r gwres rhwng ei chluniau hi. Sylwi arni. Dyna'r cyfan. Cyn i sŵn ei llais fy argyhoeddi, eto fyth, mai cig a gwaed ydi hithau.

Mae'i gwallt hi'n llyfn, newydd-ei-olchi. Dwi'n ei dychmygu hi'n sychu ei gwallt a'i gwefus yn dynn, benderfynol, yn llyfnu, llyfnu, yn disgyblu'r tresi hir fel na fydd gobaith i'r un gyrlen. Soffistigedig o sglein. A rŵan dwi isio gwenu wrth wylio soser o gwmwl yn gwthio'i siliwét i'r ffenest fawr. Dwi'n meddwl am law, ac am gael tynnu Modlen iddo fo, er mwyn i'w gwallt-merch-fach ddod yn ôl.

HI: Sgwennu'n gyntaf, meddwl wedyn. Diddorol. Ac mae o'n

gofyn i bawb drio. Rydan ni'n ufudd. Isio plesio'r meistr. Mae hi fel petai beiros pawb yn chwydu ohonynt eu hunain.

BrigaunoethEsgyrnglânGwyntdwyrainMainmainTraedyMeirw Fferru'nghlustiauBrifobrifobrifo

Mae o'n edrych dros fy ysgwydd i ac yn dweud:
'Ie, brifo. Mae angen yr angst arnon ni i gyd.'
Dyna'r tro cyntaf, am wn i, iddo fo edrych fel petai o'n credu ei eiriau'i hun.

Fo: Y diwrnod olaf ond un. Mae'n rhaid iddyn nhw gael gwerth eu pres. Gweld ffrwyth eu 'mini-brêc' creadigol mewn plasty o westy yng ngolwg y môr. Dwi'n gofyn iddyn nhw am stori. Maen nhw'n codi eu pennau fel un, yn sbio drwy'r ffenest, yn crychu'u talcenni. Dwi'n sbio allan hefo nhw, yn gweld yr hyn maen nhw'n ei weld. Yn gwybod y caf i ddwsinau o ddisgrifiadau cymeradwy o donnau ac ewyn a chreigiau a dicter y môr a'r môr a wedyn y môr a mwy o'r blydi môr. Mi fyddan nhw wedi glynu wrth eiriau pob darlith fel plant awyddus ac wedi dallt bygar-ôl. Ac er mwyn dweud rhywbeth calonogol wrth fy nisgyblion i gyd rhag pechu, rhag siomi, rhag gwneud unrhyw ddrwg i werthiant fy llyfrau fy hun, mi fydda i'n tywallt y wisgi i 'mhanad rhwng marcio pob ymdrech— laptops, Parkers, ambell i Bic—a gwau gwe fy meiro goch ar waelod pob dalen wen nes bydda i'n teimlo 'mod i'n syllu'n garedig i wynion gwaedlyd fy llygaid fy hun.

Hi: Os ydi o'n disgwyl i mi sgwennu am y fan hyn, wel, tyff. Be wn i am y blydi môr heblaw am stori'r *Titanic*? Dwi ddim yn gwybod a ydi'r waffl 'ma i gyd yn dal dŵr. Ha! Dal dŵr! Rŵan dwi'n dweud jôcs wrtha i fy hun a hynny heb drio. Rhaid i mi roi'r gorau i ddod ar gyrsiau fel hyn. Gormod o chwarae hefo geiriau. Edrychwch allan, medda fo. Be welwch chi? Diawl o ddim, heblaw'r môr ac awyr a mwy o fôr a'r cwbwl yr un lliw, lliw dim byd a dydi hyn ddim yn gweithio ac mi leciwn i weld hwn, yr Awdur Mawr, yn cymryd ei gyngor ei hun. 'Edrychwch allan . . .' Felly dwi'n gwneud. Cau fy llygaid ac edrych allan a chribinio gwaelodion fy enaid fy hun. Brifobrifobrifo . . . Mae'r angst yno'n barod.

FO: Dwi'n darllen chwech, saith o sgriptiau. Ac oes, mae yna lot o fôr. Dwi'n difaru sôn am feirdd yn cael eu hysbrydoli wrth sbio drwy ffenestri. Dwi'n chwilio am waith Modlen er mwyn ei dynnu ar y top. Dydi hi ddim wedi rhoi ei henw arno fo. Ond hi ydi hi. Modlen benfelen yn wfftio pob cyrlen . . . Mi fedra i deimlo fy ngwên fy hun yn goglais fel ploryn yn codi. Nid am fôr y sgwennodd hi, ond am ferch.

Mae'r coffi wrth fy mhenelin wedi oeri a does dim ots o achos nad ydi ei flas o'n cyfri bellach. Mae Modlen wedi fy nhynnu i mewn i'w stori, i mewn i fywyd y ferch sydd wedi caru a cholli. Mae hi'n cerdded. Strydoedd. Llwybrau. Palmentydd. Yn fy nghymell i gerdded gyda hi. Cerdda'n araf. Cerdda'n gyflym. Araf, cyflym, bob yn ail, a chamau linc-di-lonc yn y canol. Dos dim rhaid i'w thraed fod yn gaeth bellach i rythmau cerddediad rhywun arall. Mae hi wedi dechrau cynefino â sŵn un pâr o draed—ei thraed ei hun—yn mydru yn rhywle oddi tani. A rŵan fe drocha'i thraed yn fwriadol yn y dail melyn. Pam lai? Does neb yn disgwyl wrthi. 'Myrraeth ydi o. Hen chwiw yn ei tharo hi'n sydyn. Mae hi'n difaru'n syth. Difaru gwneud pethau dim ond er mwyn eu gwneud nhw, am eu bod nhw'n ddibwys a gwirion, am nad oes neb arall yno i weld, i ddweud yn wahanol. Dydi hi'n herio neb, mewn gwirionedd, heblaw amdani hi ei hun. Dail crin. Nid dail crin ei phlentyndod mohonyn nhw. Na'r dail glân dan draed ddyddiau'r caru pan oedd popeth yn cofio bod yn aur. Dydi'r rhain ddim yn crensian. Sbarion ydyn nhw: slwtj di-enaid fel pentwr o sanau gwlybion. A hen hydref ydi hwn sy'n cofio bod yn aeaf mwyn, sy'n gwrthod ildio, sy'n cribo gweddillion tila dros ei le moel. Diwedd Rhagfyr sy'n trio bod yn hydref o hyd. Mae pobman yn diferu o damprwydd blêr a'r byd wedi gwisgo amdano cyn 'molchi. Yfory fydd diwrnod ola'r flwyddyn. Yr unfed ar ddeg ar hugain. Meddylia am ei chariad, yr un a dorrodd ei chalon. Synna at y ffaith ei bod hi'n dal i fyw, yn dal i fod, yn dal i anadlu hebddo. Brifo. Brifo. Brifo. Mynd ddaru o. *'Do not leave me, or I shall break . . .'*

Mae'r ferch yn stori Modlen yn darllen D. H. Lawrence hefyd.

HI: Dwi ddim yn gwybod a ydi o wedi dod i chwilio amdana i. Dwi yma, ar fy mhen fy hun, a wedyn mae o yma. Neb arall. Fo a fi. Pawb arall yn y bar yn mwynhau'r awyrgylch ôl-Nadoligaidd. Hon ydi noson ola'r cymdeithasu cyn i bawb fynd adref i groesawu'r flwyddyn newydd hefo criw o ffrindiau gwahanol. Os 'ffrindiau' hefyd. Fasai pobol hefo ffrindiau go iawn, tybed, yn dod i dreulio'r cyfnod rhwng y Nadolig a'r Flwyddyn Newydd mewn lle fel hyn? Mae o fel rhyw fath o *Singles Club* llenyddol—na, lled-lenyddol—i bobol sy'n lecio darllen nofelau rhad ar awyrennau ac yn meddwl weithiau y basai hi'n eitha hwyl i drio sgwennu un. *Stop-gap* trist rhwng dau fileniwm hefo bwydlen *à la carte* a trimins lle nad oes neb wedi cweit deall nad ydi'r cracyrs ar y byrddau yno ar gyfer dathlu dim byd, dim ond y byddan nhw wedi tampio erbyn 'Dolig nesa beth bynnag—yn enwedig mewn lle glan môr fel hyn—a maen nhw'n edrach yn ddel, a does 'na ddim ond rhyw dridiau neu bedwar ers 'Dolig diwetha, felly does dim ots, ac mi fyddan yn help i roi ychydig o geiniogau eto ar waelod y bil.

'Dwi'n lecio'ch stori chi,' medda fo. Wyddwn i ddim ei fod o wedi dod i mewn. Mae'i lais o'n dod o rywle'r tu ôl i mi ond yn rhyfedd iawn chefais i ddim braw. Mae hi fel petawn i wedi bod yn disgwyl amdano fo, ond heb yn wybod i mi fy hun.

'Er nad oedd enw ar y gwaith. Dwi'n edmygu'r arddull, Modlen.'

'Nid Modlen ydi f'enw i.'

'Ond . . .'

'Enw cath ydi Modlen.'

Gwena'n sydyn, annisgwyl fel petai o ar drothwy rhyw gêm newydd.

'Difyr iawn. A pham lai? Dod ar gwrs ysgrifennu o dan ffugenw. Ie, da iawn!' Cyrhaedda'r wên ben draw ei wyneb o am eiliad fechan, fach.

'Ma' pawb isio rhywbeth, weithiau, i guddio'r tu ôl iddo, yn does?' Wn i ddim pam dwi'n dweud hynny ond mae o'n codi'i ben a sbio arna i bron yn llym, fel petawn i wedi bradychu cyfrinach. Wedyn, yn araf, llacia'i wyneb.

'Oes,' medda fo. ''Dach chi'n iawn.' Gwna olwg ddoniol, ymholgar arna i rŵan cyn gofyn, yn ysgafn: 'Ond Modlen fach, os nad Modlen ydi'ch enw go iawn chi, be ga i'ch galw chi? Os ydw i'n bwriadu gwneud ffrind ohonoch chi, fedra i mo'ch galw chi wrth eich ffugenw, na fedra?'

'Na fedrwch, debyg.'

'Wel?'

'Chi'n gyntaf.'

'Be?'

'Enwa' go iawn a ballu. Chi ddeudodd eich bod chi am i ni fod yn ffrindiau.'

'Ond ddeudais i ddim 'mod i'n cuddio tu ôl i f'enw, naddo?'

'O. Felly 'dach chi'n disgwyl i mi gredu mai Cynan Rhisiart ydi'ch enw go-iawn chi?'

Dwi'n gwybod 'mod i'n herio ac yn sydyn a swnllyd mae o'n lluchio'i ben yn ôl ac yn chwerthin o waelod ei fol. Ar ôl gorffen chwerthin mae o'n edrych arna i, yn gwybod 'mod i'n gwybod. Yn gwybod 'mod i wedi gweld trwyddo fo. Ac mae'r ddau ohonon ni'n gwybod o'r funud honno, cyn cyfnewid enwau go-iawn na dim byd arall, ein bod ni eisoes yn rhyw fath o ffrindiau.

FO: Y diwrnod ola heddiw. Diwrnod ola'r cwrs ysgrifennu. A bydd yfory'n ddiwrnod ola'r flwyddyn. Yr unfed ar ddeg ar hugain. Fel yn stori Modlen. Modlen nad yw hi'n Fodlen o gwbl. Un peth ydi newid ei henw. Efallai nad Modlen mohoni, ond mae'i gwallt hi'n dal i gyrlio ar y glaw!

HI: 'Allan am dro? Be—rŵan? Ond mae hi'n bwrw glaw!'

'Pam lai? Hen smwclaw ydi o—a deith o ddim drwy'r croen!'

Mae o'n cellwair, yn ysgafnach ei ysbryd nag y gwelais i o o gwbl trwy gydol y pum diwrnod 'ma. Efallai bod hynny am ei

14

fod o'n cael mynd adref heddiw. Chawn ni ddim cyfle ar ôl heddiw, medda fo. I gerdded drwy'r glaw. Trochi'n traed yn y dail. Mae o'n cofio darnau helaeth o fy stori i. Tyrd, Modlen, tyrd am dro. A'r enw-cogio wedi mynd yn jôc, yn hofran, yn disgyn yn araf rhyngom, fel deilen ei hun.

'Dan ni'n cerdded. Dwi'n teimlo'r glaw mân yn dod dros fy wyneb i fel fael. Dwi'n teimlo'n lân a newydd. Gwyryf y glaw. Mae o'n stopio'n sydyn a chydio ynof i. Dwi'n gwenu i fyny arno, yn disgwyl am hyn ers meitin. Yn gwybod y basa fo'n gwneud. Achos dwi wedi bod yn gwrando ar rythmau ei draed yn cyd-gerdded â mi. Mi awn ni yn ein holau rŵan. Mi fydd o'n cloi'r cwrs, mi fydd 'na ginio, ffarwelio, blwyddyn newydd dda i chi ac i bawb sydd yn y tŷ . . . Mi eith pawb. Mi arhosan ni. Mi chwifian nhw'u dwylo, refio, mynd rownd y tro.

Mi awn ni i'r gwely.

FO: Mae ei noethni'n wyn ac yn berffaith. Saif, a disgwyl i mi gyffwrdd ynddi: rhaid i mi edrych arni, edmygu o bell yn gyntaf cyn rhoi 'nwylo arni. Mae hi'n deall, yn synhwyro fy angen, fy ngreddf i greu, ac mae hi'n llonydd wrth i mi fowldio amlinell ei chorff â phennau 'mysedd. Am rŵan, am ba hyd bynnag y byddwn ni yma yn y stafell hon, gwyddom ein dau y bydd hi'n perthyn i mi. Modlen benfelen—rwy'n cyffwrdd mewn cyrlen denau, fach, blewyn o gudyn wedi'i fowldio gan y tamprwydd gynnau pan gerddon ni . . . na, paid â deud dim byd. Cerflun wyt ti. Dim ond am eiliad . . . neu ddau . . . efallai dri . . . Fy ngherflun i. Mae hi'n edrych arna i, yn gwybod, pryd i anadlu, pryd i estyn ata i, pryd i gamu i lawr oddi ar farmor y cynfasau gwyn.

Daw bysedd yr haul gwan fel bysedd dyn sâl i grafangu'n ddiddeall y tu allan i'r llenni caeedig. Mae yna chwithdod rhyfedd yn hyn i gyd—mynd i'r gwely gefn dydd golau. Dim ond cleifion a chariadon sydd yn mynd i'w gwelyau yn y dydd. Ond mae cariad yn glefyd, o fath, felly mae synnwyr yn hyn, siŵr o fod.

Mae hi'n crynu'n ysgafn wrth deimlo fy mysedd yn cwpanu ei bronnau, sydd fel ffrwythau bach aeddfed, crynion. Teimlaf

15

innau nerf yn cyrlio'n dynn yn fy nghylla o wybod 'mod i'n ei phlesio hi, yn deffro'i dyhead hi. Gadawaf i'w hangen ein rheoli ni'n dau ac mae hi'n ei glymu amdana i a 'nhynnu'n ddyfnach, ddyfnach, yn fy ngwahodd i'w henaid. Mae hi fel petai arni ofn bod ar ei phen ei hun hefo hwnnw. Felly af yno gyda hi. Anwesaf hi; tamprwydd ei thalcen, gwres ei gwefusau o ble daw'r ochenaid hir sy'n rhyddhau ei hysbrydion i gyd i gledr fy llaw.

HI: Rydan ni'n gorwedd yno wedyn, yn gwylio'r un cysgodion. Ac yn swil, rywsut, yn chwilio'n ffyrdd trwy'r adnabod newydd 'ma. Dydan ni dim mewn cariad. Caru ddaru ni. Dyna i gyd. Mwynhau rhywbeth tlws. Ond mae'n llwybrau ni wedi cyffwrdd ac oherwydd hyn mi fyddan ni'n rhan o orffennol ein gilydd am byth. Dydi rhamant y syniad hwnnw ddim yn ffitio i realaeth oer stafell mewn gwesty ganol gaeaf lle maen nhw eisoes wedi diffodd y gwres canolog am y prynhawn oherwydd eu bod nhw wedi gofyn i'r gwesteion ar y llawr hwn glirio'u pethau cyn hanner dydd. Dim ond y ni sydd ar ôl a dydan ni ddim i fod yma ac wrth sylweddoli hynny'n sydyn, fel plant drwg ofn cael ein dal, mae brys ein gwisgo amdanom yn ein dieithrio drachefn.

Lluchia bapurau at ei gilydd yn gyflym. Ei lawysgrifen o sydd arnyn nhw—pycsiau o baragraffau mewn inc du, sgwennu mân a chroesi allan. Eto ac eto. Fel petai o wedi ceisio creu a methu a methu rhoi'r gorau iddi wedyn. Mae wedi llwyddo i lenwi'r lle mewn ychydig ddyddiau â blerwch yr ysgolhaig— ffeiliau, erthyglau, papur-lapio-siocled, llyfrau ar gadeiriau; copi clawr meddal o gerddi D. H. Lawrence a briwsion ar y carped: *'The pain of loving you is almost more than I can bear.'*

Mae'i wallt o rywsut-rywsut ac mae o wedi cau'i grys yn flêr. Efallai na welan ni mo'n gilydd byth eto. Dyma'r munudau olaf cyn y gwahanu a dwi'n dal i ddysgu pethau amdano fo. Mae o'n bwyta siocled ac yn darllen D. H. Lawrence. Mae o a fi wedi darllen yr un geiriau.

FO: Cydiodd yn fy nghopi o *Look! We Have Come Through!*

'Dw inna'n darllen Lawrence,' meddai hi. Anwesodd feddalwch y clawr. 'Yn hon y cafodd o hyd i'w lais.'

Mi fasai gwannach dyn wedi syrthio mewn cariad hefo hi. Ond gadewais iddi fynd. Doedd hynny ddim ond yn deg. Cyn i'r goleuni yn ei llygaid hi droi'n rhywbeth bregus.

'Dos adra i sgwennu dy gyfrol gyntaf,' medda fi wrthi.

'Dos adra i orffen dy nofel nesaf,' medda hitha.

Damia! Glaw eto. Weipars. Shit! Botwm anghywir! Blydi ceir benthyg! Methu cael hyd i ddiawl o ddim . . . 'Na nhw— o'r diwedd—llnau'r windsgrin, llnau'r glaw sy'n cyrlio gwallt Modlen . . .

Ond fedra i ddim llnau sŵn ei llais hi pan roddodd hi'r llyfr yn ôl yn fy llaw i a dyfynnu'n ddel, o dop ei phen:

'*"The dawn was apple green,*
The sky was green wine held up in the sun,
The moon was a golden petal between".'

'Da iawn,' medda fi. Achos mi oedd o. Mi oedd hi. 'Da iawn, Modlen Benfelen!'

Daeth ein cyd-chwerthin â'r ysgafnder yn ôl. Chwerthin o ryddhad oedd o, chwerthin am ben ei henw bach ffug. O achos mai Gwawr oedd ei henw hi.

HI: Adra. Dos adra, medda fo. Sgwenna. Cynhyrcha. Sylwa ar y petha bach.

Felly dyma fi. Adra. Yn sefyll a sylwi. Gadawaf i'r celyn bigo fy llygaid i. Syllaf ar f'ystafell fyw Nadoligaidd a gweld y milfed mis Rhagfyr yn clymu'i ffarwél ola' hyd fframiau lluniau ac ymylon silffoedd. Yn cuddio'r llwch. Dwi ddim yn cofio crogi cymaint o gardiau ar hyd y parwydydd, ond mae'n rhaid 'mod i wedi gwneud. Maen nhw'n rhesi twt ar rubanau coch. Mae coch ym mhopeth. Robin Goch. Cannwyll goch. Lliw sgrech ydi coch. Lliw'r hwrli-bwrli i gyd: siopau'n orlawn, bagiau'n gwegian, carolau cudd yn treiddio trwy waliau pob man, yn serio'u synau ar ymennydd pobol, bob 'O, deuwch, ffyddloniaid' fel gwifren fach wydn yn trydanu penglogau pawb. Ffyddloniaid a ffyliaid fel ei gilydd—'O, deuwch . . .' Ffyddlon. Dim ond gair ydi o. Gair na alla i mo'i gymryd o ddifri. Un o'r geiriau 'rhy-bwysig' hynny a gollodd ei rin—fel 'rhybudd' hefo dwy 'y' ym maes parcio'r Cyngor Sir.

Mae un o'r cardiau'n disgyn, yn glanio'n feddal ar garreg yr aelwyd ac yn gwneud twrw sws. Chwiliaf am chwa o wynt. Does yna'r un. Codaf y cerdyn. Mae swsys y tu mewn i hwn hefyd. Petha felly ydi cardiau. Yn llawn enwau, cyfarchion cusanau. Heno yw noson y cusanau. Nos Calan. Nos Cusan. Mae 'na lot o hynny heno. Cusanu. Dathlu. Bybls siampên a thisian tân gwyllt. Dwi'n rhy bell o bobman i weld unrhyw dân gwyllt. Trugaredd. Mae hanner nos wedi hen basio heibio. Dwi isio cysgu ond feiddia i ddim, er bod fy mlinder yn fwy na fi, yn garthen wlân bigog dros fy llygaid i. Mae'r wawr yn crogi o 'mlaen i'n grychni llonydd. Llonyddwch rhyfedd ydi o, yn newid heb symud a'r rhigolau melyn pell yn crynhoi, yn tynhau, yn troi'n siapau swsys. Calan yn troi'n gusan. *Sgwenna, Gwawr, sgwenna. Na hidia. Paid â diffodd y golau* . . .

Dwi'n chwilio fy ngofid, yn gwneud iddo weithio i mi, yn sylwi ar bethau bach . . . Dwi'n cofio'r pethau gorau hefyd. Cofio cael fy medyddio mewn cawod o law a chael fy ngalw'n Modlen Benfelen wrth drochi fy nhraed yn y dail.

FO: Gwawr. Dyma'r harddwch roddodd fod i'w henw hi. Daeth â'i golau i'r gwely gyda hi:
    'She opened her eyes, and green
    *   They shone, clear like flowers undone*
    For the first time, now for the first time seen.'

Peth haerllug ydi'r bore bach, yn lluchio'i dŵr oer i fogail y tywyllwch ac yn hawlio'i le. Does 'na ddim troi'n ôl wedyn. Dwi'n falch 'mod i wedi'i wylio fo. Y mileniwm newydd yn gwawrio. Dydi o'n ddim gwahanol i unrhyw wawrio arall, am wn i. Ara bach. Ond gwell na blydi ffeiarwyrcs. Y nos yn diosg ei chroen fesul haenen nes bod dim ohoni ond rhith. A wedyn mi oedd hi fel tasai cnotiau bach dyfrllyd melynllwyd yn hel at ei gilydd hyd yr awyr i gyd fel clymau mewn cadwyn ac yn ffurfio cwafars hanner-crynion. Gwawr hefo cyrls yn ei gwallt.

Dwi newydd orffen fy nofel. Mae hi'n fore gwyn golau a glaw hyd y ffenest i gyd.

Siopwr Unig Iawn

Islwyn Ffowc Elis

'Ma'r sgidia newydd 'ma'n gwasgu'n uffernol,' cwynodd Sera Hopkin.

'Na hidiwch. 'Dan ni bron â gorffen rŵan,' meddai Meri Huws.

Roedd y ddwy wedi gwneud prynhawn da o waith. Roedd hi'n boeth a'r palmentydd yn galed, ond roedd pawb mewn hwyliau da; rhwng rhoddion ac addewidion roedd eu helfa dros bumcant eisoes. Mewn un prynhawn yn unig. Prynhawn arall, ac fe ddylen nhw gyrraedd y mil, o leia.

Yr esgidiau newydd gorthrymus oedd y lleiaf o ofidiau Sera Hopkin. Ond roedd hi wedi medru anghofio'i gŵr yn yr ysbyty meddwl â'i gof yn chwalu, a'i mab Ieuan yn grymffast gartre yn methu cael gwaith, a hithau'n amau ei fod yn ymhél â chyffuriau.

A Meri Huws, roedd ei gofidiau hithau wedi lleihau'n rhyfeddol. Ei phriodas hi ei hun wedi suro ers blynyddoedd, a'i merch Gwenllïan wedi cael ysgariad ar ôl i'w gŵr ei gadael â thri o blant bach i'w magu—neu'n hytrach iddi hi, Meri, eu magu.

Roedd y prynhawn hwyliog hwn o gasglu pres, a pharodrwydd cynnes y trigolion i roi punnoedd a gwên ar eu hwynebau, wedi crebachu helbulon y ddwy wraig am ychydig oriau heulog.

'Gawn ni roi'r gora iddi rŵan, Meri?' Nid brys i fynd adref at ei gofidiau oedd ar Sera; teimlo'r oedd hi fod ei choesau'n dechrau chwyddo, ac roedd yr esgid dde, y dynnaf o'r ddwy, newydd roi pinsiad cythreulig.

'Rhowch ych clun i lawr ar y wal 'ma am funud,' cynghorodd Meri Huws. 'Mi fyddwch fel oen blwydd wedyn.'

Eisteddodd Meri ar y wal o flaen y banc bach, a gwnaeth Sera'r un peth. Ond yr eiliad nesaf neidiodd y ddwy ar eu traed drachefn; roedd cerrig y wal yn chwilboeth.

'Nid *prancio* fel oen blwydd oeddwn i'n feddwl chwaith!' Ceisiodd Meri wenu er gwaetha'i siom. Roedd ei thraed hithau'n blino, petai'n cyfadde'r gwir.

'Awn ni 'ta?' erfyniodd Sera.

'Mewn munud. Dw i'n meddwl y dylian ni alw mewn un lle arall cyn mynd. Rhywun sy'n saff o chwyddo'n pentwr ni ar ddiwedd p'nawn.'

'Pwy felly?'

'Eben Smith.'

Roedd Eben Smith yn dipyn o arwr yn Nhalechryd. Siop groser oedd ganddo gynt; groser a fu o'i ieuenctid, fel ei dad a'i daid o'i flaen. Ac fel Eben Smith I ac Eben Smith II roedd Eben Smith III yn golofn yn Siambr Fasnach y Dre. Ond fe ddaethai dyddiau du ar groseriaid y dre.

Wedi i *Tesco* agor ar gwr gogleddol Talechryd ac i *Asda* agor ar y cwr deheuol, fe gaeodd bron bob siop groser. Roedd pawb yn disgwyl i Eben gau wedyn, ond wnaeth o ddim. Roedd Eben yn rhy wydn i ildio i'r deinosorod ar chware bach.

Ond cau ei siop yn wir a wnaeth Eben—dros dro. Un bore fe ymddangosodd nodyn ar ddrws ei siop yn dweud 'Ynghau tan Hydref 1'. Fe achosodd y nodyn hwn fawr siarad yn Nhalechryd. Beth yn y byd oedd Eben yn ei gynllunio *nawr*?

Ar y bore cyntaf o Hydref fe agorodd drws siop Eben eto. Ond roedd golwg newydd iawn ar ei ffenest. Roedd yr hen nwyddau cyfarwydd wedi mynd, ac yn eu lle roedd bwydydd gwahanol, danteithion pur newydd i bobl geidwadol Talechryd.

Am ddyddiau wedi i siop Eben ailagor bu tyrrau o drigolion y dref yn sefyll i rythu ar gynnwys y ffenest. Roedd hynny wrth fodd Eben, bid siŵr. A fesul un a dau a thri, mentrodd y trigolion i mewn i'r siop. Ac yn wir, cyn pen fawr o dro, roedd pobol chwilfrydig o'r pentrefi a'r trefi bach cyfagos yn dod i'r siop, nid yn unig i edrych, ond i brynu. Penderfynodd Eben y dylai ddweud y gwir wrth ei hen gwsmeriaid ffyddlon. Yr hyn a wnaethai tra oedd ei siop ar gau oedd crwydro'r Cyfandir, nid ar wyliau ond ar fusnes. Dyna pam roedd ei silffoedd yn llawn o gawsiau o Ffrainc ac o Gymru, siocledi o wlad Belg a'r Swistir, gwinoedd o Ffrainc a'r Eidal, o'r Almaen a Sbaen, ac o Gymru.

Eben Smith yn gwerthu *alcohol*? Syndod mawr. Ond fe gofiodd rhai o'r ffyddloniaid am yr adroddiad byr yn y *County Gazette* ddiwedd Awst: yr ynadon wedi trafod cais hynod Eben. Bid siŵr, roedd dau o'r hen weinidogion yno ar ran Cyngor yr Eglwysi Rhyddion, yn gwrthwynebu'r cais. A thwrnai'r tafarnwyr yr un modd. Ond yn ofer. Roedd Eben yn dal yn boblogaidd. Felly, yr un diwrnod ag y gwelwyd *Delicatessen* uwchben y siop fe welwyd hefyd yr arysgrif uwchben y drws: 'Trwyddedwyd i werthu gwinoedd a sberydau'.

'Dowch, Sera, mae o'n hwylio i gau.'

Ac yn wir, roedd Eben Smith yn cario'r bocsys nwyddau egsotig oddi ar y palmant i mewn i'r siop.

'Os brysiwn ni, mi allwn 'i ddal o cyn iddo gau'r drws.'

Ag ochenaid fach, dilynodd Sera'i chymhares tua siop Eben.

'P'nawn da, ferched!'

Hyd yn oed ar derfyn diwrnod caled o gadw siop roedd Eben yn gallu gwenu. Ac roedd ei wên yn groesawus. Gwthiodd gudyn o'i wallt brith chwyslyd oddi ar ei dalcen.

'Be fedra i neud i chi'ch dwy?'

'Mae'n ddrwg gynnon ni, Mistar Smith,' trydarodd Meri'n felys, ''dan ni'n gwbod 'i bod hi'n amsar cau arnoch chi, ond nid dŵad yma i brynu ydan ni.'

Doedd hi byth yn prynu yn siop Eben, petai'n cyfadde'r gwir. Siop y crachach oedd hi rŵan; fedrai *hi* ddim fforddio'r nwyddau ffansi a'r poteli seléct a oedd yn denu prynwyr y tai crand ar gyrion y dref a Saeson newydd y pentrefi. Fe wyddai'r siopwr yn iawn nad oedd hi'n un o'i gwsmeriaid, na Sera Hopkin chwaith, ond ni laciodd ei wên ddim.

'Ga i ofyn 'ta, pam rydach chi wedi dŵad?'

'I gasglu, Mistar Smith,' meddai Meri'n frwd. 'Achos sy'n agos iawn at ych calon chi, 'dan ni'n siŵr.'

'O'n wir?'

'Wythnos Mileniwm y Plant.' Plethodd Meri ei breichiau ar draws ei mynwes yn hyderus.

Newidiodd wyneb Eben Smith. Diflannodd ei wên, gwelwodd ei fochau, a chrebachodd ei lygaid llawn croeso nes oedden nhw'n hanner cau. Dechreuodd y ddwy wraig deimlo'n nerfus.

'Dyna un gair na fynna i mo'i glywed yn y siop yma.' Roedd y llais wedi newid hefyd.

'Gair, Mistar Smith . . ?'

'Y gair "mileniwm" 'na.'

'Ond mae 'na air Cymraeg, yn' does . . . Mil rhywbeth . . . Milflwyddiant?' mentrodd Sera, a oedd yn darllen tipyn.

'Na hwnna chwaith.' Tynnodd Eben Smith lwyth o wynt drwy'i ffroenau. 'Beth bynnag y galwch chi'r felltith, mewn unrhyw iaith, fynna i ddim i neud â fo.'

'Ond fedrwch chi mo'i osgoi o, Mistar Smith. Diwadd y flwyddyn 'ma . . . dim ond ychydig o fisoedd sy 'na,' meddai Meri.

'Ia, pen-blwydd Iesu Grist . . . yn ddwy fil.' Roedd Sera'n gwneud ei gorau i helpu.

'Mae hwnnw wedi pasio,' chwyrnodd Eben.

'Wedi pasio?' gwawchiodd y ddwy wraig yr un pryd.

'Ydi. Ers tair blynedd o leia. Yn ôl yr ysgolheigion—y rhai gora, beth bynnag—mi gafodd Iesu'i eni o leia dair blynedd cyn y flwyddyn Un. Felly mi ddyla'r mil—beth bynnag y galwoch chi o—fod wedi'i goffáu dair blynedd yn ôl, o leia. Lol ydi'r holl firi 'ma rŵan. Mae'n rhy hwyr!' Yna fe graffodd ar Meri Huws. 'Be sy'n bod, Misus bach? 'Dach chi wedi colli'ch lliw.'

'Mae'n siŵr 'y mod i,' crygodd Meri. 'Rydw i . . .'

'Drychwch, steddwch ar y gadair 'ma am funud.'

Mor ystwyth â phetai'n athletwr deunaw oed roedd y siopwr wedi cipio cadair o'r tu ôl iddo, wedi codi clawr y cownter ac wedi dod at Meri Huws. Gosododd y gadair y tu ôl iddi a'i gwthio'n dringar i eistedd arni.

'A rŵan, glasiad o ddŵr.'

Diflannodd i gefn y siop, ac ymddangos drachefn a gwydraid o ddŵr yn ei law.

'Dyma chi. Dŵr mwyn byrlymus o Ffrainc. Y gora gewch chi. 'I sipian o'n bwyllog, a fyddwch chi ddim yr un un.'

'Diolch, Mistar Smith.' Er rhyfedded oedd y grosar bach, roedd o'n garedig iawn.

'Teimlo'n well rŵan?' Roedd llais Eben wedi mwyneiddio eto, a'i lygaid yn awgrymu consérn.

'Ydw, diolch.'

'Be styrbiodd chi?'

'Allwch chi ddim meddwl be, Mistar Smith?' Roedd Sera wedi penderfynu cydio yn yr awenau rŵan, ac yn swnio braidd yn gas.

Roedd ei hesgid dde'n pinsio'n hegar eto, p'run bynnag. 'Chi'n gwrthod rhoi dima inni at Wythnos y Plant, a be ddudoch chi am ben-blwydd Iesu Grist, a phetha fel'na. Digon i styrbio unrhyw un.'

'Dyna fo rŵan, Sera,' mwmialodd Meri, a oedd yn teimlo'n well. 'Gadwch lonydd—'

'Na, wna i ddim,' atebodd Sera, gan dwymo iddi. 'Y dyn yn ych gneud chi'n sâl fel'na, a chitha wedi gneud cymaint er mwyn y plant ar hyd p'nawn poeth fel hyn. Wyddoch chi be 'dan ni'n blanio ar gyfer y plant, Mistar Smith? Ar y diwrnod ola o'r flwyddyn maen nhw'n mynd i gael parti mawr ar bob stryd yn y dre 'ma—drwy'r dydd—'

'A thrwy'r nos?' Roedd llais y siopwr wedi caledu eto. 'Fel penbyliaid Prydain Fawr i gyd? A thrannoeth, methu mynd at eu gwaith am eu bod nhw'n rhy feddw, a phob siop a thŷ bwyta trwy'r ynys ar gau? A phob perchennog tŷ bwyta a thafarn ac ysbyty wedi gorfod talu ffortiwn i'w gweithwyr y noson cynt am ddal ati trwy'r nos?'

'Wn i ddim am be 'dach chi'n sôn rŵan.' Roedd Sera'n dal ati'n ddygn. 'Ond nid dyna'r cwbwl 'dan ni'n mynd i roi i'r plant. 'Dan ni am logi trên sgyrsion a mynd â nhw i gyd i Lundan i weld y Greenwich Dome. Oes gynnoch chi rwbath i ddeud yn erbyn hynny?' Ei hesgid dde'n pinsio'n greulon iawn rŵan.

'Oes,' meddai'r siopwr, gan gadw'i dymer yn rhyfeddol o ystyried ei fod yn debyg o golli'i swper chwech. 'Wn i ddim faint y bydd y gromen wrthun 'na yn Greenwich yn ei gostio. 'Ŵyr neb eto, ond mi welith y Llywodraeth hurt 'ma y bydd raid iddyn nhw dalu bron ddwywaith cymaint amdani ag oedden nhw'n bwriadu'i dalu. A'r Olwyn Fawr wirion 'na'n codi i'r awyr uwchben afon Llundain, yn uwch na dim un adeilad arall yn y byd. Marciwch chi 'ngeiria i; fydd dim lwc ar *honna*. 'Dach chi'n cofio, siawns, be ddigwyddodd i Dŵr Babel. 'Dach chi'n ffeind iawn yn gneud cymaint dros blant y dre 'ma. Ond *mae* 'na blant bach eraill yn y byd. Mi fydda'r arian sy'n mynd i dalu am das wair Greenwich ac Olwyn y Felltith yn ddigon i dalu am fwyd i bob plentyn yn Ethiopia a'r Swdân am bum mlynedd. Ac mi fydda digon ar ôl wedyn i borthi epil gwledydd erill.'

Roedd y ddwy gasglyddes yn fud.

Dechreuodd y siopwr sgriblo nodiadau melltennog ar anferth o lyfr cyfrifon. Arwydd, yn ddiau, ei bod yn bryd i'r ddwy wraig fynd. Ond ar y foment honno fe laciwyd tafod Meri Huws.

'Wel, mi fydda'n beth rhyfadd iawn i Dalechryd 'ma *beidio* dathlu'r mileniwm, a'r wlad i gyd yn gneud, â'i holl egni. 'Dach chi, Mistar Smith, yn deud bod hynny'n beth drwg?'

'Fe all fod,' meddai Eben yn dywyll.

'Ond bobol, sut *medar* o fod yn beth drwg?'

Taflodd Eben ei bensil ar ei lyfr, a phlethu'i freichiau.

'Mi dduda ichi sut. Mae'r 'wlad', chwedl chitha, yn credu y bydd y ganrif nesa'n well na hon, ac yn mynd yn wirion bost wrth edrych ymlaen. Mi fydda'n harddach iddi sobri tipyn, a 'styried y posibiliada i gyd. Does dim lle i obeithio y bydd y dyfodol un gronyn yn well na'r gorffennol.'

'Bobol annwl!' gwaredodd Meri. 'Oes gynnoch chi *ddim* ffydd, Mistar bach?'

'Dydi'r natur ddynol wedi gwella dim, yn y bôn, ers ugain mil o flynyddoedd. A pho glyfra mae dyn yn mynd, gwaetha'n y byd ydi o, am fod gynno fo degana mwy dinistriol rŵan nag a fu gynno fo 'rioed o'r blaen. Ond efalla y cymerir petha o'i ddwylo fo, y bydd gan Natur fawr rwbath i'w ddeud. Mae 'na asteroid anferth yn troi a throsi allan yn y gofod 'na, ac mi all honno daro'r Ddaear 'ma cyn pen deugain mlynedd. Y gwyddonwyr sy'n deud, nid fi. Os digwydd hynny, dyna ddiwedd ar ddyn, ac ar bob dim. Mi fydd y ddaear 'ma i gyd fel lwmp o roc Pwllheli. Fydd Dathlu Mawr diwedd y flwyddyn 'ma'n ddim help i neb ohonon ni, na'n plant a'n hwyrion y pryd hwnnw. Neith y Dathlu Mawr ddim achub y byd.'

Unwaith eto roedd Meri Huws wedi colli'i lliw, ond 'chafodd hi ddim cydymdeimlad y tro hwn. Roedd prysurdeb Eben Smith, a'i ludded a'i chwant bwyd, wedi cael y trechaf ar ei dosturi.

'Maddeuwch i mi,' meddai, gan ddechrau sgriblo eto, 'rydw i *yn* gofyn ichi fynd rŵan. P'nawn da ichi.'

Edrychodd y ddwy wreigdda arno am funud yn bur syn, ac yna troi a throedio'n llesg tua'r drws. Methodd Sera Hopkin â gwrthsefyll y demtasiwn i roi un pigiad arall wrth ymadael.

'Wn i ddim *be* ddudith y Pwyllgor wir, Meri. Mi fyddan yn methu'n lân â dallt.'

'Dw inna'n ofni,' atebodd Meri'n wannaidd. 'Un o'r dynion mwya hael yn y dre 'ma hefyd . . .'

Ni chododd y siopwr mo'i ben. Ond cyn gynted ag y cafodd y dwy eu traed ar balmant y stryd fe glywson nhw'r drws yn cael ei gloi a'i folltio ar eu hôl.

* * *

Yn ystod y dyddiau nesaf fe sylwodd Eben fod ei gwsmeriaid yn prinhau. Os câi ugain mewn diwrnod lle byddai cynt yn cael deugain, roedd yn gwneud yn dda. Parhâi'r Saeson i ddod. Y rhai a gadwai draw oedd Cymry'r dre, yn bennaf. Roedd yn amlwg fod Meri Huws a Sera Hopkin wedi bod yn siarad. Dwy siaradus iawn oedden nhw ar y gorau—fe wyddai pawb hynny; fe wyddai Eben hynny—ond roedden nhw'n siŵr o fod yn fwy siaradus nag erioed rŵan. Fe fyddai eu perthnasau a'u ffrindiau a'u cydnabod i gyd wedi clywed y stori, ac yn cydymdeimlo â'r ddwy. Roedd y ddwy wedi ennill poblogrwydd yn y dre yn sydyn iawn.

Daliai cwsmeriaid Eben i brinhau. Yn naturiol, roedd yn pryderu. A fyddai'n well iddo roi canpunt at Gronfa'r Mileniwm, er mwyn achub ei fusnes? Na fyddai. Ddim byth! Byddai ildio i gefnogwyr y Felltith Fawr yn llyfrdra anfaddeuol.

Roedd wedi cau'r siop am y dydd ac ar ei ffordd i'r gegin i wneud tamaid o swper pan glywodd leisiau y tu allan ar y stryd. Safodd i wrando. Lleisiau plant. Criw go fawr ohonyn nhw, gellid tybio. Ac roedden nhw'n canu rhyw rigwm. Roedd yr alaw'n gyfarwydd: 'Clementine', os cofiai'n iawn. Y geiriau oedd yn newydd.

Sylweddolodd yn sydyn mai canu amdano fo yr oedd y criw plant. Roedd sŵn bygythiol yn y canu.

> 'Meanie shopman, meanie shopman,
> Meanie shopman wonna give;
> Wonna give to fund our party,
> He's a shit, not fit to live.'

Rhyw rigymwr ystumddrwg wedi gwneud geiriau maswedd i'r plant eu canu. Rhywun hŷn na nhw'n procio drwg.

Daliodd y lleisiau i ganu, a geiriau'r gân annifyr yn dod yn gliriach wrth i'r plant ddod yn nes. Fe fydden nhw yno'n canu drwy'r nos os na wnâi rywbeth. Yn sydyn, agorodd y drws. Gan fod golau cryf yn y cyntedd y tu ôl iddo, neidiodd ei gysgod o'i flaen i'r stryd. Roedd ei gysgod yn dduach am fod y lampau stryd gryn bellter oddi wrtho i'r chwith ac i'r dde. Cododd ei ddwylo uwch ei ben ac ymsythu i'w lawn faint—hynny oedd ohono—er mwyn gwneud ei gysgod yn fwy. A gwaeddodd.

'Baglwch hi!'

P'run a oedd y plant yn deall y gorchymyn ai peidio, fe drodd nifer ohonyn nhw a'i baglu hi. Ond daliodd dau neu dri o'r rhai dewrach eu tir. Daeth un ohonyn nhw'n agosach at Eben—gan obeithio bod y lleill yn sylwi ar ei ddewrder a gweiddi arno.

'Say, Mister. You hate kids? You dirty bugger!'

'Sycha dy drwyn, y gwalch bach, cyn siarad â fi.'

'Speak English, can't you?'

'Rwyt ti'n 'y neall i'n iawn, bychan. Rŵan dos adra. Mae'n hen bryd i ti fod yn dy wely.'

Doedd Eben ddim yn obeithiol. Doedd ganddo ddim llawer o syniad sut i siarad â phlentyn, yn enwedig un gelyniaethus fel hwn. Ond fe ddaeth cymorth annisgwyl. Roedd un o gerbydau'r heddlu'n dod i lawr y stryd. Doedd gan Eben ddim llawer o ffydd yn yr heddlu chwaith, yn enwedig ar hyn o bryd. Roedd yr Arolygydd Roberts yn un o is-lywyddion anrhydeddus Cronfa'r Mileniwm yn Nhalechryd. Ond tebyg na wyddai'r plentyn haerllug mo hynny. I hwnnw, roedd gweld plismyn mewn car Panda'n ddigon. Ni ddiflannodd plentyn erioed yn fwy sydyn.

Cyfarchodd y plismon Eben.

'Trwbwl, Mr Smith?'

'Mae o i'w ddisgwyl, dw i'n ofni,' meddai Eben yn drymaidd.

Nodiodd y plisman. Caeodd y ffenest, a symudodd y car yn ei flaen. Fe wyddai'r heddlu, yn amlwg, at ba 'drwbwl' yr oedd Eben yn cyfeirio.

Ond roedd gwaeth i ddod. Nos drannoeth, clywodd Eben leisiau ar y stryd eto. Ond nid lleisiau plant y tro hwn. Roedd y rhain yn hŷn, ac yn fwy bygythiol. Roedd Eben wedi diffodd golau'r lolfa. Sleifiodd i mewn yno, a sefyll yn y tywyllwch i edrych allan. Gallai weld y gwatwarwyr yng ngolau gwannaidd y stryd heb iddyn nhw 'i weld ef. Cryn ddwsin o lanciau cryfion, di-waith yn siŵr, o ben isa'r dre, yn bur debyg. Doedd ganddyn nhw ddim byd gwell i'w wneud â'u hamser, diolch i Gyngor diweledigaeth y Dre, nad oedd ganddo ddiddordeb yn yr ifanc.

Nid canu'r oedd y crymffastiaid hyn, ond gweiddi. Gweiddi'n unsain, ymsymudol. Yn ei gyhuddo ef, Eben Smith, o gybydd-dod, o gasáu plant, o dynnu anfri ar y dre. A dyna un llais cras yn bloeddio:

'*Come out of your cwtsh, Ebenezer! Be a man and face the boys!*'

Geiriau Saesneg, ond ag acen Gymreig drom. Wnaeth Eben ddim derbyn y gwahoddiad. Roedd wedi bod yn ffodus wrth wynebu'r plant y noson cynt, ond fyddai dim plismyn ar y stryd heno; roedd yn siŵr o hynny. Anwybyddu'r bloeddwyr oedd orau; aros o'r golwg. Fe fydden nhw'n blino toc, gobeithio, ac yn mynd.

A dyna a ddigwyddodd. Wedi tyrfu am awr a rhagor fe ddechreuodd y lleisiau lesgáu, a gwelodd Eben y llanciau'n mynd fesul un o'r golwg. Ond nid cyn i'r un llais cras floeddio eto:

'*You wait, Ebenezer! We ain't finished with you yet!*'

Roedd yn hwyrach nag arfer pan aeth Eben i'w wely. Roedd y bygwth wedi'i anesmwytho drwyddo. Roedd ofn yn beth pur newydd iddo, ond heno roedd arno ofn. Roedd gwrthwynebu'r Mileniwm yn costio'n ddrud iddo. I'w wely yr aeth, fodd bynnag, a hithau'n tynnu at un o'r gloch y bore.

Doedd arno ddim llawer o awydd codi i agor y siop fore trannoeth, ac yntau wedi cael cyn lleied o gwsg. Ond codi oedd raid. Ni wiw rhoi mwy o le i bobol siarad. Erbyn amser cau y prynhawn hwnnw roedd Eben yn teimlo'n well. Roedd cryn ddwsin o gwsmeriaid wedi bod yn y siop, a phob un yn ddigon dymunol.

Ac roedd pethau'n dawel gyda'r nos. Dim plant yn canu ar y stryd, dim llanciau'n gweiddi. Aeth Eben i'w wely yn dawelach ei feddwl. Roedd pobol y dre'n dechrau anghofio'u mileindra; gobeithio'n wir.

Tua hanner awr wedi dau y bore dihunodd yn sydyn. Roedd rhyw sŵn i lawr y grisiau. Digon o sŵn i'w ddeffro o drymgwsg. Cyneuodd y lamp wrth ei wely, taro'i got wisgo amdano, a rhuthro i lawr y grisiau. Heb feddwl ddwywaith, agorodd ddrws y lolfa a chynnau'r golau, gan ddisgwyl gweld lleidr yno—neu rywbeth.

Aeth ias oer drwyddo pan welodd y 'rhywbeth'. Yn ffenest fawr y lolfa roedd twll anferth. Yn wir, doedd yno ddim ond twll, a ffrâm o bigau gwydr fel dannedd o'i gwmpas. Ac ar y llawr, ar ganol y carped gorweddai bricsen. Troediodd Eben yn bwyllog iawn at y ffenest ddrylliedig, ac edrych allan i'r stryd. Doedd neb yno. Roedd y tawelwch yn llethol. Ond yna fe glywodd Eben y llais o gefn ei gof:

'*We ain't finished with you yet!*'

A deallodd.

Aeth drwodd i'r cyntedd a chodi'r ffôn. Ond rhoddodd ef i lawr drachefn. Doedd dim diben iddo ef, Eben, ffonio'r heddlu.

Cododd yn gynnar drannoeth, ond nid agorodd y siop. Roedd dau orchwyl yr oedd yn rhaid eu gwneud ar unwaith. Ni fu erioed yn fedrus iawn â llif a morthwyl, ond nid amser i hel esgusodion oedd hwn. Ac ni ellid disgwyl i unrhyw saer na gwydrwr ruthro yma i wneud gwaith ar awr mor fore. Doedd ond un peth amdani: gwneud y trymwaith ei hunan.

Ymhen dwyawr, trwy ryw ryfedd lwc, roedd wedi llwyddo i orchuddio ffenest y lolfa â phren triphlyg tenau. Braidd yn anniben, ond fe wnâi'r tro. Roedd yn rhaid iddo wneud y tro. Aeth ati wedyn—yn bur llesg erbyn hyn, rhaid dweud—i sgubo'r darnau gwydr oddi ar lawr y lolfa a phob crisielyn o wydr oddi ar y cadeiriau a'r soffa.

Ac yntau ar fin cwblhau'r gorchwylion diflas hyn, clywodd guro trwm ar ddrws y siop. Sŵn go anarferol. Nid yr heddlu, doedd bosib? Ymlusgodd at y drws, ei ddatgloi, a'i agor.

Suddodd calon Eben. Philipson, a oedd wedi symud yma i Dalechryd ryw flwyddyn ynghynt. Gŵr o Greenwich. Greenwich! Un o gefnogwyr tanbaid y Mileniwm, yn sicr. Technegydd yn arsyllfa Greenwich gynt. Wedi dod yma i roi taran iddo am wrthwynebu Digwyddiad Mawr troad y ganrif, a'r Gromen newydd a'r Olwyn fwyaf yn y byd yn ei dref frodorol.

Ond roedd y munudau nesaf yn anghredadwy. Cydiodd y Sais yn dynn yn llaw Eben, a chydymdeimlo ag ef am y difrod i'w ffenest y noson flaenorol. Roedd wedi clywed yr hanes i gyd, ac yn gresynu o waelod calon dros y siopwr.

'Does gyda chi ddim i'w ddweud wrth ddathliadau'r Mileniwm,

Mr Smith,' meddai, yn Saesneg hirgrwn De-ddwyrain Lloegr. 'Does gen innau ddim chwaith. Mae'r wlad yn mynd yn wallgo. Mae'n syndod mawr i mi fod eich cyd-Gymry, o bawb, yn colli'u pennau ar y fath ynfydrwydd. Ac yn dangos y fath gasineb atoch chi—chi, sy wedi gweithio mor galed ac wedi cefnogi popeth da yn y dref 'ma. Roedd yr ymosodiad ar eich tŷ chi neithiwr yn gwbwl gywilyddus. Fedra i ddim credu'r peth. Ac mi ofala i fod y ffrindiau sy gen i yn y cylch 'ma'n dal i'ch cefnogi chi. Fyddan nhw i gyd ddim yn cyd-weld â chi a fi, ond maen nhw i gyd yn credu mewn chwarae teg. Fe ellwch fod yn siŵr o hynny.'

Pwyntiodd y gŵr at y silffoedd diodydd.

'Cas o'ch clared gorau chi, Mr Smith. A chosyn o *Brie* a chosyn o *Camembert*. Mae'r car gen i ar y stryd. Ac fe fydd parti yn y tŷ 'cw nos fory. Cyfle i genhadu!'

Â winc fawr lawen a chwifiad llaw, sbonciodd y gŵr o Greenwich o'r siop.

O'r Nefoedd

Bethan Gwanas

'Gabriel ! Gad lonydd i'r delyn 'na. Fyddi di byth yn gerddor. Ti 'di bod yn ymarfer ers dau, dri mileniwm 'wan, a dwyt ti ddim tamed gwell. Dyro hi i Abram Wood fan'cw, a ty'd yma. RŴAN!'

Pwdodd Gabriel. Trodd ei wyneb perffaith yn sur ac ymdebygai ei geg i big hwyaden.

'Tydi hynna ddim yn beth neis iawn i'w ddeud, Duw.'

'O, asiffeta, paid â deud 'mod i wedi brifo dy deimladau di?'

'Mae pob dim a greoch chi yn fyw, ac o'r herwydd . . . yn berchen . . . teimladau, f'Arglwydd . . .'

Roedd diwedd y frawddeg yn grynedig, a dechreuodd y dagrau lifo'n araf i lawr gruddiau alabaster Gabriel.

'Mae isio amynedd Job arna inna hefyd myn diawl. Ti'n gymaint o fabi, Gabriel. Be wyt ti, archangel ta archbansan, y?'

'Rydych chi'n gallu bod mor greulon f'Arglwydd.'

'Mae'n rhaid i ti fod yn y job yma, washi.'

Ond gwnaeth ymdrech fawr i ddod o hyd i lais mwy addfwyn.

'Rŵan, dyro sgwd dda i'r adenydd 'na. Maen nhw'n sigo gen ti, ac mae'n gas gen i dy weld ti fel'na, fel ryw fflamingo wedi'i phluo. Cofia pa mor urddasol oeddat ti ers talwm, pan gafodd Iesu 'cw ei eni . . .'

Gyda'r llif atgofion, ymledodd gwên yn araf dros yr wyneb hyfryd, a dringodd adenydd Gabriel yn ôl i'w safle balch arferol.

'Pam oeddech chi am fy ngweld i f'Arglwydd?'

'Mae gen i broblem lawr ar y ddaear 'na unwaith eto, a dwi angen dy help di.'

'Unrhyw beth i chwi, fy Nghreadwr.'

'Gabriel! Faint o weithia sy raid i mi ddeud? Llai o'r gwenieithu 'ma—mae o'n mynd ar fy nerfau i. Jest galwa fi'n Duw.'

'Iawn, fy Nuw.'

'Naci, jest Duw. D.U.W. Hollol blaen. Duw.'

'Fel y mynnwch chi, fy . . . Duw.'

'Haleliwia. Rŵan, dwi isio cynnal Cyfarfod Cyffredinol o'r holl angylion cyn gynted ag y bo modd. A dwi am i ti ei drefnu o. Mi gaiff Iesu roi hysbŷs ar y Donfedd Dangnefeddus. Llwyth o bosteri, ffleiars ac ati . . . Ffleiars! Ha ! Da 'te? Dallt hi?'

Roedd hi'n amlwg nad oedd.

'Waeth i mi siarad efo'r wal ddim. Pam fod y daionus wastad mor uffernol o ddi-hiwmor, dŵad? Ta waeth. Trefna di'r lle a'r amser. Dos rŵan. Tân dani.'

A chyda chwip gref o'i gyhyrau perffaith, ysgydwodd Gabriel ei adenydd a hedfan i gyfeiriad lolfa'r Angylion.

'Gabriel! Damia di ! Bydda'n fwy gofalus efo'r bali adenydd 'na! Ti 'di gneud i mi dywallt fy neithdar i bobman!'

Llifai'r hylif euraid dros y farf hir wen a thros y wisg o sidan gwyn a chreu'r patrymau rhyfeddaf ar y bronnau llawn. Saethodd angel bychan o'r cwmwl crwn a ddilynai Duw i bobman, a dechrau glanhau'r neithdar â darn trwchus o grombil ei gwmwl. Cyn pen dim, eisteddai Duw yn berffaith lân a pharchus unwaith eto ar ei *chaise longue*. Rhoddodd winc a chwythu cusan at yr angel bychan a gochodd drwyddo cyn gwibio'n ôl i'w gwmwl.

'Mae hwnna'n haeddu dyrchafiad,' meddyliodd Duw.

Y drefn oedd fod angylion yn fach a di-nod ar y dechrau, rhyw chwech i wyth modfedd o daldra, cyn tyfu yn ôl mympwy Duw. Roedd Gabriel, ei ffefryn amlwg, yn slaffyn ugain troedfedd, ac roedd y gweddill ychydig yn eiddigeddus ohono. Ond roedd pawb yn ceisio bod yn fodlon efo'r drefn. Doedd dim diben croesi Duw; cofier be ddigwyddodd i Satan.

Daeth yr awr. Siglai cannoedd ar gannoedd o adenydd fel un don fawr yn y Neuadd Nefol, gan greu cymaint o ddrafft nes rhwygo talpiau enfawr o'r Cwmwl Mawr a'u saethu ar draws y nen, un ar ôl y llall, gan greu cynnwrf mawr oddi tanynt a pheri i Ewrop gyfan gael y stormydd gwaethaf ers pum can mlynedd. Sylwodd un o'r angylion ar Dŵr Eiffel yn mynd o'r golwg dan y dŵr.

'Wp a deis! Hei—pawb mewn i rifŷrs, reit handi, neu aiff Duw yn benwan efo ni eto.'

Ufuddhaodd pawb a dechrau fflapio eu hadenydd at ei gilydd nes creu effaith sugno, nid annhebyg i hwfyr. Daeth y darnau rhwygiedig o gwmwl yn ôl yn syth, a daeth Tŵr Eiffel i'r golwg unwaith eto.

'Ffiw!' meddai angel arall, 'Lwcus nad ydan ni'n cynnal y cyfarfodydd 'ma'n rhy aml, neu mi fyddai'r ddynolryw'n troi'n ôl yn llyffantod a physgod eto. A 'dach chi'n cofio pa mor ddiflas oedd hi'r adeg honno?'

'Argoledig, ydw,' cytunodd yr angel cyntaf, 'Mae 'na lot i'w ddeud dros amrywiaeth, ac o leia mae 'na hwyl i'w gael efo pobl, waeth pa mor hurt ydyn nhw.'

Yn sydyn, taranodd sain yr utgyrn o Bedwar Ban Nef. Fe'u dilynwyd gan harmonïau hyfryd y miloedd o delynau uwchben. Doedd holl drigolion y Nef ddim mor anobeithiol â Gabriel ar y tannau.

Daeth llu o angylion anferth fesul dau o grombil y Neuadd, yna Gabriel, a'r tu ôl iddo, ar gefn yr Ungorn Bendigedig, marchogai Duw. Edrychai'n hardd. Deugain troedfedd o gorff siapus, wedi ei berffeithio gan ganrifoedd o galanetics a dim i'w fwyta ond neithdar, gwlith y bore ac ambell golomen wen oedd ar fin darfod. Gwisgai sidan gwyn yn ôl ei harfer, a belt aur a ddangosai meinder ei gwasg i'r dim. Disgynnai ei gwallt a'i barf arian yn gudynnau Goldilocksaidd dros ei bronnau llawn. Doedd dim dwywaith, roedd Duw yn berffaith. Gallai gyflawni gwyrthiau gyda'i llygaid gwyrddion. Un fflach gas, a gallai angel ddisgyn yn lludw. Un fflach wych, a gallai llawenydd lifo i bob enaid o fewn ei Theyrnas, a byddai ambell ddiferyn weithiau hyd yn oed yn treiddio i'r Ddaear. (Mae rhai o drigolion y blaned honno wedi cael y profiad o deimlo'n rhyfeddol o hapus a bodlon am ddim rheswm o gwbl. Wel dyna'r rheswm—fflach wych.)

Peidiodd yr utgyrn. Tawodd y tannau. Yn araf a phwyllog, sef yn ei hamser ei hun, esgynnodd Duw o'r ungorn a chodi fry i'w phulpud ym mhen uchaf y Neuadd. Pesychodd, a dechreuodd ei llais atsain yn felfedaidd ond awdurdodol.

'Annwyl Angylion ac Eneidiau hoff, mae'n ddrwg gen i darfu ar eich bywydau braf, di-loes a di-boen, ond daeth yr awr i mi unwaith eto rannu fy ngofidiau â chi. Ac ie, fe wyddoch mae'n siŵr mai'r Ddaear sy'n fy mhoeni y tro hwn hefyd. Bydd y rhan fwyaf ohonoch yn cofio'r boen meddwl achosodd Adda ac Efa i mi, ac os cofiwch chi, bu raid i ni gael pleidlais bryd hynny a ddylid eu cosbi ai peidio. A doeth fu eich dyfarniad. Bu pob un ohonoch yn gefn i mi bryd hynny, ac eto pan groeshoeliwyd Crist fy mab, ynghyd â nifer o adegau eraill, ond awn ni ddim i fanylu. Rydan ni wedi hen arfer gyda'r ffraeo a'r cecru parhaol lawr fan'na, a dwi wedi ceisio gadael iddyn nhw gadw trefn ar eu hunain, ond buan iawn yr anghofion nhw am faddau camweddau yntê? Buan iawn yr anghofion nhw amdana i hefyd, y cnafon bach anniolchgar. Dwi wedi gwneud fy ngorau i fod yn amyneddgar, ond bellach, a hwythau newydd ddechrau eu hail fileniwm, maen nhw wedi mynd yn rhy bell. Rhy bell o'r hanner.'

Oedodd Duw er mwyn i ystyr ei geiriau eu taro.

'Mae'r cnafon wedi mynd yn rhy glyfar er eu lles eu hunain, gyfeillion, a hynny bron dros nos. Ar ddechrau'r ugeinfed ganrif, roedden nhw'n dal i wybod eu lle yn y Patrwm Mawr, ond mae'r hyn maen nhw'n ei alw'n Dechnoleg wedi mynd i'w pennau. Dwi wedi eu sbwylio nhw—eu difetha! Mae eu gwerthoedd dros y siop i gyd! Mae'n rhemp—mae'n smonach!'

Oedodd eto a gwylio'r môr o bennau'n cytuno'n frwd a difrifol. Gwyddai pawb sut oedd hi bellach.

'Ond be alla i ei wneud, gyfeillion? Beth yw'r ateb y tro hwn?'

Wedi tawelwch hir o feddwl a sbio ar ei gilydd, mentrodd un angel godi ei law. Nodiodd Duw ei phen.

'Ie? Beth yw dy gynnig?'

'Dilyw mawr arall. Mi weithiodd pethau'n gampus gyda Noa a'r Arch, yndo?'

'Ie! Boddwch y diawlied bach anniolchgar!' gwaeddodd ambell un o'r cefn.

'Na,' meddai Duw wedi i'r cynnwrf dawelu.' Do, mi weithiodd ers talwm, ond barodd hynny ddim yn hir 'chwaith, ac mi fyddai'n well gen i syniad mwy gwreiddiol, a dweud y gwir.'

'Pla?'

'Wedi'i neud o'r blaen, a beth bynnag, maen nhw wedi creu digon o'r rheiny eu hunain. Dowch, syniad newydd, ffres!'

Cododd Gabriel ei law yn araf a phesychu. Trodd pawb i edrych arno.

'Ym . . . Gwn nad gwreiddiol yw gyrru rhywun fel Iesu Grist atyn nhw, ond Efe a wnaeth y gwahaniaeth mwyaf onide? A meddwl yr oeddwn, efallai fod angen mwy nag un y tro hwn, filoedd ohonom o bosib, a pheidio gwneud sioe fawr ohoni, ond sleifio'n dawel i fywydau bobl gyffredin, a'u cynorthwyo i agor eu llygaid i'r gwirionedd.'

'Sut?'

'Nid ydwyf yn siŵr. Dim ond egin syniad ydyw.'

Dechreuodd carfan o'r angylion yn y cefn chwerthin a gwawdio, ond cododd Duw ei llaw, a thawodd y twrw'n syth.

'Na, mae 'na rywbeth yma, yn bendant. Go dda chdi, Gabriel. Dwi'n licio'r syniad yna, hyd yn oed os ydw i wedi gweld rwbath tebyg ar eu rhaglenni teledu nhw.'

'Mae'n wir mai gan y ddynolryw y cefais y syniad,' eglurodd Gabriel, 'ond teimlais mai cri o'r galon ydoedd, a'u bod yn ysu am i ni wneuthur hyn o ddifri.'

'Wel ia, ella dy fod ti'n iawn. Da'r hogyn!'

Gwenodd Gabriel a chodi bys slei ar ei wawdwyr yn y cefn. Bu gweddill y cyfarfod yn un adeiladol tu hwnt, a phenderfynwyd mynd ati rhag blaen i hyfforddi byddin o Warchodwyr i roi trefn ar y Ddaear unwaith ac am byth, gan dargedu pawb, o arweinyddion gwledydd i'r sawl oedd yn glanhau eu toiledau. Mawr fu'r cynnwrf, a mawr fu'r trafod pwy fyddai'n mynd i ble. Tahiti a Samoa oedd y ffefrynnau, a neb yn deisyfu mannau anodd fel strydoedd cefn Colombia, Efrog Newydd ac Ynys Môn. Ond gwyddai pawb mai Duw fyddai'n dewis, a hynny'n ddoeth.

'Arthur?' meddai Duw ychydig ddyddiau wedi'r cyfarfod, 'Ti ffansi job?'

''Swn i wrth fy modd!' gwenodd Arthur, 'A 'dach chi'n gw'bod yn iawn pa job dwi'n disgwyl amdani ers achau.'

'O ydw. Ond 'dan ni wedi trafod hyn o'r blaen, Arthur bach. Gad i ni weld sut job wnân nhw o'r Cynulliad 'na yn gynta. Ond Cymru sydd gen i mewn golwg i ti—chdi, Dafydd ap Gwilym a Dewi.'

'Dewi?'

'Ia, Dewi Sant. Mi fydd angen rhywun call a phwyllog fel fo i gadw trefn arnat ti a Dafydd.'

'Os 'dach chi'n deud. Reit, mi a' i i baratoi rŵan y munud 'ma.'

Roedd Arthur yn amlwg wedi cynhyrfu'n rhacs, a gwenodd Duw. Roedd y ddau arall wedi hoffi'r syniad hefyd. Gwenu'n dawel wnaeth Dewi, a diolch am gael y fath anrhydedd. Ac roedd 'na wên anferthol wedi lledu dros wyneb Dafydd. Efallai y dylid cadw golwg ar hwnnw; doedd Duw ddim yn rhy siŵr o oblygiadau'r sêr yn ei lygaid. Roedd o wedi bod yn rhyfedd o dawel ers canrifoedd, ond ers clywed y byddai'n dychwelyd i'r ddaear, roedd wedi dechrau canu iddo fo'i hun am ryw 'Forfudd, fun o Eithinfynydd'. Ie, honno. Efallai nad oedd chwant rhywiol pawb yn diflannu wedi croesi drwy'r porth mawr wedi'r cwbl. Hm. Byddai'n rhaid gwirio'r system rhyw dro, ond roedd pawb yn rhy brysur ar hyn o bryd.

Daeth yr awr i'r fintai adael am y Ddaear. Eisteddai Duw ar ei chwmwl, yn bwrw ei golwg dros y bodau dewr o'i blaen, gannoedd ohonynt, a'r rhai mwyaf brwd—Gandhi, Martin Luther King, Albert Schweitzer, Jeanne d'Arc, George Washington a Florence Nightingale yn y rhes flaen. Doedd fiw iddynt ddychwelyd i'r ddaear yn edrych yn union fel yr arferent edrych, felly roedd pob un wedi gorfod newid fymryn. Edrychai Gandhi mor ddiarth gyda mop o wallt trwchus, ac roedd Martin wedi teneuo'n arw. A bobol bach, roedd y cyrls melyn yna'n siwtio Jeanne.

Gwenodd Duw, a theimlo ton o falchder yn treiddio drwyddi. Dyma be oedd byddin. Traddododd ei haraith a derbyniodd y gymeradwyaeth yn wylaidd, ac yna, galwodd ar bob gwlad yn ei thro i gamu 'mlaen at y frwydr. Doedd yr effaith ddim yn annhebyg i seremonïau'r Gemau Olympaidd ar y ddaear. Y tu ôl i faner yr Unol Daleithiau, cerddai Martin a George, Abraham Lincoln a Sitting Bull, ynghyd ag ugeiniau o gewri Indiaid dewr yr Amerig. Siawns na allen nhw sodro rhywfaint o synnwyr i bennau'r Yanks materol 'na. Gyda sain yr utgyrn a choblyn o daran, diflannodd y criw. Byddent yn glanio yn Los Angeles a Chicago, Efrog Newydd a Dallas o fewn eiliadau.

Aeth y cyfan fel watsh, pob gwlad yn ei thro yn cael ei chyflenwad o Feseiau, ac yna tro baner y Ddraig Goch oedd hi. Roedd gan Dduw fan gwan am Gymru, gan iddi deimlo'n euog am bopeth yr oedden nhw wedi ei ddiodde dros y canrifoedd, o driciau budron Edward y Cyntaf i anlwc y tîm pêl-droed cenedlaethol presennol. Dim ond tri a ddilynai'r faner heddiw, ond dyna i chi dri!

Gwisgai Dewi siwt a choler wen, yn amlwg wedi penderfynu mai'r ffordd orau iddo ledaenu'r neges oedd drwy bregethu. Dim ond gobeithio y gallai ddenu rhywun i'r capeli yn y lle cyntaf. Gwisgai Dafydd ddillad digon od, trowsus tywyll, siaced hir ddu a het fawr, awdurdodol. Ai dyna ffasiwn beirdd y dyddiau hyn ? Ac roedd o'n gwenu fel giât, yn ailadrodd fel tiwn gron, 'Mawr ddisgwyl Morfudd ddisglair . . .' O' r nefi. A dyna Arthur, mewn trowsus denim a chrys chwys coch—a chleddyf am ei ganol. Cleddyf? Cododd Duw ei haeliau.

'Hei! Arthur!'

Neidiodd Arthur gan bŵer y floedd a throi ei ben tuag ati.

'Ia?'

'Be 'di'r cleddyf 'na?'

Crychodd Arthur ei dalcen a rhoi cledr ei law ar y wain yn warchodol.

'Fedra i ddim mynd yn ôl heb hon,' meddai'n benderfynol.

'O gelli!' gorchmynnodd Duw yr un mor benderfynol. Syrthiodd pen golygus Arthur at ei frest. Oedodd, ac yna cododd ei ben i edrych ar Dduw'n ymbilgar.

'Na, dim ffiars o beryg,' eglurodd Duw a'i breichiau wedi eu plethu'n gadarn dros ei bronnau. 'Mi fyset ti'n cael dy restio cyn i ti droi rownd. Tydi pethau fel'na ddim yn gyfreithlon ar ganol stryd yng Nghymru bellach, a fyddi di mo'i hangen hi beth bynnag. Achub y ddynoliaeth ydi dy waith di, nid 'u lladd nhw.'

'Ond . . .'

'Na—a stopia sbio arna i fel'na. Tyrd, dyro hi i Gabriel . . . Dyna ni. Reit, pob lwc i chi, hogia.'

Atseiniodd yr utgyrn a chyda'r daran olaf, diflannodd y tri Chymro mewn shwrwd o sêr.

Roedd copa'r Wyddfa o dan flanced o niwl trwchus, ond pan laniodd y tri, disgynnodd y llwydni'n gyflym i gyfeiriad Llanberis. Edrychodd y tri o'u cwmpas.

'Llwyd,' ochneidiodd Dafydd, gan rythu'n hiraethus ar y cymylau oddi tano. 'Morfudd, lliw goleuddydd, Llwyd.'

Edrychodd y ddau arall arno'n hurt, a rhoddodd Dewi ei law ar ei ysgwydd yn dyner, gan sibrwd 'Mae hi wedi mynd, gyfaill.'

Ochneidodd Dafydd yn hirfaith a thrwm.

'Taw â'th sôn, a gad fi'n llonydd,' wylodd Dafydd, gan dylino ei het fel tasa hi'n does.

'Dwi'n meddwl 'mod i wedi bod fan hyn o'r blaen,' cyhoeddodd Arthur yn sydyn. 'Wel, ar f'enaid i, lawr fan'na mae'r hen ogof fues i'n cuddio ynddi cyhyd. Ond be ar y ddaear ydi'r cwt hyll 'na'n fan'cw?'

'Efallai eu bod wedi codi addoldy yma,' cynigiodd Dewi'n dawel.

'Dymunol yw'r addolwyr,' chwyrnodd Dafydd yn isel, a'i lygaid wedi eu hoelio ar ddwy ferch ifanc mewn trowsusau byr iawn, iawn. 'Yn fy mhen ddwy seren serch.' Yna cyffrôdd drwyddo. 'Myn y nef, y mae hefyd, un 'run ffunud â Morfudd!'

'Yr un gwallt melyn?' gofynnodd Arthur.

'Ie,' gwenodd Dafydd, a'i lygaid yn disgleirio. 'Fy serch ar hon fwyfwy sydd, hudoles a duwies deg.'

'Pwyll, gyfaill,' meddai Dewi, 'A cheisia gofio pam yr ydym yma. A dyro'r gorau i gynganeddu bob gair, mae'n mynd yn fwrn.'

'Cyn rheitied i mi brydu, ag i tithau bregethu,' atebodd Dafydd fel mellten.

'O'r gorau, digon teg,' atebodd Dewi, a wyddai na fedrai ennill y ddadl. 'Nawrte, beth yw'r cam nesaf?'

'Wel,' cynigiodd Arthur, 'gan 'mod i'n nabod yr ardal yma, beth am i mi aros yng Ngwynedd; dos di am y canolbarth, Dafydd—mae Gabriel wedi trefnu swydd i ti yn y Llyfrgell Genedlaethol dwi'n meddwl, a dos dithau, Dewi, am y de.'

'Gwych, gwych,' gwenodd Dafydd, a'i lygaid yn dal wedi'u hoelio ar y flonden oedd ar fin camu i mewn i'r caffi.

'Wel,' gwenodd Arthur, 'Does 'na'm brys. Waeth i ti fynd ar ei hôl hi, neu beryg y byddi di fel cnonyn drwy'r dydd.'

'Ie,' cytunodd Dewi, 'Byddai'i hun, beiddia'i hannerch. Efallai ei bod hi'n gwybod y ffordd i Aberystwyth.' Chwerthin wnaeth Dafydd, yna gosododd ei het yn ôl ar ei ben, ac ysgwyd llaw yn gadarn â'r ddau, cyn brysio am borth y caffi.

'Nid wyf yn siŵr sut hwyl gaiff Dafydd ar achub y ddynoliaeth,' meddai Dewi'n fyfyriol.

'Wel, mae o'n siŵr o gael hwyl, beth bynnag,' chwarddodd Arthur. 'Mae hormonau'r creadur dros y siop ers oes. Paid â phoeni, mi fydd Duw'n cadw llygad barcud arnon ni i gyd, ac os aiff Daf i ddŵr poeth, fe ddaw llaw Duw i'w godi oddi yno.'

'Dyna ni, 'te,' meddai Dewi, 'Fe af am y deheubarth. Dywedodd Gabriel y byddai'n trefnu swydd i mi gyda S4C neu Radio Cymru, ac mae hi'n wybyddus i bawb fod angen cymorth mawr arnynt hwy. Pob lwc i ti Arthur.'

'A thithau.'

Gafaelodd Arthur yn dynn yn llaw ei gyfaill, ac yna fe'i gwyliodd yn cerdded yn bwyllog i lawr y llwybr, nes iddo fynd o'r golwg yn llwyr. Edrychodd o'i amgylch unwaith eto gan anadlu'n ddwfn, a sylwodd ar adeilad uchel yn sgleinio yn y pellter, i gyfeiriad y môr.

'Castell y blydi Edward 'na,' meddyliodd. 'Fan'no mae dechrau talu'n ôl. Ond yn gyntaf . . . Yr ogof.'

Dringodd yn athletaidd i lawr y llethr. Ymbalfalodd ymysg y creigiau am bron hanner awr, a chafodd fraw pan lithrodd ei droed, a'i adael yn hongian gannoedd o droedfeddi uwchben Llyn Glaslyn. Ond o'r diwedd, gwelodd y garreg a osodwyd dros y fynedfa yr holl flynyddoedd yn ôl. Edrychodd o'i gwmpas. Na, allai neb ei weld fan hyn. Gwthiodd yn erbyn y garreg yn ofalus, nes cael digon o le i wasgu heibio iddi . . .

Roedd yr arogl fel neithdar. Arogl yr henfyd. Cerddodd ar hyd y cyntedd hir, heb angen golau. Adwaenai bob cornel, pob carreg yn rhy dda. Gallai deimlo'r gwaed yn pwmpio drwy'i wythiennau, a thaerai fod ei galon yn ysu am neidio allan o'i frest. Ac yna, ym mhen draw'r ogof, gwelodd siâp bwrdd crwn, a chysgodion cyrff mewn trymgwsg yn pwyso arno. Gallai eu gweld oherwydd yr holl aur a grogai o'r nenfwd a'r waliau. Dechreuodd grynu . . . O'r diwedd, roedd o'n ôl. Caeodd ei lygaid, ac anadlodd yn ddwfn, cyn gollwng bloedd a atseiniai fel utgorn.

'Deffrowch, gyfeillion! Mae Arthur yn ei ôl!'

Gwenodd Duw. Roedd hi wedi bod yn gwylio Arthur ar hyd pob cam o'r daith.

'Digon teg,' meddai hi wrth Gabriel wrth ei hochr, 'Mae hi'n bryd i Gymru gael brêc. Awê 'ta Arthur, 'ngwas gwyn i—a dyro hel iddyn nhw.'

H.R.H.—R.I.P.

Meleri Wyn James

Caeodd Angharad Haf Sophie Windsor y drws yn glep y tu ôl iddi. Os oedd hi'n gobeithio siglo'r anghenfil gwydr hyd ei seiliau, fe gafodd siom. Ei hunig lwyddiant oedd hollti gewin, un yr oedd Ffani wedi ei ffeilio mor amyneddgar y bore hwnnw. Yr eiliad nesaf, cafodd ei dallu gan fellt o fflachiadau'n ymwthio o dan y mêc-yp fel pelydrau-X.

'Ffycin hel!' poerodd, cyn lliniaru ei hiaith i weddu i'w statws.

Bolltiodd i lawr y grisiau concrit mor gyflym ag yr oedd ei stiletos sling-bac yn caniatáu. Un peth yn unig oedd ar ei meddwl. Y car. Roedd yn rhaid cyrraedd y car. Yna, pwyllodd. Toddodd y gloynnau dur yn llygaid llo bach a gwyrodd ei phen i un ochr.

'Frenhines! Frenhines!'

Roedd y cŵn yn snwffian am stori.

'Fy mhobol,' meddyliodd a 'smiciodd ei haeliau fel adenydd pili pala. Agorodd ei chot i ddatgelu ffrog *Versace* wedi ei haddurno â bandiau lastig—ffasiwn 'poethaf' a dryta'r tymor. Diflannodd y dur: wele'r oen swci.

'Beth yw'ch ymateb i'ch diswyddiad gan Fwrdd y Cynulliad?'

Chwarddodd Sops yn uchel ac yn ffug.

'Trwy lwc, dwi ddim yn Frenhines ar y Cynulliad,' meddai'n ffroenuchel. 'Dwi'n Frenhines y bobol.'

Gwenodd rhes berffaith o ddannedd gosod. Gorchuddiwyd yr unig ddant pydredig oedd ar ôl yn ei cheg gan fantell aur—o goron y Frenhines gynt. Lledodd y wên. Fyddai dim angen aur nac arian ar honno er y ddamwain awyren farwol.

'Diswyddiad wir! Wnaiff y bobol ddim caniatáu'r peth,' arthiodd yn awdurdodol.

Gwenodd un o'r cŵn yn lletach na hithau. Roedd yn laddar o chwys a phoer, o'i geg i'w gopis. 'Onid y bobol sydd wedi'ch diswyddo?' gofynnodd yn ddi-flewyn-ar-dafod. Ni phallodd y wên. 'Yn ôl canlyniadau'r bleidlais ffôn, roedd wyth-deg-tri-y-cant o blaid eich diswyddo, naw-y-cant yn erbyn a thri-ar-ddeg-y-cant arall erioed wedi clywed sôn amdanoch chi o gwbwl.'

'Gwerin datws. Beth wyddan nhw?' cuchiodd. Crychodd ei hwyneb fel papur mewn dwrn.

'Ond fyddech chi ddim yn cytuno, Eich Mawrhydi, bod arian at addysg a iechyd yn bwysicach na chynnal y Frenhiniaeth?'

'Dwi'n meddwl y dylen nhw adael i'r wlad gael ei rhedeg gan bobol sy'n gwybod yn well.'

Daeth iachawdwriaeth o gyfeiriad annisgwyl ceseiliau Iestyn Chwystin o *Firror Cymru*. Wrth ogleuo'r tarth annymunol a oedd bellach yn llenwi eu ffroenau, anghofiodd pob un am y brif swyddogaeth o sicrhau cyfweliad â Brenhines Cymru. Clywai Sops ambell un yn bwldagu.

Gwelodd ei chyfle a baglodd hi am y car. Petai hi'n gwybod y byddai'n mynd adref ar y bws, hwyrach na fyddai wedi dianc mor chwim. Roedd yn rhaid iddi werthu llun o'r 'Frenhines ar drafnidiaeth cyhoeddus' i dalu am docyn. Doedd ganddi ddim arian poced. Ni wellwyd ar ei hwyliau pan welodd ei gyrrwr, gwas da a ffyddlon, yn hebrwng neb llai nag Alwyn Carmichael, Arweinydd y Cynulliad bondigrybwyll! Llygoden Ffrengig oedd yn methu treiglo i achub ei fywyd gwleidyddol, dyna'r oll oedd hwnnw. Pwy oedd e'n meddwl oedd e? Oreit. Arweinydd y Cynulliad. Ond ar wahân i hynny?

* * *

Roedd hi'n wlyb hyd at ei chroen a chwant yn codi fel stêm oddi ar ei dillad *designer*. Tynnodd oddi amdani a neidio'n noethlymun o dan y cynfas.

Safai Herciwles ger y cwpwrdd yn didoli ei dillad. Bachgen da, meddyliodd. Weithiau, bachgen drwg. Dechreuodd chwarae â'i hun. Er ei fod yn ddyn a hanner roedd e'n fên â'i *foreplay*.

'Dere i'r gwely,' gorchmynnodd. 'Dere!' bloeddiodd.

'Na,' atebodd Herciwles yn dawel.

'Beth ti'n feddwl—"na"? So ti erio'd 'di gweud "na" o'r bla'n. Dyw "na" ddim yn rhan o dy ddisgrifiad swydd.'

Doedd neb wedi dweud "na" wrthi ers iddi adael ei gŵr.

'Dwi'n ddyn rhydd rŵan 'sti. Daeth fy nghyflogaeth i ben y bore 'ma.'

'Paid â gweud dim. Dwi'n maddau i ti am gael y sac. Dere 'ma. Cisi-cisi mêc yp.'

Caeodd Sops ei gwefus mewn siâp cusan. I Herciwles, edrychai'r geg mor ddeniadol â phen ôl ceiliog Bantam.

'Sori,' meddai'n annifyr. Roedd y carped coch, a oedd yn gweddu i'r cynfas coch, y llenni coch a'r waliau coch, yn ei ddiddori y tu hwnt i bob rheswm. Ni allai dynnu ei lygaid oddi arno. Yn araf, gwawriodd ar Sops nad didoli ei dillad hi roedd ei chariad ond pacio ei bethau ei hun.

'Paid ag anghofio'r rhain,' meddai'n bwdlyd gan fachu'r hancyffs a oedd yng nghrog ar ben y gwely. Roedd iddyn nhw werth sentimental. Anrheg gan ei dad, plisman a oedd wedi dysgu Herciwles sut oedd chwarae pob un o'r gêmau cïaidd yr oedd mor hoff ohonyn nhw. Doedd dim ots ganddi gael ei chlymu ond roedd e'n ei chwipio'n filain â chiwcymbr. Petai Sops ond yn gwybod mai fel hyn y byddai hi . . .

'Hiwci, hynci. Wy'n gwbod nei di'm 'y ngadael i go wir. Cisi, cisi gwlyb.'

Agorodd y cynfas a'i choesau'r un pryd.

'Hwda, ddaeth hwn i chdi. Sori,' meddai hwnnw eto fyth a chau'r drws y tu ôl iddo.

'Stwffia di, cont!' sgrechiodd Ei Mawrhydi.

Agorodd y llythyr yn frysiog gan dorri'r amlen yn ddannedd papur.

'Hyn sydd i'ch hysbysu y bydd disgwyl i chi adael y Palas erbyn diwedd yr wythnos. Sylwer mai eiddo i'r bobol ydi'r dodrefn, y dillad a'r gemwaith. Er gwybodaeth, y tenant newydd fydd Alwyn Carmichael.'

Tynnodd y gorchudd yn dynn am ei phen. Gallai guddio fan hyn am byth. Ychydig o eiliadau'n ddiweddarach roedd hi'n mygu. Ystyriodd waeddu am help. Roedd hi'n marw! Pipiodd dros ben y parapet cotwm. Gallai anadlu unwaith eto. Rhyfedd, meddyliodd.

*　*　*

'Ffani! Ble ma' cinio?' gwaeddodd.

Roedd hi bron â starfo. Roedd hi'n cael salad letys a seleri bob dydd am ddeuddeg ar y dot. Roedd hi'n ddwy funud wedi deuddeg.

Oedd y fenyw ddwl am iddi newynu i farwolaeth ar ben pob dim arall?

'Ffani!' Chlywai hi'r un smic.

Yn absenoldeb Hiwcsi chwiliodd o dan y gwely am y siwt nos gwningen a'r sanau trwchus. Lapiodd y cynhesrwydd amdani fel cwtsh.

'Ffani! Ffa-ani!' sgrechiodd nerth ei thonsils er ei bod hi'n berffaith amlwg fod y palas mor wag â'i phen.

Hmm . . . Fe ddangosai hi iddyn nhw. Gallai baratoi ei chinio ei hun. Wedyn, fydden nhw'n flin. Reit. Sut oedd rhywun yn dechrau "paratoi cinio"? Mmm, roedd hi'n mynd i'w sbwylio'i hun yn rhacs. Roedd hi'n haeddu hynny. Beth am ei ffefryn? *"Carbonara et Creme et Caviar et Moules"*. Os gallai Ffani'r forwyn ymdopi roedd hi'n siŵr y gallai hithau, Brenhines gyntaf Cymru. Roedd coginio'n hawdd fel dŵr.

Agorodd Sops ddrws y cwpwrdd yn hawdd unwaith iddi sylweddoli mai trwy dynnu ac nid ei wthio y gwnaed hynny. Roedd y cwpwrdd yn wag fel ogof ond am un peth. Nodyn. Darllenodd.

'Angen y bwyd i fwydo'r plantos. Sori. Mae ein hangen ni'n fwy . . . Mae 'na ddeg ohonon ni. Cofion, Ffani.'

A bai pwy oedd hynny? meddyliodd Sops.

Yr unig beth bwytadwy oedd gwenynen farw.

Têc-awê amdani, felly. Cododd Sops y ffôn. Doedd yna ddim tôn deialu, ond clywodd y neges ganlynol,

'Eich Mawrhydi. Oherwydd amgylchiadau y tu hwnt i'n rheolaeth bu'n rhaid i ni ddadgysylltu'r ffôn. Gorchymyn gan Fwrdd y Cynulliad ar ran pobol Cymru.'

Slamiodd y derbynnydd yn ei grud.

'Gwyddfid, cariad,' bloeddiodd i geg y ffôn symudol.

'Dydi Ms Gwyddfid ddim ar gael. Alla i helpu?' meddai llais dieithr yr ochr arall.

'Wrth gwrs ei bod hi ar gael, ddyn! Angharad Haf Sophie Windsor, Brenhines Cymru, neb llai sydd 'ma.'

'Dydi hi ddim ar gael. Oes yna neges?'

'Oes. Gofynnwch i "Madam" fy ffonio ar fyrder.'

Doedd dim dewis, felly. Fe fyddai'n rhaid iddi wynebu'r argyfwng yn yr un modd â phob person dygn arall. Doedd ganddi ddim dewis ond siopa. Agorodd y drws ac fe'i dallwyd gan fyrdd o fflachiadau, fel lampau goleudai. Yn sydyn, cofiodd ei bod yn dal i wisgo'r siwt gwningen. Caeodd y drws yn glatsh.

Aeth yn ôl i'r gwely, i guddio.

* * *

Pan ddihunodd Sops roedd hi'n dywyll fel y fagddu, yn dywyll fel byd ei hunllefau. Roedd ei bol yn rhuo fel llew newynog ac yn brathu fel picwns bach. Roedd hi'n difaru peidio â bwyta'r wenynen.

Doedd dim amdani ond mentro. Oedd, roedd hi am fynd yn y car. Bu ganddi yrrwr erioed. O'r pram i'r goetsh i'w limwsîn yntaf, roedd rhywun i'w hebrwng o fan hyn i fan'co. Syniad annelwig oedd ganddi o'r hyn ydoedd "gyrru". Ymdrechodd Herciwles i'w hyfforddi un tro, ond roedd yr holl sôn am danio'r sbardun ac anwesu'r pren-newid-gêr wedi ei chyffroi a symudodd y wers o'r sedd flaen i'r sedd gefn. Cofiai fod yr allwedd yn mynd yn y slot ceiniogau ger yr olwyn a bod gan bob pedal swyddogaeth wahanol. Gallai ymdopi'n iawn.

Sleifiodd allan o ffenest y tŷ bach ac ar hyd yr iard at gyfeiriad y garejys. Doedd hi ddim wedi sleifio allan o ffenest tŷ bach ers dyddiau ei affêr gyda'r chwaraewr rygbi 'na. Perodd yr atgof i'r blew meddal sythu ar gefn ei gwddf. Doedd dim sôn am neb ac anelodd am y garej agosaf heb gael ei gweld. Trwy lwc, roedd trwyn y *Porsche* yn wynebu'r heol. Doedd hi'n gwybod dim am facio'n ôl.

A'i thraed amhrofiadol ar y pedalau, herciodd y car ar hyd yr iard fel cath yn cael ffit. Gwasgodd ei stileto yn erbyn y sbardun a dychmygu'r min fel coes ymbarél yn plymio i fyny ffroenau Alwyn Carmichael. Ar lawnt y ffrynt, roedd y cŵn yn sythu. Roedd eu bysedd yn dalpiau o iâ ond doedd oerfel canol Ionawr ddim wedi rhewi eu clustiau. Doedd y *Porsche*, a ymlusgai fel crwban cloff, ddim wedi cyrraedd gwaelod y lôn cyn iddyn nhw danio'u moto-beiciau. Roedden nhw i gyd yn benderfynol o fachu'r cyfweliad mawr.

Anelodd Sops drwyn y car at y ffordd fawr a gwasgu Carmichael yn bancosen fflat. Roedd hi'n deimlad braf, y tu ôl i'r olwyn. Teimlai'n rhydd. Sylwodd am ennyd nad oedd yn gwisgo gwregys.

Roedd hynny'n gyfraith gwlad, ond yna roedd rhywun fel hithau uwchlaw pob cyfraith. Petai wedi trafferthu i edrych yn y drych uwch ei phen, fe fyddai wedi sylwi hefyd nad hi oedd yr unig gerbyd ar y ffordd. Sgrech eu cyrn oedd yr arwydd cyntaf a gafodd o bresenoldeb y cŵn. Beth yffach? Llamodd calon Sops. Roedden nhw'n ddigon agos i'w holwynion ffrynt gusanu tin y *Porsche*. Sbardun, brêc, sbardun, brêc. Roedd hi methu canolbwyntio.

Achubodd un o'r beiciau'r blaen ar y lleill a gwibio ochr yn ochr â drws y gyrrwr.

'Ffycars,' hisiodd Sops, gan ddechrau dychryn.

Yn sydyn, roedd un arall ar ochr y teithiwr. Ochr yn ochr fel beiciau'r heddlu. Ai dyna oedd eu gêm? Oedden nhw yno i'w gwarchod, yno i'w helpu?

'Un cwestiwn, Eich Mawrhydi,' gwaeddodd un. 'Onid yw hi'n wir eich bod yn y cach? Sgynnoch chi neb. Dim teulu, dim staff, dim ffrindiau.'

Ysbrydion y nos, a'u hwynebau fel sgerbydau calch.

'Pa ddyfodol sy gennych?' sgrechiodd un arall.

Gwasgodd Sops y sbardun. Roedd hi'n banics gwyllt. Roedden nhw'n taflu cwestiynau fel cyllyll. Synhwyrai hyd yn oed gyrrwr amhrofiadol fel Sops eu bod nhw'n gyrru'n beryglus o ddiofal. Cnoc, cnoc, tarodd un ar y ffenest. Bang, tarodd olwyn y beic yn erbyn y *Porsche*. Roedden nhw am ei difetha. Arswydodd.

'Cewch o'ma,' sibrydodd yn gryg.

'Onid yw hi'n wir ei bod hi'n "Amen" arnoch chi a'ch teulu? Mae'r bobol wedi cael llond eu boliau!'

Y bobol. Ei phobol. Ble oedd ei phobol? Roedd hi wedi cysegru ei bywyd iddyn nhw, rhwng deg a hanner awr wedi tri bob dydd—a dwyawr i ginio. Tri chant chwe deg pump o ddyddiau'r flwyddyn— ar wahân i bymtheg wythnos o wyliau. Gwasgodd yn gadarn ar y gwadn. Roedd hi wedi bod yn fodlon gwneud unrhyw beth drostyn nhw. O fewn rheswm. Byddai wedi marw er eu mwyn. Trawodd y syniad fel cyllell i'w chalon. O'r gwyll o'i blaen, gwelai gornel. Sut oedd ymdopi â chornel? Mwy o frêc? Newid gêr? Sut oedd disgwyl iddi ganolbwyntio? Brenhines y bobol. Byddai'n fwy na hynny. Gwelodd y dagrau drin. Synhwyrodd y galar gofidus. Caeodd ei llygaid llo bach yn dynn, dynn. Gwasgodd y sbardun—a gwenu.

Hen Aelwyd

Harri Pritchard Jones

1

*Roedd o'n chwysu talpiau, rhwng yr ymdrech a'r awyrgylch. Hi â'i
phen-ôl ar ymyl y silff yn y cwpwrdd crasu, ei sgert a'i brat starts
am ei chanol, ei blows yn llydan-agored, a'i cheg yn llowcio'i
glustiau a'i dafod. Gwasgai'i choesau ei ganol fel feis. Hyrddiai'i
hun i mewn iddi, ei ddwylo am ei phalfeisiau a'i rhai hi'n cydio'n
orfoleddus o boenus yng ngwallt hir ei wegil. Roedd y ddau ar fin
dŵad, efo'i gilydd mewn storm, rhyferthwy o nwyd . . .*

Deffrodd yn laddar o chwys. Lle'r oedd o? Roedd y dŵad wedi'i
gyflawni—iddo'i hun . . . Trodd ei ben yn llechwraidd—a gweld
mai hi, Mair, oedd wrth ei ochr. Yn cysgu'n dawel, braf. Cwsg y
cyfiawn, myn diawl! Roedd hi'n rhy berffaith i fyw. Tasa hi'n
gwybod, hyd yn oed yn amau? Heb sôn am Siân, ac roedd Noelle
yn ddigon hen i ddechrau dallt. Ei phen-blwydd hi ymhen mis, yn
bump, ac ar fin dechrau yn yr ysgol. Fyddai hi'n haws gadael ar ôl
hynny, mwn. Digon o ffrindiau newydd, a Siân yno i gadw llygad
arni.

Ysgariad? Rhyw ddydd, er mwyn bod yn rhydd eto, fel yn y
dyddiau da. Ond fysa hi byth yn cytuno. Yr hen egwyddorion 'na.
Dyna pam fynnodd hi briodi mewn eglwys, a'r holl gost 'na. Ond
nid fo oedd wedi gorfod talu!

Mi fydda fo'n dal i'w gweld nhw'n rheolaidd, yn ôl fel roedd y
shifftiau'n caniatáu, ac efo'i gyflog newydd crand, mi fedrai dalu'n
weddol dda i Mair i'w cadw nhw. Ymwahaniad 'gwâr'! Fysai hi'n
medru dal i weithio, tybed? Hwyrach na fysai ei chydwybod od hi
ddim yn caniatáu hynny. Ond maen nhw'n dweud fod bod yn
ddeintydd yn joban wych i ferched, a hwythau'n medru trefnu'u
gwaith i siwtio nhw'u hunain, a'r un peth yn siŵr o fod bron mor
wir am dderbynesau.

Mi fuasai canol mis Medi'n amser da: yr ysgolion wedi agor, ac mi fuasai'r cwrs 'na yng Nghanolfan Hensol drosodd—hwyrach y medr Gill ddŵad efo fi i hwnnw. Mae hi yn yr un maes, wedi'r cwbl, a fedra i esgus 'i bod hi'n rhan o 'nhîm i! Wedi trosglwyddo o'r hen ysbyty i'r Uned newydd sbon 'yn y gymuned'. Toes neb yn gwybod am 'yn perthynas ni, beth bynnag—ddim eto. A dydw i ddim wedi bod yn hogyn drwg ers tro—ddim ers imi adael y wardiau a mynd yn ddyn desg. Doedd dim rhaid imi ar y dechrau.

Mi fydd raid penderfynu'n fuan rŵan, chwilio am fflat bach yn gyfleus i'r Uned . . . a dewis yr amser gorau—ia, gorau!—i ddweud wrth Mair a'r plant.

Trodd ei ben yn ara i syllu arni: y crychau bach wrth onglau'i llygadau, conglau'i cheg yn dechrau troi at i lawr, y gwallt yn dechrau britho'r mymryn lleia a rhyw groen sych ar grib ei chlustiau—roedd hi'n ddeugain flwyddyn nesa. A Duw a ŵyr pryd fydd y newid bywyd yn dechra; ddechreuodd o'n gynnar yn achos ei mam hi—esgus arall i fod 'di blino, ac yn dda i affliw o ddim yn y gwely.

Roedd hi 'di bod yn eitha da ers talwm, chwarae teg, cyn cael Noelle—a'r felan—ac roedd hi'n bell o fod yn hyll o hyd. Ond ddim cystal â Gill! Roedd Gill ddeng mlynedd yn 'fancach, a'i chorff yn dal yn athletig a hyblyg—ac ir! Digon o afael ond dim cnawd sbâr. Mwynhau dawnsio a thancio, ac ar gael ar y ward ambell noson pan fyddai o'n mynd draw i'r Uned—'jest i wneud yn siŵr fod popeth yn iawn!' Mair druan, mor ddiniwed, doedd hi byth yn amau neb o ddim . . .

Llithrodd Noel allan o'r gwely, a llwyddo i beidio â deffro Mair. Doedd o ddim eisiau cael sgwrs na gorfod gweld y plant y bore yma. Roedd angen cawod sydyn arno. Roedd Gill yn dal ar ei feddwl: mi fyddai hi ar ddyletswydd erbyn hyn. O fynd i'r Uned yn gynnar, hefyd, mi ddaliai ambell un yn cyrraedd yn hwyr, a rhoi rhybudd i'r lleill ei fod yn cadw llygad barcud ar bethau. Roedd o'n awchu am ddyrchafiad arall, ac roedd ei brosiect roi enwau a phroblemau a ffaeleddau'r holl gleifion—neu gleientau, bellach—ar y cyfrifiadur, a nodi costau eu cadw a'u cynnal, pob ffisig a thriniaeth arbennig ac ati, wedi gwneud argraff ddofn ar Rif 9. Roedd hierarchi'r byd nyrsio bron yn gyfan gwbwl wrywaidd erbyn hyn, ac roedd ei uchelgais wedi mynd i'r entrychion bellach gyda dyfodiad yr Uwch-nyrsiau—a'r rheiny'n medru ennill bron cymaint â meddygon ymgynghorol! Pa rif roddid i'r *Supers* newydd 'ma, tybed?

Ia, byd o ddynion effeithlon oedd byd nyrsio seiciatrig bellach, yn trio rhoi a chadw trefn ar yr holl ferched oedd yn nyrsio a glanhau a gwneud bwyd, ac yn treulio llawer gormod o'u hamser yn rhoi mwythau i'r cleientau, yn lle eu helpu i sefyll ar eu traed eu hunain. Wedi'r cyfan roedden ni ar fin canrif—mileniwm—newydd!

Eilliodd efo'i beiriant trydan newydd yn y tŷ bach lawr grisiau rhag gwneud sŵn. Roedd ei wyneb yn llyfn bellach ac 'oglau cryf yr hylif ôl-eillio arno, a'i siwt lwyd, ei grys glas golau a'i dei cochlyd yn edrych yn smart. Y trueni oedd fod ei wallt yn cilio rhyw fymryn. Cribodd o ymlaen er mwyn gorchuddio'r moelni gwelw, atgas. Torsythodd a thynhau ei wefusau'n hunanfodlon a herfeiddiol. I ffwrdd â fo, ac roedd y car yn y trydydd gêr cyn i Siân ddeffro a churo ar ddrws llofft ei mam.

* * *

Syllai Noel ar Gillian wrth ei gwaith. Fo oedd wedi trefnu'r camerâu teledu cylch cyfyng 'er mwyn cadw golwg ar y cleientau', a lleihau'r gofyn am nyrsys. Ond roedd y camera bach yn declyn effeithiol iawn i gael sbecian ar y staff hefyd. Dyna reswm arall pam roedd yr hen hoedan 'na ar yr Uned arall wedi codi'r Undeb yn ei erbyn o. Ond mi gafodd o'r gorau arnyn nhw drwy ffalsio a bygwth a'u rhannu nhw!

Roedd Gill yn plygu dros ryw hen fachan rŵan, yn ailosod y clustogau y tu ôl i'w gefn, ac yn dangos ei chamedd-garrau. Roedd o'n cael ei gyffroi y funud hon . . . Dim ond rhyw naw awr—neu hyd yn oed amser cinio! Byddai'n rhaid gwneud rhywbeth—un ohonyn nhw—rhag ofn iddo fo gael ei ddal. Ond fedrai o fyth wynebu cael y toriad. Smwddiodd ei wallt i lawr tuag at ei dalcen a sythu cwlwm ei dei. Canodd y ffôn: ei ysgrifenyddes, eisiau amser iddo gyfarfod Rhif 9! Gobaith am godiad o fath arall!

* * *

47

Doedden nhw ddim wedi cyrraedd adre o ble bynnag yr aethon nhw. Roedd o'n flin fod Mair yn gwastraffu'i amser prin o. Ond cofiodd fod gynno fo agoriad i'r lle o hyd, a mentrodd i mewn i gael sbec ar sut roedd pethau yno. Doedd o ddim wedi bod dros y trothwy ers misoedd, rhwng ei bod hi'n dŵad â nhw i'w gyfarfod o, neu fo'n eu casglu nhw o'r drws neu jest canu corn y car tu allan.

Taclau gwraig gweddw oedd Modryb Sara'n arfer ddeud, ond doedd pethau ddim mor ddrwg â hynny. Roedd o'n cofio cwpanau Nain yn frown i gyd, sinc a basn y tŷ bach yn fudr, a llwch ym mhobman. Na, doedd pethau ddim mor ddrwg â hynny, ond wrth fynd i'r baddondy rŵan am bisiad sydyn roedd o'n methu peidio sylwi fod un o'r llenni wedi dŵad oddi ar y rhoden ar un ochr, a bod eisiau ailbapuro'r cyntedd ac ailbeintio'r gegin yn druenus. Eisiau dyn o gwmpas y lle. Ia, ia, ond mi oedd gynni hi'r modd i dalu dyn i wneud y gwaith. Roedd o'n talu'n anrhydeddus iddi, a Gill yn cwyno'n aml am fod Mair yn mynnu aros adre, o leiaf nes byddai'r genod yn yr ysgol uwchradd. A chwyno pan fydda fo'n prynu anrhegion pen-blwydd drudfawr iddyn nhw—'lleddfu cydwybod' fyddai hi'n haeru yn ei thymer. Byddai raid cael rhywbeth i Noelle cyn pen dim, a hithau ar fin bod yn chwech oed.

Ymhen dim, cyrhaeddodd Mair a'r genod. Cytunodd i gael paned efo hi tra oedd y plant yn hel eu pethau i fynd am dro i Ffair y Barri. Roedd Mair yn gwneud ei gorau i fod yn deg a chwrtais. Roedd hi'n cael rhyw de sinsir, heb lefrith na siwgr. Ac wedi tanio ffag—wedi dechrau ers iddo fo fynd. Ei gwallt yn fyrrach erbyn hyn, ac yn dwt, a doedd hi ddim wedi ennill pwysau—doedd hynny ddim wedi bod yn broblem iddi erioed, na'i theulu, meddai hi. 'Brid y milgi!' Gawn ni weld ymhen rhyw bum mlynedd . . .

Ond, roedd hi'n dal yn ddeniadol, ei choesau wedi'u croesi a'r sgert y mymryn lleiaf uwchben ei phen-glin. Doedden nhw ddim yn ddigon agos iddo fedru gweld llwydni rhyfeddol ei llygadau ymlynol—fel llechen yn sychu ar ôl cawod o law. Dyna beth dynnodd o ati gyntaf un . . . Atgofion, atgofion . . . Roedd ganddi gymeriad cryf i fedru ymdopi â'r hyn oedd wedi digwydd iddi. Dyna un o'u problemau, mae'n debyg, ei fod o'n teimlo ei bod hi'n rhy famol efo fo, a hithau'n cydnabod wrth bawb a phob un fod ganddi dri phlentyn. Iawn ar y dechrau, ond wrth iddo fo ddringo ysgol gyrfa . . .

Fedra fo ddim meddwl am ddynes mor wahanol i Gill . . . Cyrhaeddodd y ddwy eneth o'r llofftydd a chododd Mair ac yntau. Cafodd gipolwg ar y llygadau llwyd a'r elfen o dristwch dwys ynddyn nhw, cyn iddi droi ac agor y drws. I ffwrdd â'r tri i'r Barri, a Mair yn addo rhoi ei thraed i fyny a chymryd pethau'n dawel.

* * *

'Sai'n becso dam be ti'n feddwl—ond ma' fe wedi digwydd, a dyna fe!'

'Be uffar! Be ddiawl! Twll! . . . A be ti am neud amdano fo?'

'Gwneud! Be alla i wneud?'

'Ti'n gwybod yn iawn . . .'

'Ca'l 'i wared e ti'n feddwl?'

'A bod yn blwmp a phlaen, dyna'n union be dwi'n feddwl. Dy fai di 'di hyn. Ddeudis i ddigon am fod yn ofalus ond . . .'

'Ti o'dd yn gwrthod gwneud dim byd . . . A wy 'di gweud na alla i . . .'

'O, na, ddim dynes egwyddorol arall. Ges i lond bol o hynny efo Mair.'

'Wyt ti'n hen ddyn chwerw, hunanol, Noel. A beth bynnag, nid o ran egwyddor wy'n gwrthod llyncu'r bilsen . . .'

'Be 'ta? Ddim yr hen meigryn 'na. Be 'di hwnnw ond mymryn o gur yn pen! Fysa petha ddim hanner mor ddrwg tasat ti ddim yn smocio fel simnai drwy'r dydd.'

Clepiodd y drws ar ei ôl. Roedd o'n flin fel plentyn wedi gweld rhywun yn malu'i hoff deganau, ac yn cofio fod rhywun sy'n cerdded allan o ganol ffrae i'w siambr sori wedi colli'r ddadl. Brasgamodd i lawr tuag at y pentre. Cafodd ei demtio i alw ar Mair . . . Mi fysa'r genod yn yr ysgol . . . Na, rhy beryglus! Aeth ymlaen yn fân ac yn fuan i'w hen loches, yn y siop fetio. Roedd wedi cael tip gan Rif 9, a byddai ennill a medru diolch i hwnnw yn fymryn o falm ar ei gignoethni. Aeth ei dymer yn waeth fyth wrth iddo fo orfod disgwyl i osod ei fet am fod rhywbeth o'i le ar gyfrifiadur y ferch. Bu bron iddo gynnig mynd y tu ôl i'r cownter i helpu. Roedd o'n giamstar ar y peiriannau 'ma, a hynny oedd rhan fawr o gyfrinach ei lwyddiant fel gweinyddwr. Roedd o 'di mwynhau pethau fel'na ers iddo gael set drydan gan ei fodryb pan oedd o'n ddim o beth. Roedd yntau wedi rhoi cyfrifiadur bach i'r genod 'Dolig d'wytha a dechrau dysgu Siân sut i'w weithio fo, er mawr ofid i Noelle.

Aeth allan yn cydio'n dynn yn ei slip, a rhoi sws iddo fo cyn ei osod yn dwt yn ei waled. Mi welodd Mair ar ochr arall y lôn wedi stopio i sgwrsio efo rhyw ddyn. Teimlai'n annymunol o genfigennus. 'Peth difrifol ydy gwenwyn, 'sti', fyddai'i fodryb yn pregethu bob amser. Ond roedd hithau, fel Mair i raddau, yn llawer gormod o hen sant. Mair . . .

*   *   *

Gwelodd Mair yntau, a meddwl pa mor ddeniadol yr oedd o o hyd. O na bai'n bosib troi'r cloc yn ôl . . . Gymaint oedd ei hiraeth o hyd am ei gwmni, ei asbri—ei gorff. Ac amdano fel tad. Hwyrach y basai hi'n haws arnyn nhw tasa fo 'di marw. O, na!

Roedd yn dal yn ŵr iddi, wrth gwrs, er iddo grwydro, a hel cyfrifoldebau eraill. Allai hi ddim peidio â glynu wrth ryw welltyn o obaith . . . Petai rhywbeth yn digwydd iddi *hi*—ond, na, gwell peidio hel y fath feddyliau.

*   *   *

Roedd Gill wedi troi tuag ato a rhyw esgus ochneidio yn ei chwsg, a'i hen fol mawr yn ymwthio i'w feingefn o. Dipyn o 'oglau chwys arni hefyd. Ych a fi! Be ddiawl . . . Sut ddaeth o i'r twll yma? Fo—ddylai wbod yn well. Doedd o'm yn medru caru bellach ond o'r cefn, fel rhyw gi bach. Fawr o hwyl.

Aeth pethau'n rhy hwyr i fedru cael gwared arno fo—neu hi—a doedd Gill ddim yn awyddus o gwbl i wneud hynny, beth bynnag. Daeth yntau i ddygymod â'r syniad yn ara deg. Tasa fo'n gwybod mai hogyn oedd o i fod, fysa hynny'n rhywbeth. Roedd ei gyflog newydd yn yr Uned yn helpu pethau, a swydd newydd yn codi ym mhencadlys yr Ymddiriedolaeth Iechyd ar gyfer gweinyddwr nyrsio. Mi fyddai angen yr holl bres fedra fo gael gafael arnyn nhw i gadw'r tri phlentyn—a dal i roi ambell bumpunt ar geffyl. Wedi talu'n ddrud am adael i Gill ddodwy allan megis, neu y fo'n hadu allan yn hytrach. Roedd raid dweud wrth Mair, ac wedyn y genod. Rhywsut . . .

*   *   *

Er ei bod yn gweld trwyddo fel arfer, roedd Mair yn methu peidio cael ei phlesio gan y tusw o ffrisiau; ei hoff flodau. Doedd o ddim yn anghofio dim. Cwffiodd yn galed rhag teimlo'n annwyl tuag ato. Oedd, roedd hi'n dal i'w garu o, er ei gwaethaf. A mi roedd hi'n demtasiwn i beidio mwynhau ei wenieithu rŵan wrth iddo'i dilyn hi i'r gegin i roi'r blodau mewn jẁg wydr. Oedd ganddi'r hawl, tybed, i fwynhau hyd yn oed rhyw fymryn o'r hen gwmni cariadus? Ond roedd hi ofn ymddiried yn unrhyw beth roedd o'n ei ddweud. Roedd o'n wenieithwr, a hithau'n gwybod sut beth oedd dioddef o'r brath . . .

'Ti'n licio nhw? Ogla bendigedig—fel dy hen bersawr di.'

Roedd o wedi sylweddoli nad oedd hi'n gwisgo persawr y dyddiau yma. Dim ond ar ambell achlysur—fel heno! Rhy ddrud mae'n debyg.

'Fy hoff floda—fel wyt ti'n cofio.'

Methodd gadw'r elfen o chwedleua allan o'i llais wrth iddi gario'r blodau trwodd i'r ystafell fyw a'u gosod ar silff y ffenestr yn llygad yr haul.

'Stedda. Gymri di baned?'

'Sgin ti'm byd cryfach?'

'Am hanner 'di pump?'

'Dim ond am unwaith, a fedrwn ni ista'n 'rardd am funud? Pryd fydd y genod yn 'u holau?'

'Ymhen rhyw awr, debyg.'

'Weithiau, 'sti, jest ambell waith, mae rhywun yn dyheu am gael troi'r cloc yn ôl.'

Trodd a rhythu arno. Roedd hi wedi estyn potel o win coch o ryw gwpwrdd nad oedd yno yn ei amser o. Camodd ymlaen wrth iddi estyn yr agorydd, a chymryd y teclyn o'i llaw hi. Cyffyrddodd eu dwylo, am ennyd ingol. Camodd hi allan a mynd i eistedd ar sedd blastig yn yr ardd, gan anwybyddu'r hen fainc oedd o 'di'i phrynu yn nyddiau cynnar eu priodas. Roedden nhw'n dal yn briod o ran hynny. Doedd Gill ddim yn poeni am ryw bethau felly, a Mair yn bendant yn erbyn ysgariad. Eisteddodd o ar y fainc, ar ei chanol.

'Iechyd da!'

'Hwyl iti.'

'Dyma braf yntê.'

'Ydy, mae hi'n braf. Ti'n cadw'n dda? A hitha?'

'Rhyfeddol . . . Ydy'r genod yn dal i weld f'isio i?'

'Ydyn, mae arna i ofn. Gin ti mae'r arian a'r hwyl a'r *glamour*, a dwyt ti fyth fel 'sat ti 'di blino, nac wyt?'

'Dwn i'm am hynny. Rwyt titha'n cadw'n dda . . .'

'Am f'oed, ia? Yr . . . unigrwydd sy'n lladd rhywun . . .'

Roedd o'n medru gweld dagrau'n cronni yn y llygadau llechlwyd yna. Ond ynddi'i hun, roedd hi'n profi tamaid o'r hen afiaith a phleser a ddaeth i'w bywyd gynt pan gyfarfu â'r llefnyn talsyth, nwydus oedd wedi dod i gael trin ei ddannedd, ac wedi mynnu ei bod yn mynd am swper efo fo—bron ddeng mlynedd yn ôl bellach. Profiad chwerw felys, ac yntau'n mynd i fynd yn ôl ati *hi* unrhyw funud. Ac eto, roedd o fel tasa fo'n mwynhau'i hun y funud yma, a'r troeon diwethaf hyn . . . Mae o fel tasa fo'n dewis galw pan mae'r plant yn debyg o fod allan.

Penderfynodd Noel beidio â dweud wrthi am gyflwr Gill, a thorri'r ymweliad yn ei flas. Mentrodd roi sws bach iddi ar ei boch, wrth ymadael, a safodd hithau'n fud a stond nes ei fod wedi hen ddiflannu drwy'r drws.

* * *

Doedd ganddo fawr o stumog at y sesiynau paratoi at enedigaeth roedd o a Gillian i fod i'w mynychu. Roedd y rhyfeddod a brofodd o wrth weld Siân yn cyrraedd wedi hen chwythu'i blwc. Mi aeth ddwywaith ac ymesgusodi heddiw, er gofid i Gillian. Roedd o'n flin iddo golli pob bet ers pythefnos. Tybed oedd o'n debyg o fod yn lwcus mewn materion serch yn sgil hynny? Ffoniodd Mair o'r gwaith i sicrhau fod y genod wedi mynd i'r Brownies, a gofyn a gâi o fynd draw am baned. Mi fyddai yno erbyn rhyw chwarter i saith. Dyma'r trydydd tro.

Roedd yno yn brydlon, potel o win coch dan ei gesail, a hithau wedi paratoi platiad o frechdanau tuna a ham a llond y fasged fach honno o Genarth o greision. Teimlai Noel fel y gwnâi yn yr hen ddyddiau, yr heliwr hwyliog. Rhoddodd gusan iddi ar y ddwy foch a thynnu'r botel o'r papur sidan. Estynnodd hi'r agorydd iddo, a mynd â'r brechdanau a'r creision a'u rhoi ar ganol y bwrdd bach roedd hi wedi'i osod o flaen y soffa yn yr ystafell fyw.

Y set yn berffaith, a'r actor yn barod, ond roedd ei chalon hi yn curo'n galed a hithau'n arswydo rhag cael ei siomi . . .

*　*　*

Doedd hi ddim wedi caru ers bron i ddwy flynedd. Gorweddai a'i gwddw ar ei fraich, ei law yntau ar ei hysgwydd, ei phen yn closio'n dynn at ei fron. Roedd ei galon yn pwnio yn erbyn ei chlust, a'i hun hi yn curo fel cyw mewn dwrn; ei llygaid yn rhythu ar gongl y llofft, lle'r oedd yna we pry cop. Gwenodd yn llywaeth.

'Ti'n gweld y gwe pry cop yn y gongl 'cw? Arwydd sicr o slwten o wraig!'

'Wn i'm sut ti 'di cadw petha i fynd mor dda ar dy ben dy hun, wir.' Trodd ei ben ati a syllu i'r llygadau rhei'na . . . Cofleidiodd hi'n dynn. 'A 'ngwraig i wyt ti, drwy'r cwbl.'

Lleithiodd ei llygaid hi. 'Beth am Gillian?' meddai hi'n betrus, yn y man.

'Ma' hi'n ddigon gwydn i fedru edrach ar 'i hôl 'i hun . . . Eith hi'n ôl i weithio.'

'Yn ôl! Be ti'n feddwl?'

'Dwi'm 'di deud 'that ti eto, rhag difetha petha . . .'

'Deud be?' Roedd hi wedi codi'i phen i edrych i fyw ei lygaid, yn llawn pryder.

Trodd ei wedd o fel un hogyn bach. 'Ma' hi'n disgwl . . . Rhyw gwta ddeufis i fynd.'

Cododd Mair ac eistedd ar erchwyn y gwely, yn ei noethni, ei gwar yn gwyro. Ei gorfoledd petrus wedi'i chwalu.

'Mae hi'n eitha da . . . Ambell i fore o gyfogi gwag, a ma'i fferau'n chwyddo. Ond damwain oedd yr holl beth, 'sti. Roedd 'yn perthynas ni 'di oeri'n arw—ar fin dŵad i ben—ddim fel ni rŵan.'

Cododd Mair, gwisgo'i chôt nos, a throedio o amgylch y gwely, heb edrych arno fo unwaith. Rhoddodd ei dwrn yn ei cheg, ac yna'i dynnu allan, yn dynn i gyd, a rhythu ar Noel—yn dal yn y gwely efo'r cynfas ar ei arffed.

'Be ti 'di neud inni, Noel? . . . Difa ni'n dwy . . .

Roedd hi'n wylo'n dawel, urddasol.

'Paid, Mair. Does dim rhaid iti. Fysa Gillian a fi ddim 'di para beth bynnag. A ti oedd eilun 'y nghalon i o'r dechra.'

Edrychodd Mair arno'n anghrediniol, ei masgara'n ymdreiglo'n huddyg i lawr ei gruddiau. Ei chorff yn dirgrynu fel coeden mewn drycin. Wylodd ei ffordd drwy ei chenadwri truenus:

'Noel James, gwranda. Dwi'n dy garu di, yn dal i wneud, ac mi wna i am byth. Mi gei di ddal i weld y genod, cei . . . Ond dydwi ddim isio dy weld ti fy hun fyth eto. Dy le di 'di mynd yn ôl at dy blentyn newydd a gofalu am y fam rwyt ti 'di'i beichiogi—ac am y babi pan ddaw o. Coda, a dos yn ôl ati, a bydd yn ddyn am unwaith yn d'oes.'

*   *   *

Aeth hi i lawr i'r gegin, a chau ei hun yno, nes ei glywed o'n mynd, ymhen hir a hwyr. A hithau'n cnoi ei ffynnan boced.

Ffantasi Dwyieithog

Miriam Llywelyn

Doedd gan Jacob Mansel ddim clem beth oedd ei dynged y diwrnod hwnnw. Rhybuddiodd neb ef mai hwn fyddai diwrnod gwaethaf ei fywyd.

'Oes 'na rywun arall efo arian bws nofio neu arian banc?'

Daeth y llais fel saeth o iâ i oeri'r dosbarth. Roedd mor gysurus â'r gwynt yn y chwarel wag gerllaw.

Chafwyd dim ymateb.

Gwyrodd yr athro ei ben i'r cownt. Cofnodwyd y rhifau a'r tics fesul catrawd yn y lejer ac atseiniodd y darnau arian yn y blwch Oxo pŵl.

Roedd Jacob Mansel, sef Mansel y Mync, fel yr adnabyddid ef gan genedlaethau o blant ysgol, yn hel cynilion prin y gymdogaeth. Ymddangosai'r hen lanc mor hen â'r clogwyni a fargodai'r pentref, ac mor llwyd a sych â'r tomenni llechi a chwydai yn gornwydydd ar y llechwedd gerllaw. Roedd y bysedd merchetaidd a fydylai'r arian yn fain ac yn syth ar wahân i'r bawd de a oedd wedi sigo o ganlyniad i wthio cannoedd o binnau i mewn i barwydydd pengaled.

Clwydai ei sbectol fel iâr betrusgar ar ei drwyn. Roedd fel pe bai mewn dau feddwl p'run ai aros yn ffyddlon i'w pherchennog neu geisio rhoi cynnig ar ddianc o'r rhych roedd wedi ei gwneud i'w hunan dros y blynyddoedd.

Arhosodd am ennyd i grafu ei wddw uwch ffiniau'r goler wen startsh. Yr un pryd dyrchafodd ei ben i'r dosbarth a hoeliodd ei olwg ar un bachgen yn arbennig.

'Liam Parfitt?'

'*Yes?*'

'Faint wyt ti wedi'i gwblhau erbyn rŵan?'

'*Pardon?*'

'Faint o syms?'

'*Don't understand.*'

'Wrth gwrs dy fod ti'n deall. *You've lived in the area for months now. Sums, boy. Sums. How many?*'

'*Five.*'

'Dwi isio deg cyn amser chwarae, ac yli, cau botyma dy grys yn iawn. Mae golwg flêr arnat ti. *Button your shirt properly, boy.*' A dan ei wynt, 'Cari dyms. Rafins go iawn.'

Trodd Liam ei gorff bach tew yn y ddesg er mwyn cael mwy o le i drafod y botymau, a sibrwd wrth ei gymydog a'i gyfaill Brian Morris,

'*What did he say after?*'

'*Doesn't matter.*'

Roedd y plant, ar y cyfan, yn dawel, gydag aflafaredd ac adloniant y penwythnos yn flinder ar fore dydd Llun. Y tu allan roedd yr hydref yn prysur ysgubo'r gaeaf ynghynt nag arfer i'r ardal. Trwy ffenestri'r dosbarth gwelid coron o shetin ciami o gwmpas y capel. Ei swyddogaeth oedd gwarchod Salem rhag defaid llwglyd a phobol ifanc direidus. Yma ac acw roedd sbwriel papur wedi ei gaethiwo'n flodau rhad mewn ambell lwyn crablyd. Draw ar ochr y Foel, ymlwybrai'r llwybr cloff i fyny'r ddôl cyn disgyn ar y rhesiad o adfeilion a oedd yn tanlinellu'r cwrlid glas a blannwyd gan y Comisiwn Coedwigaeth.

Hen adeilad oedd Ysgol y Graig. Un o'r canolfannau a sefydlwyd ar droad y ganrif flaenorol er mwyn i blant y chwarelwyr gael cyfle i wella'u sefyllfa. Ymhellach i lawr y dyffryn roedd ysgol newydd yn cael ei hadeiladu i wasanaethu plant y mewnlifiad a gynyddai o ganlyniad i'r stad ddiwydiannol newydd ar gyrion y dref. Roedd y gymdogaeth honno wedi torri allan yn frech o fynglos o bob lliw a llun.

Roedd Ysgol y Graig yn goroesi am ryw hyd ond roedd cynlluniau ar y gweill i gau'r hen sefydliad yn y dyfodol a chludo'r disgyblion i lawr i'r dyffryn. Ymhen amser byddai'r adeilad yn gwisgo côt newydd o baent ac yn dilyn rôl newydd fel canolfan i gadw canŵs ymwelwyr neu i storio dillad ethnig.

Roedd enw ar hyn. Datblygiad!

'Dwi'n disgwyl o leia ddeg sym gan bawb yn Grŵp Tri. Os na . . .' hisiodd yr athro heibio i'w ddannedd melyn cyn gostwng ei olwg unwaith yn rhagor. Synhwyrodd Alun George mai dyma'r cyfle i sisial cwestiwn i glust ei gyfaill Brian 'Y Brêns' Morris. Roedd

Brian yn siŵr o wybod yr ateb. Doedd o ddim wedi cael ei ffugenw ar chwarae bach. Plygodd ymlaen yn ei ddesg.

'Welist ti ffilm James Bond neithiwr?'

'Do. A dwi wedi'i gweld hi dair gwaith o'r blaen.'

'Ti'n gwbod Rosa Clebb?'

'Ia.'

'Ddaru hi ddim marw yn y diwadd naddo?'

'Do.'

Symudodd Liam Parfitt i ben y ddesg cyn gwyro i godi pensil dychmygol oddi ar y llawr. Ymestynnodd i'r chwith.

'*Are you talking about the film?*'

'*Yes. Rosa Clebb died didn't she?*' sibrydodd Brian.

'*She no die* siŵr,' ychwanegodd Alun.

'*James Bond shot her.*'

Ymunodd Liam yn y sgwrs.

'*But she might not have been dead.*'

'*If you* 'di marw ti'n *dead* dwyt?' meddai Alun drachefn.

'*Some bullets don't kill. Anyway, they might want her in another film.*'

Trywanodd Alun ei fag pensiliau â'i feiro i gadarnhau ei bwynt.

'Ded! Gonar go iawn!'

Cododd Mansel ei olwg. 'Parfitt? *Look out, boy.*'

Llithrodd Liam yn ôl i ganol ei ddesg a chilio'r tu ôl i *Cambridge Maths Book Three.*

' . . . a chwytha dy drwyn lle snwffian bob munud.'

Crachodd y llanc ei drwyn.

'*I'm watching you Parfitt!*' Ac roedd Liam yn gwybod hynny'n iawn yn ogystal â'r rhan fwyaf o'i gyfoedion.

Fyddai James Bond yn dioddef hyn? Dychmygodd ei hun yn y rôl. Byddai'n tynnu'r sbectol oddi ar drwyn y Mync, ac yn defnyddio'r darnau metel i wneud bom, ac yn chwythu'r diawl annifyr i fyny i'r entrychion. Dyheai am godi'r hen fastard i fyny gerfydd ei goler. Ei godi, ei ysgwyd a'i droi tu chwith allan ac ypseidown a'i grogi gerfydd ei fresys ar y wifren drydan.

Sychodd ei drwyn brychni haul ar lawes ei grys. Yna rhoddodd ei ddwy benelin ar y ddesg a rhedeg ei fysedd trwy'i wallt cudynnog coch cyn gorffwys ei ben yn ei ddwylo. Ochneidiodd. Breuddwydiai am gael esgid efo llafn cuddiedig fel Rosa Clebb. Gyda'r llafn buasai'n cicio'r Mync yn ei din esgyrnog a'i hollti i fyny reit trwy'i ganol yn ddau hanner. Dau dymor arall o'r hen Mync. Âi yn boncers! Meddyliodd am yr ysgol fawr yn Bradford a adawodd fisoedd yn ôl. Hawdd ymgolli yn y môr o blant yn fanno. Meddyliai hefyd am y fflat lle'r oedd yn byw gyda'i rieni a Debbie ei chwaer. Y fflat lle cafodd hyd i'w fam wedi iddi gael y grasfa ddiweddaraf gan ei dad. Ymhen dim wedyn roeddynt wedi eu cludo i'r pentra diarth yma a'u sefydlu mewn lloches.

Eto, ar wahân i'r Mync roedd petha'n gwella bob dydd. Erbyn hyn roedd Mam a fo a Debbie wedi medru rhentu bwthyn bach ar gyrion y pentra efo gardd a chwt ieir, y drws nesa i ganolfan ferlota newydd. Câi fynd i fanno i helpu ar y Sadwrn a'r Sul a chael reidio am ddim ar Trydan y ceffyl du.

Hyrddiodd cawod o law yn erbyn ffenestri'r dosbarth a chwyrlïodd y gwynt yn ystumog Liam. Nid oedd digon o fara y bore hwnnw i gael llawer o frechdanau. Roedd rhaid iddo fodloni ar ddwy yn unig i fopio jiws y sôs coch a'r wy oddi ar ei blât. Glafoeriodd wrth feddwl am gig moch ac wy. Cig moch ac wy ei fam oedd y gorau yn y byd. Hi oedd y bencampwraig gwneud brecwast. Dyfalodd beth oedd Mansel yn ei gael i'w fwyta. Gwellt ei wely medda mam Brian.

Cododd Liam ei olwg o'r syms diflas a daliodd y winc o gydymdeimlad oddi wrth Brian.

'O.K?'

Gwenodd a rhedeg ei lawes dros ei drwyn smwt unwaith yn rhagor.

'Ty'd draw i tŷ fi heno. Mae gen i gêm gompiwtar newydd.'

Cododd Liam ei ddau fawd pyglyd i arwyddo ei fod yn deall.

Roedd y plant yn eu blwyddyn olaf yn yr ysgol gynradd. Oherwydd gostyngiad yn y rhifau roedd llai o ddosbarthiadau ac felly roedd rhai o'r plant wedi dioddef blwyddyn o ddiflastod yr hen athro yn barod. Eu Hiwtopia fuasai ymddeoliad Jacob Mansel, ond roedd yn amlwg nad oedd ei daranu am ddod i ben ond efo cau'r sefydliad.

Plygodd Alun George ymlaen unwaith yn rhagor at glust Brian Morris. Amneidiodd ei ben tuag at flaen y dosbarth.

'Mae o ynddyn nhw go iawn bora 'ma. A dwi'n gwbod pam.'

Roedd Alun yn gwybod pob dim. Roedd ei Dad yn cario'r post.

'Ddaru maharan Ted Tan-ffordd fynd i ardd y Mync neithiwr tra oedd o a Mrs Mync yn capal. Wedi stompio a malu a smasio'i dŷ gwydr o'n sitrach!'

Gwyrodd Brian ei ben i'r llyfr syms a dechreuodd byffian.

Symudodd Liam yn araf i ochr ei ddesg a sibrwd,

'What's the joke?'

Rhoddodd Brian winc arall i Liam ac ysgrifennodd ar gefn darn o bapur. Yna, gan ddal ei olwg ar y Mync trosglwyddodd y neges i'w gyfaill.

Gosododd Liam y papur i mewn ym mhlygiad *Cambridge Maths Book Three* a chraffodd ar y sgwennu gwe pry cop. Darllenodd *'Big ram in Myncs garden. Flowers and glass house smash and flat.'*

Fedrai Liam ddim credu! Tŷ gwydr y Mync yn sitrach. Roedd o isio gweiddi chwerthin dros y dosbarth. Sodrodd ei enau yn dynn. Pwysodd ei ddwrn bach tew yn erbyn ei wên a glynodd y chwerthin yn ei gorn gwddw. Grêt! Pob dim yn rhacs jibidêrs! Tomatos wedi sgwasio a ciwcymbars ddim yn giwcymbars. Chwaraeai'r hwyl a'r miri yn ei stumog. Ysgydwodd pob cnepyn o fraster yn ei gorff mewn buddugoliaeth a gorfoledd.

Daeth y floedd i sobri Brian a phlymiodd Alun George i'w lyfr.

'Brian Morris, oes gen ti arian i'r banc heddiw?'

'Nagoes.'

'Nagoes be?'

'Nagoes Mr Mansel Syr. Mae Mam a Dad angen pob ceiniog w'thnos yma.'

Gorweddodd yr athro yn ôl yn ei gadair ac ymestyn ei fresys dros ei frest pantiog.

'A beth am y dyfodol?'

'Ma' Mam yn deud twll din y dyfodol.' Clywid rhuadau bach o chwerthin yn tincian trwy'r dosbarth.

Dim ond Brian y Brêns fyddai'n llwyddo i gael getawe efo'r fath ymadrodd. Fo oedd y disgybl oedd yn gyfrifol am y rhan fwyaf o'r cwpanau chwaraeon a thystysgrifau eisteddfodol yn neuadd yr ysgol.

'Taw rŵan. Hogyn o dy galibr di. Ti ddim i fod i siarad fel 'na.'

'Sori Mr Mansel. 'Mond deud y gwir, Syr. Dyna be ma' Mam yn ddeud, Syr. Twll din . . .'

'Dyna ddigon!' A bu tawelwch.

Roedd Liam yn dal i flasu a mwynhau hanes y faharen, a fedrai o ddim aros tan i'r gloch ganu amser cinio i fynd draw i syllu dros wal bynglo'r Mync er mwyn cael gweld y llanast. Hwrê a haleliwia! Roedd wedi cynhyrfu'n lân ac yn ôl pob tebyg dyna beth oedd yn gyfrifol am y terfysg yn ei berfedd. Dechreuodd y cnoi fel swigen anghyffyrddus yn ei ymysgaroedd cyn datblygu'n ddwndwr yng ngwaelod ei fol. Ac yntau'n ymwybodol o beth fyddai'r canlyniad rhoddodd y bachgen ei holl bwysau i atal y broblem trwy wthio rhych ei ben ôl yn ddyfnach i sêt y ddesg. Canlyniad hyn oedd chwiban uchel fel gwich siel dân i lawr coes ei drowsus.

Roedd Liam Parfitt wedi rhechan.

Cododd Jacob Mansel o'i gadair yn araf. Tynnodd ei sbectol. Dododd hi ar y llyfr cownt.

'Allan! *Out here, boy!*'

Brwydrodd Liam ei ffordd o'r tu ôl i'w ddesg. Ni chlywid 'run siw na miw gan weddill y dosbarth wrth i'r llanc crwn byr ymlwybro i flaen yr ystafell i wynebu ei fentor crintach tal.

Sefydlodd Jacob Mansel ei hun o flaen ei ddesg. Siglai yn ôl a blaen ar ei sodlau, a'i fodiau yn rhedeg i fyny ac i lawr oddi mewn i ffiniau'r bresys. Teimlodd Liam druan y llygaid yn cynnau cefn ei war a llithrodd y chwys rhwng y cudynnau ar ei dalcen i lawr heibio'i drwyn smwt.

Plygodd Alun George ymlaen at glust Brian y Brêns unwaith yn rhagor.

'Gawn ni weld becyn ac wy gwych ei fam unrhyw funud rŵan.'

Roedd Liam yn fud. Astudiai'r creadur bach ei ben-gliniau fflat yng nghaethiwed ei lodrau.

'Ble wyt ti'n feddwl wyt ti, dŵad. Mewn twlc mochyn?'

Chwarddodd nifer o'r plant.

'A gan fy mod i'n cael dy sylw di, ble mae dy arian bws nofio? *Where is your bus money for the swimming?*'

Gwingodd Liam. '*Nothing today.*'

'O, dim, ia. Ma'n siŵr dy fod ti'n disgwyl mynd i nofio dwyt? *Want to go swimming?*'

'*Yes.*'

'Wedi 'i wario fo ar fferins, debyg. Stwffio dy hun yn Siop y Post.' Plygodd ymlaen yn fygythiol. '*Spent it on sweets, I shouldn't wonder.*'

'*No . . . No money.*'

Parhaodd Mansel gyda'r ymarferion sawdl a bresys.

'Pwysicach na dim, sgen ti ddim cwrteisi, dŵad? Y lwmpyn tew gwyntog. Tasat ti'n medru dy weld dy hun. Oes gen ti ddim rheolaeth ar dy gorff, dwad?'

Roedd y bresys yn eu llawn estyniad ac atalnodi hisian y sarhad gyda phoer o'r gwefusau main.

'Dim brêns. Dim *manners.* Ydy dy fam di ddim yn deud rhwbath wrtha chdi? Ddim yn dy ddysgu di? E?'

'*Don't understand.*'

'*Have you no control, boy?*'

'*Yes.*'

'*I suppose your mother lets you do as you please.*'

Cododd Liam ei ben ac edrych i fyw llygaid Jacob Mansel.

'*My Mam's O.K.*'

'*Indeed!* Da iawn. Da iawn. *What does she say when you can't control yourself then? Does she say anything?*'

'*Yes.*'

'Ty'd 'laen 'ta. *Speak up, boy.*'

A dyna yn union wnaeth Liam Parfitt.

'*Mam says 'tis a poor arse that can't rejoice.*'

Daeth y glustan heb rybudd gan daro'r disgybl ar ei glust chwith. Collodd y bachgen ei gydbwysedd ac yn reddfol ymestynnodd ei freichiau i'w gynnal ei hun rhag disgyn. Roedd cymorth wrth law, yn syth o'i flaen, sef bresys y Mync, a chythrodd amdanynt. Oherwydd hyblygrwydd y bresys profodd hyn yn anfanteisiol i Liam a chafodd gam gwag, ond nid cyn cael gafael ar rywbeth mwy cadarn sef trowsus yr athro. O ganlyniad, rhwygodd un peth a holltodd peth arall a siglodd Mansel yn ôl nes disgyn ar ei gefn ar ymyl y ddesg.

Roedd Liam yn awr ar yr un lefel â phen-gliniau'r Mync. Ceisiodd ei godi ei hun gan ddal ei afael yn y trowsus. Methodd, ond llwyddodd i dynnu'r athro i'w gwfwr ac fel y llithrai Mansel yn araf i'r llawr crychodd y crys startsiog fel consertina o dan ei geseiliau.

Rhythodd haid o blant ar yr olygfa. Roedd cyfle i weld trôns y Mync.

Brian y Brêns sylwodd ar y defnydd o sidan pinc a'r les du yn amgylchynu cluniau'r gwelw. Ond Alun George gafodd yr olwg gyntaf ar y brodwaith yn y gafl ochr uchaf i'r goes dde. Gwyrodd ymlaen a darllenodd yn uchel yn ei Saesneg gorau.

'*Sexy Saturday!*'

Cododd Liam, gan sythu a chan glirio'i lwnc. Cyfarchodd ei athro mewn Cymraeg gloyw.

'Mae hi'n ddydd Llun heddiw, Mr Mansel . . . Syr!'

Gŵr y Plas

Robin Llywelyn

Deffroais â'm crys coler starts amdanaf o hyd. Straffaglais at y ffenest gan dynnu ar fachyn y tei bach du. Roedd yr haul yn fawr mewn awyr wen ac roedd olion traed yn britho'r traeth. Gwelwn bobl yn crwydro a'u cŵn yn prancio. Pwy roes fi yn fy ngwely? Doedd dim golwg ohonot ti. Dim sŵn plant. Canrif newydd a finnau heb syniad sut y deuthum i'r fan hyn. Cofiwn ddechrau'r noson yn eglur ddigon. Cofio rywdro yn ystod y gyda'r nos yr alwad at erchwyn hen storïwr. Dyna ydi drwg chwilfrydedd; methu gadael llonydd i bethau. Roedd hi wedi hen basio hanner nos erbyn i mi gyrraedd y parti'n ôl a finnau'n gorfod rhoi clec i lond cratsh ar fy nhalcen er mwyn dal i fyny. Mae gen i gof o ddrws cerbyd yn agor a dwylo'n fy ngwthio. Yma yn nechrau'r pnawn dwi'n dechrau cofio'r gweddill.

Gorwedd a'i wyneb at y pared yr oedd o. Ni throes ataf; cafodd ei droi gan y nyrs a afaelodd am ei ysgwyddau a'i droi fel logyn ar y tân. 'Mi ddoist,' meddai ymhen ennyd. Estynnodd ei law; roedd ei fysedd fel brigau sychion. Teimlwn ei lygaid arnaf ac ar fy siwt a'm tei bach du. Efallai fod rhai'n credu mai meddyg oeddwn i, wedi fy ngalw o'm parti Mileniwm ar gyfer rhyw waith na allai neb arall mo'i gyflawni.

'Mae gen i stori iti,' meddai.

'Stori?'

Pesychodd y storïwr. Gwasgodd fy llaw.

'Digwyddodd hyn erstalwm. Roedd y plasty'n ffynnu a gŵr bonheddig a'i wraig yn byw ynddo. Roedd hwn mor gyfoethog fel bod ganddo goets a phedwar ceffyl yn ei thynnu a gwas mewn lifrai yn ei gyrru ac un arall wrth gwt y goets. Roedd ganddo ddolydd breision a thir a bryniau a choedwigoedd. Roedd ei wraig yn hardd a'i blasty'n ysblennydd a'i seleri'n drwm o winoedd aeddfed Bwrgwyn a Bordô. Dyn oedd hwn ar ben ei ddigon tan nes aeth y genau goeg i'w gorn gwddf ac yntau'n cysgu. Pnawn o haf oedd hi a'i weision wrthi'n lladd y weirglodd ac yntau'n clywed yr haul ar ei wegil a phenderfynu gorffwys ar y gwair newydd ei ladd ym mhen y dalar. Pan ddeffrodd roedd y weirglodd yn wag a chryman o leuad uwch ei ben. Pan geisiodd godi aeth y fath wayw drwyddo fel mai ar ei bedwar y llusgodd ei hun adref. Roedd cawod nos yn britho'r ffenestri pan ddaeth i olwg y plas.

"'Lle buost ti mor hir?" meddai'r wraig.

"Ni ddywedodd air o'i ben, dim ond cropian i'w llofft. Drannoeth y bore gofynnodd y wraig iddo eto beth oedd yn bod,

"'Pigyn yn fy ochr," meddai a'i ddannedd yn crensian. Gafaelodd yn y bwrdd i'w sadio'i hun.

'Y noson honno anfonwyd y gwas mawr i nôl y meddyg. Oedodd y gwas y trap ger y porth a chodi'i gap ar wraig y plas. Troes hithau ar ei sawdl a dychwelyd i'r tŷ.

'Gwichiodd lledr cadair y meddyg wrth iddo estyn am ei wydraid o grombil ei ddesg. "Mymryn o gamdreuliad, mi warantaf." Estynnodd am ei lyfr cyfrif a'i gwilsyn.

"'Wedi bod yn cysgu yn y weirglodd," meddai'r gwas. "Beryg 'i fod o wedi llyncu madfall a honno wedi dodwy wyau lond 'i fol o."

'Cymerodd y meddyg jochiad arall o'r ddiod. Mor lliwgar oedd ofergoelion y werin.

"'Rhaid inni alw heibio i'r Gwindy ar y ffordd," meddai gan gau bachyn ei fag du. "Maen nhw'n fy nisgwyl i yno. Wedyn mi awn ni i'r Plas."

'Aeth y meddyg drwodd i'r parlwr gorau i gymryd ei le wrth fwrdd cardiau'r rhingyll fel y gwnâi bob nos Wener yn y Gwindy. Aeth y gwas i'r gegin at y gweision a'r morynion eraill a soniodd am yr helynt. Eithr, ychwanegodd, roedd y meddyg yn ffyddiog nad oedd fawr o'i le ar ŵr y plas. "Gwaetha'r modd," galwodd rhywun a phawb yn chwerthin.

'Ymhen hir a hwyr daeth dyn dieithr i mewn ac anelu ei fys at y gwas mawr.

"'Mae fy meistr am air hefo chdi," meddai.

'Siglodd trap y plas fel y camai rhywun ohono a sefyll a'i gysgod yn lledu o'i flaen. Offeiriad ydoedd yn ôl ei wisg. Estynnodd ffiol las i'r gwas.

"'Rho ddiferyn o'r dŵr hwn ar dalcen dy feistr," meddai. "Hefo hwn y'i bedyddiwyd, a phan ddêl etifedd caiff yntau'r dŵr i'w fedyddio yn ei dro."

'Gwthiodd y botel i ddwylo'r gwas. Ar hynny dyma olau newydd yn taro'r buarth a sŵn traed yn crensian ar y graean. Roedd y meddyg yn brasgamu tuag atynt a'i wynt yn ei ddwrn. Roedd o'n flin fel tincar am iddo golli eto ar y cardiau. Gwthiodd heibio iddynt ac i'r trap gan rwgnach am orfod chwilio am y gwas ym mhobman. Bu'n rhaid i'r gwas fynd yn ôl i'r gwindy i godi nifer o boteli gwirodydd yr oedd y meddyg wedi eu harchebu. Rhwng y cardiau a'r ddiod y sôn oedd fod llechen y meddyg yn drymach o dipyn na'i lyfr cyfrifon.

'"Cer i ddeud wrtho fo na cheith o mohonyn nhw, 'ta," meddai'r gwas mawr wrth y tafarnwr. "Nid dy negesydd di ydw i."

'Culhaodd llygaid y tafarnwr.

"Dos di â nhw, 'ta," meddai.

'Roedd gwraig y plas ar y rhiniog yn eu disgwyl. Ceisiodd y gwas mawr egluro pam eu bod mor hwyr. Camodd y meddyg heibio i'r ddau ohonynt ac i'r tŷ. Dangoswyd ef i'r llofft. Safodd am ennyd a synhwyro awyrgylch ac aroglau corff. Gwyddai mai defod wag fyddai'r chwilio am guriad y galon ac am gylchrediad gwaed. Daliodd pwt o ddrych o dan ffroenau'r claf ac nis pwylwyd. Gwasgodd ei fodiau dros yr amrannau papur i gau llygaid y pen; cadwodd ei wats boced a chlepio'i fag.

'"Does dim y medra 'i wneud. Mi ddof yn ôl yn y bore i gwblhau'r gwaith papur."

'"Sut mae o, ddoctor?" holodd y gwas pan ddaeth y meddyg yn ei ôl i'r gegin. "Fasa fo rywfaint elwach o'r dŵr yma ar ei dalcen?" Cododd y ffiol las a'i chynnig i'r meddyg.

'"Ofergoelion," meddai hwnnw. "Lliwgar, ond diwerth. Llymed o whisgi, ar y llaw arall . . ."

'"Mi a'i â gwydraid i fyny iddo fo rŵan," meddai'r gwas.

'"Nid iddo fo, y twmffat. Mae o wedi marw."

'Gwrthododd y meddyg bob ymgais i'w ddarbwyllo i aros dros nos. Erbyn cyweirio'r trap i'w hebrwng yn ôl roedd hi'n arllwys y glaw a'r dafnau'n dew sylltau yng ngolau'r llusern. Bu'n rhaid arwain y gaseg dros giât lôn gan mor llithrig oedd y llechi. Roedd dŵr yr afon yn tasgu fel sêr dros erchwyn y bont.

'Y bore trannoeth roedd aroglau mwg a pharddu ar yr awel a dim sôn am y gwas na'r meddyg. Cafwyd hyd i'r trap ar ei ochr yn nŵr yr afon a'r gaseg yn pori'n ddilyffethair ger y bont a'i thindres yn llusgo o'i hôl. Un o'r gweision bychain gafodd hyd i darddiad y mwg draw ar y fawnog; bwthyn y gwas mawr wedi mynd ar dân yn ystod y nos. Galwyd y rhingyll a chafodd hwnnw hyd i gorff y gwas wedi ei dduo gan y mwg a'i ysu gan y fflamau. Roedd poteli gwirodydd gweigion o'i gylch. Cafwyd hyd i oriawr boced y meddyg yn ei feddiant ac roedd waled ledr y meddyg ar y llwybr y tu allan. Roedd hi'n tynnu at amser cinio cyn iddyn nhw ddod o hyd i'r meddyg a thynnu ei gorff o'r afon. Roedd wedi mynd yn sownd o dan y bont. "Mae hi'n bur amlwg beth ddigwyddodd," meddai'r rhingyll wrth wraig y plas. "Bydd dyn yn gweld peth tebyg yn aml gyda throseddwyr o'r fath. Pan sylweddolodd beth oedd o wedi'i wneud mi ddaru'r cachgi ffoi i'w ffau i'w yfed 'i hun yn dwll ar wirodydd y meddyg cyn gwneud amdano'i hun. Euogrwydd sydd wedi'i ladd o, welwch chi."

'"Dwn i ddim be i'w ddweud," meddai gwraig y plas.

'"Mae dyn yn fy swydd i'n wynebu petha tebyg byth a beunydd," meddai'r rhingyll. "Diolch o leiaf fod gŵr y plas yn teimlo'n well."

'"Rhyw fymryn o gamdreuliad, yn ôl y meddyg," meddai hithau. "Ond mae'n debyg ei fod wedi gorflino hefyd. Mae'n beryg na chodith o ddim o'i wely am sbelan. Licio'i le yna ormod taech chi'n gofyn i mi. Bechod dros deulu'r meddyg, druan."

'Ni fu adferiad gŵr y plas mor sydyn ag y gobeithiasai'r wraig. Bu'n gaeth i'w lofft am wythnos a mwy. Ni fynnai weld neb a mynnai gadw'r llenni ynghau. Ni châi neb ond gwraig y plas ddwyn tendans arno o fore gwyn tan nos. Ddwywaith yn unig y gadawodd hithau ei erchwyn gydol ei gystudd. Unwaith, yn ôl gwys y rhingyll, i roi tystiolaeth ei bod hi'n adnabod corff y gwas mawr a'r llall pan fynychodd gynhebrwng y meddyg. Yn y fynwent, tynnodd un o'i menig duon ac ysgwyd llaw â'r weddw a'i phlant. Nid aeth i gynhebrwng y gwas mawr achos ni chafodd hwnnw'r un, dim ond ei droi i ryw dwll.

'Ymhen hir a hwyr, un bore o hydref, agorwyd llenni llofft gŵr y plas. Roedd y gwyddau gwylltion yn cyrraedd o diroedd y gogledd a'r rhedyn yn gringoch ar y gelltydd. Roedd ei locsyn wedi llaesu a lledu dros ei wyneb ac roedd ei lygaid wedi duo ac wedi suddo yn ei ben. Dichon i'r ysgydwad a gafodd effeithio arno mewn ffyrdd eraill hefyd, oherwydd drannoeth ei atgyfodiad parodd ymgasglu macwyaid a morynion y plas i'r cyntedd a diolchodd iddynt am eu gwasanaeth. Rhoes ganmoliaeth i'w gwaith. Ymddiheurodd na fyddai wedi ymgynghori'n helaethach â hwy yn y gorffennol. A dymunodd yn dda iddynt.

'"'Chlywais i rioed mohono fo'n diolch i neb am ddim o'r blaen," meddai un.

'"Mi ddaw at 'i goed cyn hir," meddai un arall.

'Ond ni ddaeth at ei goed. Dridiau'n ddiweddarach galwodd ei brif weision ato i drafod gwaith y gaeaf. Dangosodd fod rhannu cyfrifoldebau yn well na rhannu bygythion. Gyda'i gyfrifwyr aeth â chrib fân drwy'r cyfrifon a'u gosod mewn trefn am y tro cyntaf ers tro byd. Ac er prysured ydoedd wrth ei waith ni allai'r bobl lai na sylwi fod rhamant newydd wedi blaguro rhyngddo a gwraig y plas. Fel dwy golomen yn hwylio'u nyth, yn ôl un o'r hen forynion. Pan ddechreuodd hithau ddangos tua dechrau'r gwanwyn bu dathlu mawr yn y gymdogaeth a'r gobaith am etifedd ar fin cael ei wireddu. Ganwyd iddynt fab. Pennwyd dyddiad ar gyfer y bedydd a'r bore hwnnw roedd yr eglwys dan ei sang. Cymerodd yr Offeiriad y bychan o freichiau'r fam a'r ffiol las o law'r tad. Taenodd ddiferion ar y talcen bach. Wedi dychwelyd y ffiol i ŵr y plas fe gerddodd yr Offeiriad â'r baban yn ei freichiau i'r côr a'r gangell gan ei arddangos i bawb i'r dde ac i'r aswy. Cerddodd at y porth ac allan o'r eglwys i'r fynwent a thrwy'r giât i'r lôn. Pan gododd y rhieni o'u seddau roedd yr eglwys yn fud a llygaid pawb arnynt. Rhedodd y ddau o'r eglwys ond roedd yr Offeiriad a'r mab wedi mynd.

'Ni bu'r plas byth yr un fath wedyn. Er gwaethaf chwilio o bant i bentan ni welwyd mo'r mab na'r Offeiriad eto. Aeth y tad i yfed yn drwm. Dywedir iddi hithau golli ei phwyll. Aeth y stad rhwng y cŵn a'r brain. Ŵyr neb sut yr aeth y plas ar dân. Roedd hi'n noson wyntog fawr. Gwrthododd hithau adael ei stafell yn y tŵr hyd yn oed â'r fflamau'n ymestyn eu bysedd at ei ffenest. Cafwyd hyd iddo yntau'r bore trannoeth yn crwydro wrth bont giât lôn a'r ffiol las yn ei law.'

Dechreuodd y storïwr besychu. Cafodd lymaid o ddŵr a'r rhan fwyaf ohono'n colli ar hyd ei grys nos. Pwyntiodd at y cwpwrdd wrth ei erchwyn.

'Estyn hi,' meddai.

Tynnais ffiol las o'r cwpwrdd a'i hestyn iddo. Syllodd i fyw fy llygaid.

'Chdi biau hon rŵan,' meddai. 'Ac mae 'na un peth arall. Nid fi laddodd y meddyg. Roeddwn i wedi galw arno fo i ddod allan o'r trap inni gael croesi pont giât lôn ar droed. Curais wedyn ar ddrws y trap ond ches i ddim ateb. Pan agorais y drws mi lithrodd yntau allan fel sliwan i'r dŵr â'i ben dros erchwyn y bont. Dwn i ddim ai cysgu oedd o ynteu wedi marw yn y trap. Ta waeth, mi waeddais yn fy mraw nes i'r gaseg ddychryn a'i tharanu hi ar draws y bont a'r meddyg â'i ffêr wedi'i bachu yn un o strapiau'r trap yn cael ei dynnu o'i hôl a'i ben a'i ysgwydd yn mynd yn sownd dan y bont. Mi eglurais y cwbwl yn fanwl wrth wraig y plas.

'"Pwy goelith nad chdi laddodd y meddyg?" meddai hithau.

'Roeddwn i'n sefyll yn wlyb diferol yng nghanol cegin y plas.

'"Tyn amdanat," meddai hithau. Mi wnes innau. Nid dyna oedd y tro cyntaf.

'Cludais gorff gŵr y plas o'i lofft a'i osod ar fwrdd y gegin. Rhoesom fy ngharpiau amdano a wats y meddyg yn un o'r pocedi. Rhoddais y corff dros fy ysgwydd noeth a'i gludo'n droednoeth dros y fawnog. Euthum â photeli'r meddyg i'r bwthyn a lluchio'i waled ar y llwybr. Yn y bwthyn, tolltais y gwirodydd drosto a thanio matsien.

'Drannoeth, a finnau'n swatio yng ngwely gŵr y plas mi glywn y cyffro mawr a'r gweiddi y tu allan. Gallwn glywed llais dy fam yn galw ar un o'r gweision bychain i fynd ar ei union i nôl y rhingyll.'

Gwasgodd fy llaw â'i fysedd main. Ni ddywedodd air o'i ben. Pan ddaeth y nyrs mi dynnodd ei law o'm llaw a'i gosod wrth ei ystlys. Edrychodd ar ei horiawr a nodi rhywbeth ar bapur nodiadau troed y gwely a thynnu'r gynfas dros ei ben. Dilynais hi o'r ward a hithau'n dad-gloi'r drysau fesul un ac yn eu cloi nhw ar ein holau.

Dwi'n cofio cyrraedd yn ôl i'r parti. Mae'n rhaid fy mod i wedi cymysgu diodydd yn uffernol achos toes gen i ddim cof o gyrraedd adref wedyn. Roedd yr hen ganrif wedi mynd erbyn i mi ddeffro drannoeth y bore neu drannoeth y pnawn. A hithau ar fin tywyllu codais y ffiol las o'r bwrdd ac estyn fy nghot.

Pan gyrhaeddais giât ceg y lôn safais a gwylio'r ewyn yn tasgu dros erchwyn y bont. Ni fentrais cyn belled ag olion y plasty. Estynnais y ffiol o'm poced a'i lluchio â'm holl nerth i ganol y dŵr a'r cerrig. Ceisiais gau giât y lôn o'm hôl ond roedd y dolennau wedi rhydu'n gacen am y cetynnau.

puteinio esgyrn a charu'r dyn

Siân Melangell Dafydd

byddaf yn treulio fory fel y bûm yn arfer byw. ar y ffordd adref yr wyf i, mynd yn ôl i fod yn un rhan o ddau ar ôl bod ar fy mhen fy hun am amser, amser maith. gallaf wthio fy nhraed i ddaear laith wedi tywod tramor, a chladdu fy modiau mewn pridd cynefin. yno y byddaf yn gweini ar fannau mwy na phreifat dyn dieithr. dwi'n amau mai dyn ydi o. dwyf i ddim yn arfer gwneud camgymeriad gyda manylion fel hynny. mae yna ffyrdd o allu dweud. dim fi ddwedodd mai dynes oedd y brenin akhenaten yn yr aifft. fe alwaf fy nyn yn trystan. does ganddo ddim gwên. does ganddo ddim ceg, dim ond ambell ddant gwyn ar benglog brown. oni bai fy mod i'n gwybod yn well, fe fyddwn yn taeru fod rhywun wedi peintio calsiwm yn wyn ar ei ddannedd. mae gweddill yr esgyrn wedi eu gadael i edrych fel pen hen bostyn gât ar ôl i'r glaw ei drin fel clustog pinnau. mae tyllau pry rhwng y ddau begwn lle dylai clustiau fod, tyllau pen pin wedi eu drilio'n berffaith grwn ac yn berffaith blith draphlith fel to tŷ doli nain. byseddu ei gorff noeth yw fy ngwaith. bydd gofyn golchi a chodi llwch pob llinyn asgwrn brau fel golchi tu mewn cymylog botwm bol dyn byw. yn ofalus. fe fyddaf yn archwilio ei fraich chwith wedi ei llifo'n lliw gwyrdd budur paent nod dafad. mae hanner chwith ei gorff wedi ei gladdu mewn ysgarth dafad er oes y llychlynwyr. bydd yn rhaid gofyn pam. yn enw ymchwil, y mae'n eiddo i mi. bellach y mae yn fy ystafell, yn gorwedd ochr yn ochr â fi, a'i benglog wrth y wal gyda'm pen i pan orweddaf i gysgu. trystan sydd yn fy aros, gartref, ar ddiwedd fy nhaith.

mae dyn arall ar y ffordd i'w waith ei hun y funud hon, ond ddwyawr ar ôl f'amser i, mewn gwlad wahanol. ef yw'r dyn byw. fe fydd wedi codi i eistedd yn ei wely, a'i gefn at rhyw ysgrifen flêr ar y papur wal yn dweud 'Mae'r Clod Yn Perthyn I'r Dyn Sydd Â Wyneb Wedi Ei Farcio Â Llwch A Chwys A Gwaed; Sydd Yn Camu'n Ddewr'.[1] ni fydd yn sylwi arno fel y byddaf i. fe fydd wedi rhannu ei wely â llyfrau, ac wrth godi, yn cicio llyfr arall i waelod y gwely, torri ei asgwrn cefn a phlygu ei dudalennau fel ymestyn adenydd aderyn. dyna ei eiddo ef. bydd wedi cerdded at y 'Gwŷr Yn Rhaid Molaid'[2] uwchben ffrâm y drws ar drothwy ei ystafell ef, lle y cusanodd fy nhalcen yn wlyb. fe hoffwn i roi cawod iddo. wrth iddo fwyta ei dôst ni fydd neb yn edrych ar y diferion cawod sydd fel marciau bysedd ar gefn ei grys. petawn yn pwyso ei grys ar ei fotwm bol byddai'r defnydd yn gwlychu fel asgell lwyd yn tyfu ar gefndir gwyn. mae blew bach duon o dan y crys yn cael eu gwlychu. edrychant yn bigog o dan y gwyn, ond tydyn nhw ddim yn pigo nac yn fy mrifo. dyn nad yw'n sychu croen ei gefn. welais i neb tebyg iddo erioed. mae ei grys yn gwlychu blew bach ei gefn ac yn lleithio blew bach fy mreichiau wrth i mi afael amdano, weithiau. bydd wedi darganfod ambell glip gwallt, fy rhai fi, a gwneud cwlwm ohonynt i ddal ei lewys at ei gilydd. dim ond fi fydd yn gwybod beth sydd o dan ei siaced smart. mae'n fy ngharïo i o dan ei goler. fy mai i. y cwbwl. fi ysgrifennodd 'Enyd Angharad Williams' gyda beiro felen mewn ysgrifen las ar y silff asgwrn o dan goler ei grys. mae hi'n rhy hwyr erbyn hyn. rydw i am wybod. ydw i'n crafu fel labed golchi crys? ydw i'n gyfforddus fel grawnwinen rhwng dau fys? rydw i angen gwybod. bellach, does dim ffordd o ddweud a ydw i wedi golchi oddi arno ai peidio. difaru difaru ac anadlu allan dam dam dam a chwythu aer cynnes allan o'm trwyn, yn methu gwybod. fydd o ddim yn aros amdanaf, yn ei gartref ef nac yn fy nghartref i ar ddiwedd fy nhaith. does dim rhaid gofyn pam. nid ydym angen ein gilydd fel hynny.

mae gen i ofn mynd adref. beth os yw pethau wedi eu symud? pethau ddim yr un peth ag yr oeddynt y tro diwethaf y bûm i gyda fo. heb fy nghorff i, gall pethau chwalu. gall pethau chwalu beth bynnag. y diwrnod cyn i mi ddechrau ar fy nhaith ar fy mhen fy hun, bûm yn anwesu ei benglog a gafael ynddo fel hanner lleuad. gweithio a chraffu. siglo a mwynhau bod ar fy mhen fy hun gyda'r person oedd i mi ac i neb arall, am y tro olaf am amser maith. perthynas saff iawn oedd yng nghledr fy meddiant i. ac fe ddisgynnodd. fe chwalodd y penglog a disgyn i bob cyfeiriad dros ddibyn fy llaw ac i mewn i flodyn ar y carped. agorodd ei benglog fel dyraniadau o oren yn bedair rhan a disgyn allan ohonof fi.

teimlais fel petawn wedi lladd rhywun, heb y gwaed. y dyn heb fotwm bol, na chlustiau, na blew—roeddwn wedi colli ei ben. dyn heb gael ei gyhoeddi'n wryw ar bapur swyddogol eto, fel tystysgrif genedigaeth. wedi torri. dyna un peth y bydd raid i mi ei wneud. profi mai dyn yw'r person trist gyda phen chwarterog yn gorwedd gyda mi yn f'ystafell. nid yw'r hyn sydd rhyngom yn ddiogel. fe allwn brofi gafael amdano i chwilio am ysgwyddau cyhyrog a blew bach gwlyb ar y lle y mae cariad yn gwneud i flew bach sefyll, ond ni fyddai yno ac fe fyddwn yn chwalu mwy arno.

lle oedd darganfod hynny oedd uwchben sosban, yng nghegin y dyn a allai sefyll ar esgyrn a chnawd dwy droed. roedd crys gwlyb yn hongian ar ei gefn yn y tŷ yma nad oedd yn eiddo i mi, ond yn eiddo iddo fo ar wahân. yno, cefais gadarnhad mai dyn oedd o. gadewais trystan, y dyn yn fy meddiant i, yn fy nhŷ i yn gorwedd ar asgwrn ei gefn ac esgyrn ei ysgyfaint ei frest ar yr un pryd. wedi peidio cyfathrachu a chwalu'r berthynas honno ar y llawr, codais ar fy nhraed. yno, ar fy nhraed, roedd cofleidio dyn yn saff. nid yw pethau'n symud nac yn torri yno. gafaelais yn ei foch fel hanner lleuad y diwrnod yma cyn i mi ddechrau taith ar fy mhen fy hun a gobeithio na fyddai pethau'n newid y tu mewn i'w feddwl, y tu mewn i'r lle na allwn graffu arno na'i archwilio. nid oedd hynny'n ddiogel. gafaelais ynddo'n dynnach. nid oedd gwahaniaeth. doedd dim diogelwch na sicrwydd. does dim rhaid gofyn pam, ond dyma pam nad ydym angen ein gilydd fel hynny.

uwchben y sosban o gawl tomato tun, yn y gegin, arhosom ni'n dau yn drist gyda'n gilydd am fy mod i wedi penderfynu gwneud yr hyn benderfynasom hefo'n gilydd. gallu bod ar ein pennau ein hunain. bod ar fy mhen fy hun. yr ymateb i'r penderfyniad oedd, *pasia'r pupur nei di?* dyna sut oedd ei dweud hi. *iawn.*

roedd popeth yn iawn a rhoddais y felin bupur rhwng fy llaw i a'i law o. roedd ei esgyrn yn gallu symud i'm cyfeiriad i. fe roddodd ef fenyn ar hanner chwith y tôst ac fe roddais i fenyn ar ochr dde'r tôst, yn sefyll clun wrth glun wrth fwrdd cegin, a sŵn crafu fel chwarae ffidil yn unsain, un symudiad.

dyma ti. dywedodd wrthyf i ac wrtho'i hunan am fod ein brecwast defodol o gawl tun, un sosban, dwy lwy, un tôst, dau farc dannedd bob pen ac un twb marmite, y cwbl ar ei fwrdd yn ei dŷ.

wedi iro marmite mor denau fel bod tyllau clir o fenyn poeth yn dangos, gallem ddechrau bwyta. felly yr oedd hi. daeth dau beth ynghyd. disgynnodd y marmite. fel pry genwair mewn llaw, chwalodd yn ddwy ran, y caead yng nghledr ei law, a'r twb trwm tywyll yn disgyn dros ddibyn cledr llaw ac i mewn i goch y cawl. uwchben y sosban cafodd ein dau dalcen eu trochi â chawod goch. teimlais fel petawn wedi lladd rhywbeth wrth edrych i lawr ar y twb gwydr a diferion coch ar ei hyd. gwaed ym mhobman. ein gwaed ni amser brecwast. er i mi ei adael, bydd wedi bod yn gwasgaru marmite ar ei dôst bob bore, a hwnnw'n ddyfriog gymysgedd o farmite a'n gwaed ni'n dau. bob dydd tra mod i ddim yno. bob dydd tra bod fy mhresenoldeb o dan ei goler yn gwanhau, ac inc a chroen yn gwahanu. felly, af adref at un dyn ac un dyn fydd yn fy aros ar ddiwedd y daith yma.

roedd un lle wedi bod o bwys i mi ond yn awr, gadawaf. astudiais gyfoeth meirw cairo. anwesais ffantasi am y cyrff cyfoethog a'u unigrwydd heddychlon mewn casgenni. roeddwn am orwedd ynghyd a gallu dweud beth oedd golwg eu cyrff, lwmp am drwyn, nid twll, ac ambell glust yn dal yn ei siâp. roedd mwy yn mynd i fod ohonynt na dim ond esgyrn. fe allwn afael mewn cnawd, gafael am gnawd. mwy o fywyd i'r meirw. dyna beth oedd i mi. darganfum gyfoeth. yn y lle oedd mor bwysig i mi ei brofi ar fy mhen fy hun, darganfûm un peth yn unig o unrhyw bwys. dyma oedd yr un peth, ac roedd mewn tacsi a'i ddarnau wedi eu dal at ei gilydd hefo selotep lliw hen asgwrn. af yn ôl adref wedi darganfod fy mod wedi cael fy nhwyllo bob tro y cymerais drip i geisio'r cyfoeth y breuddwydiais amdano. rhoddais fy nghyfoeth i ddyn y tacsi, llawer gormod ohono heb ddeall hynny, ac ni chludodd fi at fy ffantasi.

disgyna tameidiau o hen adeiladau cairo fel tameidiau o hen esgyrn na fu fyw byth a cherddais tuag at neuadd y meirw â'm llaw uwch fy mhen, a chuddio'r haul rhag iddo fy sychu i yn esgyrn brau, ofn ac ofn ac ofn i damaid o'r adeiladau ddisgyn ar fy mhen fel tamaid o'r nen a diwedd y byd, a gwthiai dynion eu boliau tew i'm cefn fel ysbrydion gwyn beichiog a'u bysedd yn pinsio fy mannau mwy na phreifat fel petaent yn archwilio a chraffu ac arbrofi i weld a oeddwn yn gnawd neu'n asgwrn, a gwyddwn eu bod yn gwybod fy mod yn gnawd ac yn waed cynnes a dyna pam eu bod yn canfod eu ffantasi wrth binsio fy mannau cnawdol a minnau ofn cwyno rhag ofn iddynt fy mrifo, fy nharo a thorri fy mhenglog yn bedwar fel petalau blodyn, ac ofnais ofnais efallai mai dyna pam fod eu merched hwy yn cuddio eu pennau gan wthio rhwng pawb heb gyffwrdd neb, am eu bod wedi torri fel esgyrn o dan wisgoedd pabellog du, a dim cyrff yn sychu oddi tanynt, ac yn pydru mewn casgen. pinsiad. pinsiad. roedd marciau bysedd go iawn yn mynd i fod ar gefn fy sgert a blaen fy mlows a llwch yn hel arnaf o'r anialwch yn barod i'm claddu. fy nghladdu! fy nghladdu! claddu gan bobl yn crefu gwaed a bywyd, fy nghnawd i. cefais ddianc a dianc i amgueddfa llawn twristiaid yn crefu dŵr ac yn sychu uwchben eu coesau noeth mewn amgueddfa hanes rhywun arall a gwlad ddieithr, popty wedi ei osod ar dymheredd rhy uchel i'w cnawd tyner a hwythau'n pobi, sychu a llosgi a throi'n lwmpyn golosg sych. dianc eto, dianc at arwydd addawol a anelai at yr ystafell mymi lle byddai meirw'n gnawdol a bochgoch o hyd, heb boen. felly y cerddais i mewn i gasgen o ystafell, â tho isel yn plygu gwddf rhywun a goleuadau milain yn ceisio peidio bod o gwbl, ystafell yn ceisio bod yn gasgen mymi, cartrefol i bawb ond y ni ar ein traed.

gad i ni fod gyda'n gilydd! dyma un ystafell unig. *lle wyt ti?* roedd pawb yno yn unig, mewn cas gwydr siâp casgen mymi neu'n sefyll wedi eu hynysu gan eu dychryn eu hunain ac yn cadw'n ddigon pell o gorff unrhyw un arall. *allaf fi dy gyffwrdd di f'anwylyd?* paradwys. dyna feddyliais i, ond petawn i wedi bod yn un o'r rhai o oes gynharach, byddwn wedi cael fy mhacio yn llawer gwaeth na'm haeddiant. mwy na siom. marwolaeth oedd marwolaeth. dim gobaith am fywyd bythol. mwy o olosg mewn siâp dyn a dynes i ddyn a dynes ar eu traed ar eu pennau eu hunain edrych i lawr arnynt ac ystyried eu traed eu hunain. *na, mae gwydr rhyngom ni, ac ystafell sy'n llawn pobl fyw. mae gen i ofn, f'anwylyd.* wyneba'r corff allan o'i wydr. yr unig beth ar ôl a oedd yn ei wneud yn fwy nag asgwrn oedd fod posib dweud yn sicr mai dyn oedd o, yn yr un modd y mae doctor yn dweud wrth fam am ei babi newydd. mae gwahaniaeth. mae genedigaeth. roedd fel fy nhrystan, ei ddannedd yn edrych yn anferth heb gnawd i'w dal yn y penglog, ac yn ei wneud yn fwystfil. bu camgymeriad yn y pacio.

bu camgymeriad, fy nghariad. ni allwn fod ynghyd. roedd yn dal ei ddannedd yn dynn wrth ei gilydd fel petai'n melltithio rhwng y craciau duon. efallai mai chwerthin oedd o, am fod pen y mymi wrth ei draed yn gogleisio gwadnau ei draed â'i gwallt gwelltog. clywais hithau'n cwyno ei bod angen golchi ei gwallt. doedd dim tafod ar ôl i'w gogleisio, dim ond bochau a thwll siâp croes ym mhob un du, wedi byrstio. *allaf i mo dy gyrraedd di f'anwylyd?* roedd corff dynes yr ochr arall i'r ystafell am ei bod hi wedi ei phacio'n well a heb golli cymaint o'i phlastr. gorweddai ei breichiau ar ben ei chalon mewn croes, a hwythau'n rhy frau i'w symud heb eu torri. ni ellir ei harchwilio i weld a oes calon ynddi. os nad oes, dim ond hi fydd yn gwybod, a'r pwy bynnag sydd yn ei meddiannu. *ni allaf fyth eto dy gyrraedd cariad, fy nghariad, fy nghalon.* sefais rhwng y cyrff ysgar a gladdwyd ynghyd. *pam o pam byth eto?* a cherddais tuag at ddyn. allan oedd y cyfeiriad. cerddais tuag at y dyn a oedd ar ei draed, yn sefyll ar wahân. *onid yw hi'n rhy hwyr.*

byddaf yn treulio fory fel y bûm yn arfer byw, yn gweini ar gorff llychlynwr sydd o ddiddordeb archaeolegol arbennig iawn. wedi hynny bydd fy nillad yn llawn olion pridd, â golwg amheus olion dynol o ryw fyd arall ynddynt. wedi diwrnod o wneud rhywbeth arall, bydd ei ddillad ef yn fudur o dan y goler. ni fydd ots am y crysau a'r llodrau budr hynny oherwydd byddwn wedi bwrw ymaith y pethau hyn ac fe fydd ef yn sgubo'r llyfrau a'r tudalennau amherthnasol o'i wely i wneud lle i mi. mae gwahaniaeth rhyngom, ac yno y bydd genedigaeth. yfory, gorweddwn, am y gallwn ni sefyll ar wahân.

[1] F. Roosevelt
[2] Aneirin. 'Y Gododdin'.

Y Seiffr

Mihangel Morgan

Dwi ddim yn cofio pryd nac ymhle y clywais am lawysgrif Royvich yn gyntaf, ond dwi yn gwybod ei bod hi, bellach, wedi dod yn rhan o frethyn fy mywyd. Fe deithiais i'r holl ffordd i America yn unswydd er mwyn ei gweld hi dro yn ôl gan fod y llyfr i'w gael yng nghasgliad Llyfrau Prin a Llawysgrifau Beinecke ym Mhrifysgol Iâl. Mae gyda fi lungopïau lliw o bob un o'r ddau gan tudalen.

Er bod rhai o'r tudalennau yn ddigon lliwgar, eithaf anniddorol yw'r llawysgrif ar yr olwg gyntaf: dim ond darluniau o flodau a phobl noethlymun. Ond, unwaith eich bod yn sylweddoli nad yw'r rhan fwyaf o'r planhigion yn bodoli, yna mae'n dechrau ennyn chwilfrydedd. A'r dirgelwch mawr wedyn yw beth yw'r holl nodiadau ysgrifenedig sydd ynddi? Tudalennau ar dudalennau nad oes neb yn y byd, hyd yn hyn, wedi llwyddo i'w darllen na'u dehongli, a hyn i gyd mewn iaith nad oes neb yn gwybod dim amdani, na gwybod pa iaith yw hi, hyd yn oed.

Pan glywais i fod awgrym fod 'na gysylltiad rhwng Dr John Dee a'r llawysgrif hynod hon dyma fi'n meddwl: tybed nad Cymraeg oedd yr iaith? Wedi'r cyfan, onid Cymro o dras oedd Dr Dee? Cymraeg oedd iaith ei *Deitlau*, sydd wedi mynd ar goll, a'i *Deitl-Brenhinol*. Ond, bellach, dwi wedi syllu ar bob llinell o lawysgrif Royvich heb weld unrhyw smic o Gymraeg ynddi, sydd yn dipyn o siom i mi, oherwydd carwn i fod yr un i ddatrys y pos rhyfedd hwn.

Ond ychydig o bobl sydd wedi clywed am lawysgrif Royvich. Prynwyd hi yn 1912 gan lyfrbryf o'r enw William F. Royvich o lyfrgell coleg Jeswit yn Frascati, yr Eidal. Gwaetha'r modd ei enw ef sydd arni nawr; mae hyn yn anffodus oherwydd does a wnelo ef ddim â'i llunio na'i chyfansoddi. Ond rhaid inni fod yn ddiolchgar iddo, mae'n debyg, am ei hachub rhag ebargofiant a'i dwyn hi i sylw ysgolheigion. Ynghyd â'r llawysgrif, pan brynodd Royvich hi, roedd 'na lythyr wedi'i ddyddio yn 1665 ac wedi'i ysgrifennu at yr ysgolhaig Jeswit Athanasius Kircher gan ei gyn-athro Marcus

Marci. Yn ôl Marci, yn y llythyr hwn, honnodd un o gyn-
berchenogion y llawysgrif, sef Rudolph II (m. 1612), taw Roger
Bacon (Doctor Mirabilis, yr alcemydd, c.1220-92) oedd lluniwr y
llawysgrif. Lledaenodd Royvich gopïau o'r llawysgrif ddieithr yn y
gobaith o gael rhywun i'w dehongli, heb unrhyw lwyddiant. Pan fu
farw partner Royvich yn 1966 gwerthwyd y llyfr i Lars Kiedis a
geisiodd ei werthu, ond yn ofer; felly, fe'i cyflwynodd i Brifysgol
Iâl.

Yn ddiweddar honnodd Dr Richard L. Greenberg o'r brifysgol
honno iddo lwyddo i neilltuo ambell 'air' sydd yn cyfateb i rai o'r
sêr ac i rai o'r blodau ymhlith y darluniau sydd yn bodoli go-iawn.
Erys y gweddill yn ddirgelwch. Ond ym marn Dr Greenberg gwaith
alcemaidd yw'r llawysgrif. Wedi dweud hynny profodd arbenigwyr
eraill nad oedd honiadau Greenberg yn dal dŵr.

Mae pawb arall sydd â diddordeb yn y Royvich yn yr un cwch â
finnau; dyfalwyr ydyn ni i gyd. Dyma waith gwirfoddol
f'ymddeoliad a'm henaint, felly. Rhyw fath o bos croeseiriau i bara,
pwy a ŵyr, am weddill fy mywyd. Rhywbeth i lenwi'r oriau ac i
basio'r amser.

Yr wythnos ddiwethaf roeddwn i'n cerdded ar y lôn i gyfeiriad y
bryniau. Roedd y tywydd yn hyfryd ond roedd hi'n amhosib
mwynhau'r golygfeydd gogoneddus o'm hamgylch, yr adar a'r
coed, oherwydd y clêr. A beth oedd yn denu'r clêr oedd y baw. Mae
rhywun yn disgwyl gweld dom defaid a gwartheg yn y wlad, wrth
gwrs, ond yr hyn sy'n troi fy stumog i yw'r holl faw cŵn sydd ar
hyd ymylon y lôn 'na, waeth mae'r pentrefwyr i gyd yn dod â'u cŵn
y ffordd hyn i gachu. Mae'r peth yn ffiaidd.

Dyma'r disgrifiad o'r llawysgrif yng nghatalog Beinecke:
MS 4092, Cipher Manuscript
Scientific or magical text in an unidentified language, in cipher,
apparently based on Roman Minuscule characters . . . A history
of the numerous attempts to decipher the manuscript can be
found in a volume edited by R.L. Greenberg, The most mysterious
manuscript: The Royvich 'Roger Bacon' Cipher Manuscript
(Carbondale, Illinois, 1978).

Weithiau, byddaf yn breuddwydio am gael breuddwyd. Yn 1892 roedd yr Athro Hermann V. Hilprecht yn gweithio ar broflenni'i lyfr mawr *The Babylonian Expedition of the University of Pennsylvania, Series A: Cuneiform Texts, Vol.1, Part 1: Old Babylonian Inscriptions Chiefly from Nippur*. Ond roedd 'na ddau ddarn bach o aget gydag arysgrifiadau arnyn nhw yn dal i wrthsefyll pob ymgais i'w cyfieithu, ac felly, nid oedd yr athro yn fodlon ar ei lyfr. Un noson, yn ei gwsg, ymddangosodd ffigur tal, offeiriad Babylonaidd. Teithiodd yr offeiriad a'r ysgolhaig yn ôl drwy'r canrifoedd i Deml Bel. Dangosodd yr offeiriad fod y ddau ddarn yn perthyn i'w gilydd er bod trydydd darn ar goll. Yn y bore rhoes Hilprecht eiriau'r ddau ddarn wrth ei gilydd, ac o'r diwedd, gallai ddarllen yr arysgrifiad.

Byddaf innau'n breuddwydio am ddatrysiad fel'na, am ymweliad oddi wrth un o lunwyr llawysgrif Royvich. Efallai fod yr allwedd i'r seiffr yn gorwedd dan fy nhrwyn, fel petai. Efallai fod yr ystyr yn syml ac yn glir ac nid yn ddrych mewn dameg.

Ond mae fy mreuddwydion i gyd yn niwlog a dwmbwl dambal heb unrhyw synnwyr yn perthyn iddyn nhw. Ac mae'n gas gen i glywed pobl yn 'adrodd' eu breuddwydion, sydd, bron heb eithriad, yn nonsens i gyd, a does dim byd mwy *boring*. Mae'n gas gen i ffuglen sy'n seiliedig ar freuddwydion hefyd (ac eithrio hunllefau gweledigaethol Kafka a 'Breuddwyd Rhonabwy', sy'n unigryw). Mewn ffuglen fel'na mae popeth yn bosibl; does dim rheolau, dim rhesymeg ac mae 'na duedd i'r iaith fod yn 'delynegol' ac yn 'farddonol'. Ych-a-fi.

Ddoe gwelais fy nghymydog Dr Thomas yn y lôn gyda'i gi. Un o'r cŵn mwyaf od i mi'i weld erioed. Ond nid odrwydd y ci wnaeth godi pwys arna i, waeth dwi wedi gweld y ci salw 'na o'r blaen. Nage, roedd y ci wedi gwneud ei fusnes a dyma Dr Thomas yn rhoi'i law mewn bag plastig ac yn codi'r baw gyda'r bag a gwneud parsel ohono yn y bag a lapio hwnnw mewn bag arall. Rhaid i mi ddweud iddo gyflawni'r weithred hon yn sydyn ac yn gymen iawn a chafodd e ddim byd ych-a-fi ar ei fysedd o gwbl. Ond doeddwn i ddim eisiau gweld dim byd fel'na yn y bore.

Wnaeth e ddim sylwi arna i pan oedd e'n gwneud hyn a theimlwn fel troi ar fy sawdl a mynd yn ôl; ond byddai hynny wedi bod yn blentynnaidd iawn, a beth bynnag roedd 'da fi awydd mynd am dro, waeth roedd y tywydd yn fendigedig eto. Wrth i mi ddynesu dyma'r ci'n sylwi arna i ac yn dechrau cyfarth—roedd yr anghenfil bach ar dennyn, diolch i'r drefn. Wedyn dyma'r doctor yn fy nghyfarch.

—Dwi'n glanhau ar ôl y ci yn gydwybodol iawn, meddai, gan ei bod yn amlwg fy mod i'n edrych ar y pecyn yn ei law.—Yn wahanol i'r bobl eraill o'r pentre 'ma sy'n mynd â'u cŵn am dro ar hyd y lôn 'ma.

Y peth nesa, roedden ni'n cerdded gyda'n gilydd, ef a'i gi a finnau. Lletchwith. Beth i'w ddweud? Efe a dorrodd y garw.

—Wyddoch chi pa fath o gi yw Mishima?

—Dim syniad, meddwn i a theimlwn fel ateb 'Ffyc o ots 'da fi'. Dywedodd rywbeth nad oeddwn i'n ei ddeall. Ailadroddodd y geiriau. Dim clem 'da fi beth oedd e'n trio'i ddweud. Yna cymerodd feiro o'i boced ac ar gefn hen amlen, o boced arall yn ei siaced, sgrifennodd 'Shiba Inu'. Doeddwn i ddim callach.

—Brid o Siapan, meddai yn ddigon uchel yn fy nghlust.—Shiba Inŵ!

Daeth Dr Thomas i'r pentre 'ma i fyw ar ôl ymddeol. Mae e'n iau na mi.

Yn ei lyfr The Codebreakers *dywed David Kahn am y Royvich:*
The longest, the best known, the most tantalizing, the most heavily attacked, the most resistant, and the most expensive of historical cryptograms remains unsolved.
Ac mae hyn yn wir, hefyd. Ond mae 'da fi fy namcaniaeth bersonol fy hun ynglŷn â'r hen lyfr dirgel, damcaniaeth nad oes neb arall, hyd y gwn i, wedi meddwl amdani.

Dychmygaf fachgen neu griw o fechgyn neu lanciau yn cael eu cymryd o ryw bentre diarffordd mewn gwlad anghysbell ac yn cael addysg ffurfiol a chlasurol yr oes honno, yn dysgu sgrifennu a darllen Lladin ac yn dysgu iaith eu cartref newydd—Eidaleg, efallai, neu Almaeneg, Saesneg, pwy a ŵyr—ac yn cael eu magu mewn mynachdy. Drwy hyn i gyd, ymhlith ei gilydd, maen nhw'n glynu wrth iaith bro eu genedigaeth. Yn y cyfamser, mae trigolion y fro honno yn cael eu difa gan newyn neu bla, efallai. Dyma'r bechgyn hyn—dynion bellach—yn penderfynu llunio gwyddor arbennig ar gyfer eu hiaith, yn seiliedig ar eu dealltwriaeth o'r llythrennau Rhufeinig y buon nhw'n eu dysgu yn sgrifenfa'r mynachdy. Wedyn, dyma nhw'n cofnodi chwedlau, hanesion, traddodiadau eu bro a'u hatgofion amdani ar y tudalennau memrwn hyn.

Bob tro dwi'n mynd mas am dro a ble bynnag dwi'n mynd nawr dwi'n cwrdd â Dr Thomas a'i gi bondigrybwyll. Rhaid ei fod e'n crwydro gyda'r hen anifail bob awr o'r dydd. Mae hi'n amhosib ei osgoi. Mae e'n ddyn eithaf cyfeillgar, chwarae teg iddo, ond dyw e ddim yn siarad am ddim ond am ei gi o hyd. A dwi'n ei chael hi'n anodd gwrando arno. Am un peth does 'da fi iot o ddiddordeb yn ei ffycin ci. Peth arall, mae e'n siarad mor ddistaw, fel pawb y dyddiau 'ma. Dwi wedi rhoi'r gorau i wrando ar y radio, does dim modd deall neb, a dim ond ambell un ar y teledu sy'n gwneud unrhyw synnwyr i mi.

Y lliwiau yn y Royvich. Gwahanol fathau o inc, fe ymddengys, neu'n ddyfrliwiau; ceir rhyw fath o <u>crayon</u> ac ambell liw 'afloyw'. Mae 'na lawer o liwiau hefyd: mae'r inc yn frown cryf; ceir inc ambr ei naws, tebyg i liw lledr da; glas llachar ond heb fod yn hollol ddisglair; inc glas neu ddyfrliw; acwamarîn afloyw; coch cryf da, carmîn yn hytrach na rhuddgoch neu fermilion; melyn brwnt; coch sy'n debyg i waed sych tua wythnos oed; gwyrdd brwnt; gwyrdd afloyw; rhyw fath o <u>crayon</u> gwyrdd; amryw o arlliwiau gwyrdd eraill; coch sy'n debyg i <u>rouge</u> a ddefnyddir i goluro wynebau; coch trwchus sy'n gwneud smotiau o liw y gellid eu crafu i ffwrdd â'r ewin; inc coch cyffelyb i inc coch cyffredin ein dyddiau ni; a glas arall sy'n disgleirio (lapis laswli neu galch llasar y Mabinogi, efallai). Hyd y gwelaf i does dim goreuro. Anodd dweud a yw hynny yn beth od neu'n beth i'w ddisgwyl mewn llyfr sydd (yn ôl rhai dyfalwyr, beth bynnag) yn ymwneud ag alcemeg.

Mae pethau ofnadwy yn digwydd, hyd yn oed mewn pentre bach tawel fel hwn. Yr wythnos ddiwethaf, er enghraifft, aeth dyn ifanc di-waith i mewn i'r hen gapel gwag a'i grogi'i hun. Roedd e yno yn farw am dridiau cyn i bobl ddod o hyd iddo. Doedd neb yn gweld ei eisiau, fel petai; doedd dim teulu 'dag e, dim ffrindiau. Lwcus bod criw o blant wedi mynd i mewn i'r hen gapel i chwarae un prynhawn a'i ffeindio fe—er iddyn nhw gael braw ofnadwy, mae'n debyg. Fel arall byddai wedi bod yn hongian yno am wythnosau, misoedd, efallai.

Does neb yn gwybod pam y gwnaeth amdano'i hun. Doedd neb fel petai yn ei nabod e. Roeddwn i'n ei nabod o ran ei olwg. Byth wedi torri gair ag e.

Dyna ddiwedd trist. Lle llwm ac oeraidd a brwnt oedd yr hen gapel.

Dosbarthiad o luniau'r llawysgrif yn ôl themâu:
  Darluniau perlysieuol—planhigion
  Darluniau perlysieuol—bwystfilod mytholegol
  Darluniau seryddol—yr haul a'r lleuad
  Darluniau seryddol—y sidydd
  Darluniau cosmolegol
  Fferyllyddiaeth
  Ffigurau dynol
  Delweddau Cristnogol
  Prin iawn, a dweud y gwir, yw'r symbolau Cristnogol (yn wir, prin yw symbolau unrhyw grefydd hysbys). Ar un o'r tudalennau gwelir menyw yn dal croes. Mewn llun arall darlunir Adda ac Efa— efallai—a phren gwybodaeth, a'r afonydd yn llifo allan o Eden.

Mae'r dynion sy'n byw yn y tŷ mawr yn y coed dros y ffordd yn rhedeg busnes cyhoeddi llyfrau esoterig. Mae enwau anhygoel gyda'r dynion hyn, enwau ffuglen, bron, sef Mr Jekyll a Mr Grey. Maen nhw'n meddwl nad oes neb yn gallu'u gweld nhw drwy'r coed 'na, ond dwi'n gallu'u gweld nhw—yn cerdded, yn wir, yn rhedeg o gwmpas yn borcyn. Ac maen nhw'n cael partïon byth a hefyd yng nghwmni heidiau o fechgyn ifainc, bechgyn pert yn eu harddegau, wrth gwrs. Mae'r partïon hyn yn parhau tan berfeddion. Mae rhai o'r cymdogion yn cwyno am y mwstwr maen nhw'n ei gadw. Pan welais i Dr Thomas a'i gi y bore 'ma gofynnodd i mi a oedd y sŵn wedi 'nghadw i ar ddi-hun. Doeddwn i ddim wedi clywed dim, meddwn i.

Dyw pobl jyst ddim yn licio gweld dau ddyn canol oed yn byw fel'na.

Credir yn gyffredinol fod y llawysgrif wedi cael ei hysgrifennu gan o leia' ddau berson gwahanol. Mae'r ddwy lawysgrifen i'w gweld yn glir. Ar ben hynny amrywia amledd rhai o'r geiriau neu'r grwpiau—côd rhwng y ddau 'awdur'.

Er gwaethaf y gwahaniaethau, mae amledd y geiriau a'r llythrennau yn eithaf tebyg yn adrannau awdur A ac awdur B. Dyma dystiolaeth gref i ddangos nad yw'r testun yn ddiystyr. Mae hi'n anodd iawn i ddau berson feddwl am eiriau diystyr ar hap a siawns gan lwyddo i gynhyrchu cyfartaledd tebyg o grwpiau o eiriau a llythrennau.

Gwelais Dr Thomas heddiw. Mae e'n mynd i'r ysbyty cyn bo hir i gael triniaeth lawfeddygol ar ei brostad. Mae e'n gofidio mwy am Mishima nag amdano ef ei hun. Dyw'r ci byth wedi bod i gynel cŵn; yn wir, dyw e byth wedi bod ar wahân iddo ef, Dr Thomas.

Yna, daeth y cwestiwn anochel y bu'n arwain ato: a fyddwn i'n fodlon edrych ar ôl y ci nes ei fod ef, Dr Thomas, ar ei draed unwaith eto? A pha mor hir y cymerai hynny, ys gwn i? Ond wnes i ddim lleisio'r cwestiwn 'na. Roedd Mishima wedi dod i'm nabod i, meddai. Wel, roedd hi'n anodd, anodd iawn ei wrthod, er does 'da fi gynnig i'r blydi ci. Felly, fe gydsyniais i, er fy ngwaethaf ac yn groes i'm tueddiad naturiol. Daw â'r ci a'i fowlen a'i dennyn, a dwn i ddim beth arall i gyd, yr wythnos nesaf cyn iddo fynd i'r ysbyty. Mae e wedi gofyn i mi fynd ag ef am dro sawl gwaith y dydd, fel y gwna yntau. Ond, er na ddywedais i mo hyn wrtho, bydda i'n rhoi'r ci mas i gysgu yn yr ardd gefn. Dwi ddim eisiau ci yn y tŷ. Ych-a-fi.

Dros y blynyddoedd cyhoeddwyd sawl 'datrysiad' o seiffr Roger Bacon. Hyd yn hyn does dim un o'r datrysiadau hyn yn argyhoeddi'n gyffredinol nac wedi cael eu derbyn. Datganodd bob un o'r ysgolheigion canlynol iddynt ddatrys y seiffr: Oldwood, Freer, Strang, Greenberg, Levitor.

Wel, mae Dr Thomas wedi mynd i'r ysbyty. Daeth â'r ci yma y

prynhawn 'ma, a welais i ddim ffarwelio mor ddagreuol erioed. Dwn i ddim pwy oedd dristaf, y ci neu'i berchennog. Roedd golwg mor dorcalonnus ar y ci ar ôl i'w feistr fynd doedd 'da fi mo'r galon i'w wthio mas i'r ardd. A beth petai'n ceisio diengyd ac yn mynd i chwilio am Dr Thomas ac yn cael ei ladd ar yr heol? Sut gallwn i wynebu Thomas wedyn? Gwell iddo aros yn y tŷ am y tro, nes iddo setlo.

Ar yr olwg gyntaf dyw'r testun, yr hwn sydd wrth wraidd y dirgelwch, ddim yn ymddangos fel unrhyw broblem o gwbl. Dyw e ddim yn edrych yn gryptig. Mae e'n edrych fel llawysgrifen ganoloesol ddiweddar gyffredin. Ceidw'r symbolau ffurf gyffredinol llythrennau'r cyfnod hwnnw—yr hyn nad ydyn nhw ddim. Maen nhw'n debyg i hen gyfeillion a'u henwau ar flaen y tafod. Llifa'r ysgrifen yn llyfn, fel petai'r ysgrifydd yn copïo testun dealladwy; nid ymddengys i'r symbolau gael eu printio un ar y tro. Does dim arwydd o ansicrwydd nac amheuaeth na phetruster o gwbl yn esmwyth-rediad y llythrennau. Hyd yn oed wrth fwrw golwg dros un tudalen mae'r llygad yn adnabod yr un llythrennau dro ar ôl tro, yna fe wêl grwpiau'n ailymddangos, geiriau'n cael eu hailadrodd hyd yn oed, weithiau gydag ychydig o amrywiadau yn eu terfyniadau.

Mae'n deimlad rhyfedd: rhywbeth arall yn byw yn fy nghartref. Neithiwr roeddwn i'n eistedd yn fy nghadair freichiau yn darllen ac edrychais lawr a dyna lle roedd y ci yn edrych arna i. Yn sydyn, fe'm trawyd gan y ffaith fod gan y ci hwn ei ymwybyddiaeth ei hun, ei bersonoliaeth ei hun. Beth oedd yn mynd drwy'i feddwl? Oedd e'n deall y sefyllfa? Beth, neu pwy, oedd e'n feddwl oeddwn i? Beth oedd e'n feddwl o'i berchennog yn ei absenoldeb?

Ddoe, ffoniais yr ysbyty. Mae Dr Thomas wedi cael ei lawdriniaeth ond roedd 'na broblemau, mae'n debyg. 'Ches i mo'r manylion i gyd, waeth roedd hi'n anodd clywed y person ar ben arall y ffôn. Ta beth, mae e'n wan iawn a heb adennill ei ymwybyddiaeth yn iawn eto.

Cwestiwn: Beth yw pwnc llawysgrif Royvich? Does dim clem 'da fi, na neb arall o ran hynny.

Planhigion: mae'r gwaith yn nodweddiadol o herbarium neu pharmacopoeia. Beth arall?

Y sidydd: ceir deg ffigur ar hugain ar gyfer pob arwydd, ac eithrio pisces, y pysgod, sydd â naw ar hugain yn unig.

Alcemeg: ceir lluniau, ffigurau ac emblemau ar wasgar drwy bob testun alcemegol yn y Gorllewin. Os oes unrhyw ran o lawysgrif Royvich yn ymwneud ag alcemeg, yna, ble mae'r pelican? y llew couchant? y caput mortuum? A symbolau dirifedi eraill sydd i'w gweld yn y Mutus Liber?

Mae'r ci hwn yn ddoniol iawn, tipyn o gymeriad, yn wir, gyda'i ben fel cadno, ei gynffon yn cyrlio dros ei gefn. Daw ataf gan ddodi'i bawen ar fy nghoes pan fo chwant bwyd arno; â at y drws i ddangos ei fod e'n mo'yn mynd am dro. Serch hynny, byddaf yn falch pan ddaw Dr Thomas yn ôl i'w gymryd e—wedyn caf y tŷ 'ma i mi fy hun unwaith eto.

Y diwrnod o'r blaen daeth Mr Jekyll at y drws yng nghwmni dyn ifanc—nid Mr Grey. Cwyno wnaeth e fod ci'n cyfarth ac yn cadw sŵn drwy'r dydd yn fy nhŷ i. Atebais nad oeddwn wedi sylwi ar Mishima yn cyfarth. Ychwanegais nad fy nghi i oedd e, eithr ci Dr Thomas ac mai dros dro yn unig, nes i Dr Thomas wella, y byddwn yn ei warchod. Doedden nhw ddim yn ddymunol iawn; yn wir, roedden nhw'n eitha cas. Pa hawl sydd gyda nhw i sôn am Mishima yn cadw mwstwr? Beth am eu partïon nhw? Nid 'mod i wedi'u clywed nhw.

Un ddamcaniaeth yw nad yw'r llawysgrif mewn unrhyw iaith o gwbl, taw dim ond ribidires o farciau diystyr ydyw. Byddai hynny'n cyd-fynd â'r syniad fod y llawysgrif yn ffugiad, wedi'i llunio am arian, efallai gan William Royvich neu John Dee.

Ond nid yw hynny'n rhoi cyfrif am yr holl strwythur ystadegol sydd yn y testun, a'r ystadegau'n parhau yn gyson dros ddau gant o dudalennau.

Cymharer:

• *Llawysgrif Voynich (seiffr arall a briodolir i Roger Bacon sydd, fel y mae'n digwydd, yng nghasgliad Beinecke).*

• *Ignota Lingua, Santes Hildegarde*

- *Arysgrifiadau Glozel*
- *Enochian, John Dee*
- *Rhannau mawr o La Très Sainte Trinosophit gan St Germain*
- *Martian, Helene Smith*
- *Ffugiadau o hieroglyffau Aifftaidd*

Credai Wilfred Fieldman fod y llawysgrif wedi'i hysgrifennu mewn iaith gwbl artiffisial. Cymharer â'r enghreifftiau diweddar, Lojban ac Esperanto.

Ieithoedd eraill sydd wedi cael eu hawgrymu fel sail i'r llawysgrif yw: Lladin (Fatican, dogfen Lat. 3102; Jakob Silvester, côd 1526), Groeg, Sanscrit, Arabig, ieithoedd Almaenig, ieithoedd Celtaidd (Cymraeg, Cernyweg) a Nahuatl!

Daeth Dr Thomas 'nôl o'r ysbyty echdoe ond roedd golwg ofnadwy arno. Doedd dim angen iddo ofyn i mi gadw Mishima bach am dipyn eto, er bod hwnnw'n crio am fynd yn ôl at ei annwyl feistr. Roedd hi'n gwbl amlwg i mi nad oedd Dr Thomas yn ddigon cryf i edrych ar ôl y ci ar hyn o bryd. Yna, ddoe, aethon ni—y fi a Mishima—i alw arno ac roedd e'n glawd iawn. Ffoniais am feddyg yn syth ac fe'i cludwyd i'r ysbyty eto. Aros am air o newyddion yn ei gylch yr ydyn ni nawr.

Rhaid i mi gyfaddef, yn ystod y diwrnodau diwetha 'ma, dwi wedi dod yn eitha hoff o'r ci bach, er fy ngwaethaf, ac wedi dod yn gyfarwydd â mynd ag ef am dro a'i gael e'n gorwedd wrth fy nhraed wrth i mi ddarllen gyda'r hwyr.

O dderbyn nad yw'r Royvich yn bos heb ystyr, pa bethau y cawn ni eu casglu am ei hamgylchiadau oddi wrth ei chynnwys, ei steil a'i heiconograffeg?

Dyw'r delweddau yn y llawysgrif ddim yn ymddangos yn an-Ewropeaidd. Dyma enghreifftiau:

i) Wynebau'r dynion yn adrannau'r Sidydd a 'charthffosiaeth', wynebau Caucasaidd sydd ganddynt i gyd a gwallt Ewropeaidd ei steil.

ii) Y lluniau sydd yn ymddangos fel damhegion yn ymwneud â'r tymhorau. Digon hawdd gweld Gwanwyn, Haf, Hydref, Gaeaf, a'r eiconograffeg—blodau, ffrwythau, hen ddyn gyda ffon ac yn y blaen. Canoloesol, traddodiadol eto.

iii) Mae'r tudalennau sy'n ymwneud â'r sêr yn cael eu rhannu'n 12 neu'n 24. Naill ai oriau'r dydd neu fisoedd y flwyddyn. Calendr y Gorllewin sydd yma, felly.

Cefais alwad ffôn gan yr ysbyty yn hwyr neithiwr. Bu farw Dr Thomas yn ei gwsg. Maen nhw wedi cysylltu â'i berthynas agosaf, sef rhyw or-nai sy'n byw yn Hampshire. Ond pwy sy'n mynd i gael Mishima?

Mae fy meddwl yn mynd yn ôl at y dynion 'na yn byw oddi cartref, alltudion yn y mynachdy yn fy nychymyg i—dau neu dri neu bedwar ohonyn nhw, dim mwy na chwech, a neb arall ar glawr y ddaear yn siarad eu hiaith, neb yn rhannu'u traddodiadau na'u diwylliant. Eu tylwyth a'u perthnasau a'u cyfeillion wedi'u dileu gan anhwylderau, rhyfeloedd efallai, neu gan newyn a syched. Ond mae'r dynion hyn yn ifanc. Damwain, efallai, ac un yn marw. Y goroeswyr yn mynd ati i lunio llyfr i gadw hanesion eu llwyth. Amser yn cerdded. Un arall yn marw. Ac un arall. Henaint yn gafael nes i ddau yn unig gael eu gadael ar ôl, a'r ddau yn casáu'i gilydd â chas perffaith. Dau siaradwr olaf eu hiaith yn pallu goddef ei gilydd. Ar ben hynny mae'r ddau yn drwm eu clyw. Dim 'Cymraeg' rhyngddyn nhw. Angau yn llyncu'r ddau a distawrwydd fel mantell ddu yn cwympo dros y gyfrol honno gan orchuddio'i memrwn am byth.

Claddwyd Dr Thomas ddoe. Ei or-nai, rhai o'i gyn-fyfyrwyr, y fi a Mishima oedd yr unig alarwyr. Mae 'galar' yn rhy gryf. Doedd neb yn gweld ei eisiau go-iawn, ac eithrio Mishima, efallai, a doedd hwnnw ddim yn deall pwy oedd yn y bocs a ollyngwyd i'r ddaear.

Dwi wedi penderfynu cadw Mishima. Fel arall byddai'r gor-nai wedi mynd ag ef at y milfeddyg a gwneud ei ddiwedd. Mae hi'n rhyfedd sut y mae'r ci bach od hwn wedi dod yn gymaint rhan o'm bywyd yn ddiweddar fel na allwn ddioddef y syniad o'i ladd.

'No script has _ever_ been broken unless the language itself is known and understood', meddai Michael D. Coe yn _Breaking the Maya Code_.
Dr John Dee ei hun a roddodd y rhifau ar gorneli'r Royvich. Ai ef

oedd yr un a werthodd y llawysgrif i'r ymherodr Rudolph? Mae hi'n hysbys iddo dderbyn swm tebyg i 600 _ducats_ tua'r amser hwnnw.

Neithiwr roeddwn i'n cysgu'n sownd, wedi cymryd tabledi (fel arall fyddwn i ddim wedi cysgu o gwbl) pan ddaeth Mishima at erchwyn fy ngwely a chrafu fy wyneb â'i bawennau. Yn amlwg, roedd rhywbeth yn bod ar y ci. Er na allwn ei glywed yn cyfarth roedd yn cau ac yn agor ei safn. Codais a gwisgo fy ngŵn nos. Dilynais y ci at y drws.

Wrth i mi ei agor cwympodd dyn i'm breichiau. Roedd gwaed ar ei ben ac ar ei wddwg. Prin yr oeddwn i'n nabod Mr Grey ac allwn i ddim clywed beth yr oedd yn ceisio'i ddweud, waeth roedd e'n siarad mor ddistaw. Es i'n syth at y ffôn a galw'r heddlu.

Hanes Diweddar y Llawysgrif.
1912: Darganfod y llawysgrif gan William F. Royvich yn Villa Mondragone, Frascati.
1932: marwolaeth W. F. Royvich. Gadawyd y llawysgrif mewn ewyllys i Leonard Lewis, partner Royvich.
1966: marwolaeth Leonard Lewis (Cymro o dras?).
1967: Gorffennaf 14. Prynwyd y llyfr gan Lars Kiedis, gwerthwr llyfrau prin yn Efrog Newydd, am $24,500.
Fe'i trosglwyddwyd gan Lars Kiedis i Lyfrgell Llyfrau Prin Beinecke, Prifysgol Iâl. Fe'i catalogwyd fel llawysgrif 4092 gyda gwerth rhwng $125,000 a $500,000
Hanes Cynnar y Llawysgrif.
Er bod digon o dystiolaeth gadarn o fodolaeth a pherchenogaeth y llawysgrif yn ystod yr ugeinfed ganrif mae ei hanes cyn 1912 yn ddamcaniaethol, i raddau. Aeth ambell arbenigwr mor bell ag awgrymu i'r llawysgrif gael ei ffugio gan W. F. Royvich ym mlynyddoedd cynnar yr ugeinfed ganrif. Yn ôl awdurdodau eraill dyddia'r llawysgrif o'r drydedd ganrif ar ddeg neu'r unfed ganrif ar bymtheg.
1582–1586: Dr John Dee ym Mhrâg.
1608: marwolaeth Dr John Dee.
1608: Jacobus de Tepenoz yn cael ei deitl ('de Tepenoz').
1610: prynwyd y llawysgrif, efallai, gan Rudolph II, Bohemia.

1622: y llawysgrif ym meddiant Jacobus de Tepenoz, o bosibl.
1622: marwolaeth Jacobus de Tepenoz.
tua 1644: Joannus Marcus Marci yn trafod llawysgrif ddirgel (y Royvich o bosibl) gyda Dr Raphael Missowsky.
1644: marwolaeth Dr Missowsky.
1665: Llythyr oddi wrth Joannus Marcus Marci at y Tad Athanasius Kircher ynghyd â llawysgrif ddirgel mewn seiffr.
1667: marwolaeth Joannus Marcus Marci.

Daeth yr hanes i gyd mas yn y papurau lleol wythnosau'n ddiweddarach. Tua blwyddyn yn ôl, fe ymddengys, daethai'r dyn ifanc 'ma i fyw gyda Mr Jekyll a Mr Grey i'w helpu gyda'r busnes cyhoeddi. Enw'r dyn hwn, enw anhygoel arall, oedd Mr La Tour. Bu ffraeo mawr, un noson, a thrywanwyd Mr Jekyll a Mr Grey gan Mr La Tour â chyllell fawr. Dyna'r noson y daeth Mr Grey at fy nrws i, wedi dianc yn fyw o'r gyflafan. Lladdwyd Mr Jekyll, ac ar ôl iddo ymosod ar y ddau arall cyflawnodd Mr La Tour hunanladdiad drwy'i drywanu'i hunan â'r un gyllell. Dim ond bob yn dipyn bach y daeth y manylion hyn i gyd mas ar ôl i'r heddlu holi Mr Grey yn amyneddgar yn yr ysbyty. Ni fydd neb yn gwybod y cyfan, dim ond Mr Grey, efallai.

Cefais innau fy holi hefyd, yn ddidrugaredd. Ond cefais fy nghlirio, yn fuan, diolch i'r drefn. Profiad annymunol iawn. Roeddwn i'n falch nad ymddangosodd f'enw i yn y papurau o gwbl.

Llythyr oddi wrth Marcus Marci at Athansius Kircher:
Y llyfr hwn, a adawyd i mi gan gyfaill agos, fe'i tynghedais i ti, f'Athansius annwyl, unwaith y daeth i'm meddiant, oblegid fe'm hargyhoeddwyd na ellid ei ddarllen gan neb ac eithrio tydi.

Gofynnodd cyn-berchennog y llyfr hwn dy farn unwaith mewn llythyr, gan gopïo darn o'r llyfr a'i anfon ataf, o'r hwn y credai y gallet ddarllen y gweddill, ond fe wrthododd yntau, ar y pryd, ddanfon y llyfr ei hun atat. I'r dehongliad ohono ymgysegrodd yn ddiflino, fel y prawf ei ymgeisiadau amgaeedig, ac nid anobeithiodd hyd at angau. Ond ofer fu ei drafferth. Wedi'r cyfan nid ufuddha Sffincsiau fel hyn i neb, ac eithrio i'w meistri.

Kircher, derbynia yn awr yr arwydd hwn, fel y mae, er ei fod yn hwyr iawn. Y mae'n dangos fy serch tuag atat, gan ei dorri allan o'i gaets, os oes un, gyda'th lwyddiant mawr.

Dywedodd Dr Raphael wrthyf, tiwtor yn iaith Bohemia i Ferdinand III, Brenin Bohemia ar y pryd, y bu'r llyfr yn eiddo i'r Ymherodr Rudolph ac iddo gyflwyno 600 <u>ducat</u> i'r sawl a hebryngodd y llyfr ato. Credai mai Roger Bacon y Sais oedd yr awdur. Ar y pwynt hwn yr wyf yn atal fy marn . . .

Joannus Marcus Marci,
Cronland, Prâg, 19eg Awst, 1665

Gan na chafodd y llawysgrif ei dehongli ni wyddem fel y byddai wedi swnio wrth iddi gael ei darllen yn uchel. Serch hynny, darganfuwyd gan rai sydd wedi bod yn ei hastudio'n fanwl yn America, fod modd rhoi seiniau i bob un o'r symbolau seiffr sydd yn y llawysgrif, gyda'r canlyniad ei bod yn ynganadwy. Liciwn i glywed rhywun yn ei darllen.

Fis yn ôl, a rhyw ddeufis ar ôl y llofruddiaeth, ces i fy neffro yn y nos unwaith eto gan Mishima. Roedd y tŷ ar dân. Roeddwn i wedi gadael sigarét yn mudlosgi yn fy nghell ac aeth y papurau ar fy nesg yn wenfflam. Collais y rhan fwyaf o'r nodiadau ar f'astudiaeth o lawysgrif Royvich, gan gynnwys y llungopïau gwerthfawr o'r tudalennau. Ond, diolch i'r ci, cefais ddigon o amser i ffonio'r frigâd dân ac arbedwyd gweddill y tŷ. Dim ond y ddesg a'r dogfennau a gollwyd.

Ond cyn i'r ci ddodi'i bawennau ar fy wyneb daeth dau lanc i sefyll wrth droed fy ngwely. Roedden nhw'n gwisgo abidau. Gwyddwn yn syth fod y bechgyn hyn wedi gweithio ar y llawysgrif. Roedden nhw'n esbonio'i hystyr, yn dweud ei bod yn bwysig iawn, fod proffwydoliaeth ynddi yn ymwneud â'r mileniwm newydd. Yn y llyfr hwn, mewn iaith nad oes neb yn ei deall, y mae'r neges bwysicaf i ddyfodol dynolryw. Roeddwn i'n deall hynny ond roeddwn i'n gorfod gwrando'n ofalus arnyn nhw'n dehongli tudalennau'r llawysgrif. Ond, hyd yn oed yn fy nghwsg, ni allwn glywed eu geiriau oherwydd y sŵn yn fy mhen.

Pawb a'i Drol

Eleri Llewelyn Morris

Ar Ionawr 1af, 2000, cafodd Alis hyd i lythyr a ysgrifennwyd ganrif yn union yn gynharach. Roedd y llythyrwr yn llawn gofid.

'Fy annwyl chwaer,' meddai John Jones. 'Gobeithiaf yn wir eich bod i gyd yn cadw'n iach, er gwaethaf y tywydd garw, fel yr ydym ninnau yma. Serch hynny, mae arnaf ofn mai poenus iawn yr ydwyf ar drothwy canrif newydd fel hyn. Y mae fy ysbryd yn drwm a'm meddwl yn ofidus. Ni chefais nemor ddim cwsg neithiwr o'r herwydd, ac nid oes arnaf unrhyw chwant bwyd heddiw ychwaith.'

John Jones, ar Ionawr 1af, 1900, yn cario'r byd ar ei war. Pam?

'Poeni yn ddirfawr iawn yr ydwyf,' eglurodd, 'am fy nhrol . . .'

* * *

Y mae teimlo'n ddigalon ar ddiwrnod cyntaf blwyddyn newydd yn waeth na theimlo'n ddigalon ar unrhyw ddiwrnod arall. Y mae teimlo'n ddigalon ar ddiwrnod cyntaf mileniwm newydd yn waeth byth.

Heno, meddyliodd Alis, ar ôl i Gwil fynd i'w wely a'r plant fynd i gysgu, pan na fydd unrhyw sŵn uwch nag anadl drwy'r tŷ, mi ga i yrru llythyr i Ganada at Mair. Bwrw fy mol; dweud y cyfan a dweud y gwir: nid y fersiwn hapus o bethau y bydda i mor ofalus o'i roi i Gwil. Ac ella, wedyn, y bydda i'n teimlo'n well.

Gallai ddechrau'r hanes neithiwr, tua hanner awr wedi saith. Doedd dim rhaid mynd yn ôl ymhellach. Roedd Mair yn gwybod yn barod am y misoedd moel ers i Gwil gyfaddef ddiwedd yr haf bod yr hwch wedi mynd drwy'r siop. Roedd ei fusnes wedi torri. Roedd o'n fethdalwr. Yn ddi-waith. Gwyddai Mair hefyd hanes dyddiau'r diod a ddilynodd. Y pnawniau hynny pan ddeuai Alis adref o'i gwaith i weld Gwil wedi mwydo mewn wisgi. Ond roedd hynny'n well na dod adref a chael y tŷ'n wag a'r car wedi mynd. Poeni wedyn: lle roedd o? Oedd o wedi gyrru'r car yn ei ddiod? Gweld lluniau yn ei meddwl o blismon yn dod at y drws gyda newydd drwg. Damwain. Gwil wedi'i anafu'n ddifrifol. Gwil wedi'i ladd. Gwil wedi lladd rhywun arall. Wedi lladd plentyn. Dyna beth oedd byw ar bigau: disgwyl i rywbeth drwg ddigwydd o hyd.

Pan wnaeth rhywbeth ddigwydd, roedd o'n wahanol i'r hyn roedd hi wedi'i ddychmygu. Eistedd o flaen y teledu roedd hi pan ddaeth Gwil adref y noson honno. Teimlodd ryddhad ei fod yn ôl yn ddiogel am noson arall ond yna sylwodd ei fod yn dawel iawn.

'Gwil . . . 'ti'n iawn?'

Tawelwch am eiliad. Yna sŵn distaw, meddal. Roedd o'n crio.

'Gwil! Be s'a'nat ti?'

''Di ca'l y bag dw i 'tê.'

Pan gafodd ei wahardd rhag gyrru, i Alis roedd o'n ryddhad. O leiaf roedd o'n saff rŵan—a phawb arall yn saff rhagddo. Llwyddodd i'w berswadio i werthu ei gar a gwerthodd hi ei char hithau er mwyn iddynt fedru prynu un car gwell rhyngddynt. Ail law oedd y Volvo ond roedd Gwil yn credu eu bod wedi cael bargen dda iawn, ac yn ei weld yn gar dibynadwy. Dyna, wedi'r cyfan, oedd yn bwysig, gan mai trin gwalltiau pobl yn eu cartrefi oedd gwaith Alis a hi, bellach, oedd yn ennill dros y ddau.

Na, doedd dim rhaid iddi boeni amdano'n gyrru'r car mwyach ac eto, ar noson fel hon, pan oedd o allan ac yn hwyr yn dod yn ôl, roedd hi ar bigau 'run fath yn union. Heno roedden nhw'n mynd i barti mileniwm yn nhŷ Alun a Gwen ac i fod i gychwyn am hanner awr wedi saith. A dyma hi'n hanner awr wedi saith a dim golwg ohono.

Aeth Alis i eistedd yn y gadair freichiau unwaith yn rhagor ar ôl cymryd cip arall drwy'r ffenest. Roedd hi wedi hen ymolchi a gwisgo, rhoi ei cholur a gwneud ei gwallt. Ar y teledu o'i blaen roedd rhaglen am ddyn yn y jyngl yn Affrica: dyn yn byw mewn cwt mwd ac yn gwisgo fawr mwy na'i groen. Ei wylio yn bwyta rhyw bry' roedd hi pan deimlodd gawod o genfigen yn arllwys drosti. Mae hi wedi mynd i'r pen, meddyliodd, pan fo rhywun yn genfigennus o ddyn yn y jyngl yn bwyta pry'! Eto allai hi ddim peidio â'i gweld hi'n braf arno am fod ei fywyd mor syml. Dim byd i'w boeni. Dim gofalon bywyd modern. Gwyn ei fyd.

Fel y daeth ymwelydd i alw ar y dyn yn ei gwt mwd, clywodd

Alis sŵn chwibanu y tu allan i'w thŷ hithau: roedd Gwil wedi cyrraedd yn ôl. Ond yn gymysg â'r rhyddhad a deimlai roedd dicter hefyd, oherwydd y chwiban. Pa hawl oedd ganddo i wneud rhywbeth mor hamddenol â chwibanu ac yntau'n hwyr yn dod yn ôl?

'Tyd yn dy flaen,' galwodd â'i llais yn sbarcio. ''Dan ni'n hwyr.'

Daliodd Gwil i chwibanu. 'W't ti'n 'y nghlywad i?' gwaeddodd.

'Mae'n anodd i mi beidio tydy, a chditha'n gweiddi cymaint.'

'Wel tasat ti'n atab y tro cynta, fasa dim rhaid imi weiddi, na fasa?' harthiodd yn ôl. A chododd i ddiffodd y teledu. Y cip olaf iddi'i gael ar y dyn yn y jyngl, roedd o'n siarad â'i ymwelydd ac roedd is-deitlau yn dweud: *This business of you wanting to marry my daughter is making me ill. I can't sleep. I can't eat . . .*

Ar nodyn felly y dechreuodd y noson, a gwaethygu wnaeth hi wrth fynd yn ei blaen. Gan mai hi oedd yn gyrru, doedd Alis ddim yn medru yfed, a mwynhaodd y parti cymaint ag y byddai aelod o fudiad dirwest yn mwynhau noson yng nghwmni criw o alcoholigion. Doedd dim yn waeth, meddyliodd, na bod yn sobor fel sant tra bod pawb o'ch cwmpas yn graddol fynd yn feddw chwil.

Yn waeth na dim, Gwil oedd un o'r rhai mwyaf meddw. Roedd yn boen i Alis ei weld yn yfed un gwydraid o win ar ôl y llall a'r ddiod yn cochi ei fochau a'i jôcs. Roedd hi wedi ceisio'i gael i arafu. 'Yli, mae o'n barti mor gachlyd, mae'n rhaid i rywun yfad i fedru mwynhau 'i hun,' atebodd dros y lle, fel roedd Gwen yn cerdded heibio. Derbyniodd Alis ei fod y tu hwnt i'w rheolaeth: doedd dim allai hi 'i wneud ond sefyll yno yn gweld rhai'n troi eu trwynau arno fel pe bai'n lwmpyn o faw a'i gwneud yn amlwg ei fod yn eu diflasu â'i sgwrs feddw, a gweld eraill yn tosturio wrtho, yn gwrando o gwrteisi ac yn smalio chwerthin am ben ei jôcs. O'r artaith o fod yn sobor a bod yn dyst i hyn!

Edrychodd arno. Hwn oedd ei gŵr. Y dyn roedd hi wedi ymrwymo'i hun iddo'n gyhoeddus. Yr un a welid fel ei hanner arall hi. Ac oherwydd hynny, beth bynnag roedd o'n ei wneud, beth bynnag roedd o'n ei ddweud, roedd o'n adlewyrchiad ohoni. Efallai'n wir na fu dim ond sudd oren yn ei gwydr hi trwy gydol y noson; eto roedd hi'n cael ei chysylltu â'r gwin coch yng ngwydr Gwil.

Roedd hi wedi sylwi bod un neu ddwy o ferched—rhai a ystyriai yn ffrindiau hyd at ychydig yn ôl—wedi ei hanwybyddu hithau heno, tra bod eraill yn amlwg yn teimlo tosturi tuag ati ac, os rhywbeth, roedd hynny'n waeth. Sylwodd arnyn nhw'n troedio'n ofalus wrth sgwrsio â hi, eu meddyliau'n gweithio'n gyflym i sensro cyn siarad, ac i gadw at bynciau 'saff' fel y ffliw a'r car. Bron na fedrai eu clywed yn meddwl: Pwnc saff, car.

'Ro'n i'n clwad ych bod chi 'di ca'l car newydd,' meddai sawl un.

'Wel—newydd i ni 'te, ond mae o'n mynd reit dda chwara teg.'

Am ryddhad oedd cael gadael yn y car toc wedi hanner nos hyd yn oed os oedd Gwil yn eistedd yn un swp wrth ei hochr ac yn canu'n aflafar ger ei chlust! O'u cwmpas ym mhob man, roedd tân gwyllt yn tasgu. Roedden nhw fel poteli siampên enfawr yn clecian agor ym mhob cyfeiriad â ffroth aur, coch a glas yn ffrwydro ohonynt dros y ffurfafen ddu. Dros y byd i gyd, meddyliodd Alis, roedd pobl yn dathlu'r mileniwm newydd; yn edrych ymlaen gyda gobaith am ddyfodol gwell. Roedd hithau hefyd wedi edrych ymlaen at y flwyddyn 2000: wedi'i gweld yn gyfle i roi gofidiau 1999—marwolaeth ei mam a thrafferthion Gwil—o'r neilltu, a dechrau o'r newydd. Ond rŵan bod y cloc wedi taro hanner nos a'r mileniwm newydd wedi'i eni, roedd hi'n teimlo fel gweiddi crio. Cofiodd yr hen ofergoel y byddai rhywun yn gwneud beth bynnag roedd o'n ei wneud ar ddiwrnod cyntaf blwyddyn newydd trwy gydol y flwyddyn. *Dw i ddim am grio!* addunedodd. *Dw i ddim am staenio mileniwm newydd efo dagrau.* Byddai hynny'n argoeli'n wael.

Dod at drogylch yr oedden nhw pan ddechreuodd y car dagu. Peswch. Arafu. Peswch. Crynu. A daeth rhyw sŵn dwfn, fel rhoch angau, o'i fol. Yna stopiodd yn stond. Ar ganol rowndabowt.

'Be ti'n neud? Dw't ti ddim am barcio'n fa'ma?' mwmialodd Gwil.

'Be ti'n feddwl ydw i. Rwbath sy'n bod ar y car. Neith o'm symud.'

'Tania fo eto.'

Diffoddodd Alis yr injan a cheisio'i danio wedyn. Dim ebwch.

'Tria'r *choke.*'

'Dw i *yn* trio'r *choke*—ond dydy o'n gneud dim gwahania'th.'

'Gad i mi 'i drio fo!'

'Paid! Dw't ti ddim i fod—a ph'run bynnag, dw't ti ddim ffit.'

'*Fi* ddim ffit? *Fi* ddim ffit?' meddai Gwil, a'i dafod yn dew. '*Chdi* sy ddim ffit. Chdi sy 'di parcio car ar ganol rowndabowt.

'Gwil, cer allan a tria wthio'r car i lawr y ffordd fach 'na'n fanna i ni ga'l 'i symud o o fa'ma. *Plîs,* Gwil. Yli, dw i'n poeni—'

'Mae rhywbeth baaaaach,' brefodd Gwil yn ddi-diwn ar ei thraws, 'yn poeni paaaaawb. Nid yyyyyw yn nef yn unmaaaaan . . .'

Neidiodd Alis allan o'r car. Rhedodd at ddrws y teithiwr a'i agor. Gafaelodd yn dynn ym mraich Gwil a cheisio'i lusgo allan.

'Olreit! Olreit! Be s'a'nat ti d'wad?' protestiodd yntau'n flin.

Gwthiodd Alis ef at gefn y car. Sodrodd ei ddwylo ar y bŵt.

'Rŵan, pan fydda i'n gweiddi, gwthia fo!' meddai. Aeth yn ôl i'r car, gollwng y brêc a gweiddi drwy'r ffenest agored: 'Rŵan!'

Teimlodd y car yn symud. Llywiodd ef at ymyl y trogylch, yn barod am y lôn fach ar y chwith. Yna arhosodd y car yn llonydd.

'Gwil!' gwaeddodd Alis. Dim ateb. Neidiodd allan eto—i weld ei gŵr yn gorwedd yn fflat ar ei fol ar y ffordd, yn chwyrnu'n braf.

Wrth edrych yn ôl ar y noson honno wedyn, wyddai Alis ddim sut y daeth trwyddi. Erbyn i'r cwpwl hynny ddod heibio yn eu car a'i helpu hi i gael Gwil a'r Volvo oddi ar y trogylch, roedd hi wedi mynd i'r pen. Edrychodd yn eiddigeddus ar ôl y wraig wrth iddyn nhw adael: 'toedd hi'n lwcus o gael gŵr mor gyfrifol, mor sobor! Roedd hi wedi eu sicrhau y byddai'n iawn: roedd hi'n aelod o'r AA ac roedd ganddi ffôn symudol i'w ffonio, ond pan aeth ati i geisio deialu'r rhif ni fedrai gael trwodd yn ei byw: roedd y signal yn rhy wan. I gymhlethu pethau, roedd yn amhosib mynd i chwilio am ffôn gan nad oedd Gwil mewn cyflwr ffit i fynd gyda hi nac i gael ei adael yno ar ei ben ei hun nes y deuai hi'n ôl.

Ar hynny roedd tacsi wedi ymddangos o'r tywyllwch. Tacsi gwag. Safodd Alis ar ymyl y trogylch a chwifio arno'n wyllt. Roedd y gyrrwr yn siaradus a bu'n pregethu ar hyd y ffordd am y cyfle newydd yr oedd y mileniwm yn ei roi i'r byd ac yn datgan ein bod, yn ei dyb ef, ar drothwy cyfnod newydd lle y byddai ewyllys da a brawdgarwch yn teyrnasu. Porthodd Gwil ef bob gair.

'Faint sy arna i i chi rŵan?' gofynnodd Alis ar ôl cyrraedd.

'Reit, dowch i ni weld. Hannar can punt os gwelwch yn dda.'

'*Faint?*'

'Hannar can punt. Mae o'n ddwbwl heno. Noson y Mileniwm.'

Cribiniodd Alis drwy ei phwrs hi a walet Gwil am y pres.

'Thanciw mawr! A blwyddyn newydd dda iawn i chi'ch dau 'te!'

'Blwyddyn Newydd Dda! Blwyddyn Newydd Dda!' galwodd Gwil yn ôl yn llawen, wrth i Alis ei lywio allan o'r tacsi, ac am y tŷ.

'Chysgodd Alis ddim winc ar noson gyntaf y mileniwm newydd ac roedd 'na ryw fantais i hynny. Os cysgu, rhaid deffro, a beth sydd waeth na deffro drannoeth ar ôl i rywbeth drwg ddigwydd i gyfarfod â holl ofidiau'r diwrnod cynt yn nofio'n ôl i'r cof o ebargofiant cwsg? Drwy'r nos, bu pryderon yn saethu fel tân gwyllt trwy'i meddwl. Beth oedd yn bod ar y car? Oedden nhw am gael costau mawr arno? Beth ddeuai ohonyn nhw fel teulu? Sut fedrai hi helpu Gwil? Drwy'r nos hefyd roedd arni eisiau crio, ond brwydrodd—a llwyddodd— i ffrwyno'i dagrau a chadw ei gofid i mewn.

Roedd hi'n haws ar ôl codi. Roedd ganddi bethau i'w gwneud. Nôl y plant o dŷ ei ffrind lle y buon nhw'n aros y noson cynt. Llnau. Golchi. Gwneud cacan. Trefnu i Gwil fynd ynglŷn â'r car.

Ar fin cael cinio yr oedd hi a'r plant pan gyrhaeddodd yn ei ôl.

'Wel, be ddudodd—' dechreuodd Alis, ond 'daeth hi ddim pellach. Roedd gweld ei wyneb yn ddigon o ateb ynddo'i hun . . .

'Newydd drwg, mae arna i ofn,' meddai'n dawel, heb edrych arni. 'Mae 'i injan o wedi darfod. Mi gostia filoedd i'w drwsio fo. Mae'n debyg 'n bod ni wedi c'al 'n gneud pan brynon ni o . . .'

Sgrechian oedd arni eisiau'i wneud rŵan, yn fwy na chrio. Sgrechian, a halio'i gwallt, a lluchio llestri ar y llawr. Ond roedd y plant yn edrych arni, â'u llygaid yn fawr. Gwyddai fod yr hynaf yn deall ychydig am eu trafferthion, a'i fod yn poeni. Mae'n rhaid i mi drio dal, meddai wrthi ei hun. *Mae'n rhaid i mi drio dal. Heno, ar ôl i Gwil fynd i'w wely a'r plant fynd i gysgu, mi ga i yrru llythyr i Ganada at Mair. Bwrw fy mol; dweud y cyfan a dweud y gwir. Ac ella, wedyn, y bydda i'n teimlo'n well.*

Yn y cyfamser, gwneud rhywbeth oedd orau—ac roedd yna rywbeth i'w wneud. Chwilio am ddogfennau'r car. Unwaith yr oedd y plant wedi mynd allan, aeth drwodd i'r stafell gefn lle roedden nhw'n cadw eu holl bapurau—ond, yn union fel pe bai wedi'i witsio, fedrai hi ddim dod o hyd i'r rheini chwaith. A'r mwyaf yn y byd roedd hi'n chwilio amdanyn nhw ac yn methu cael hyd iddyn nhw, y mwyaf yn y byd roedd y dagrau'n pigo y tu ôl i'w llygaid a'i thu mewn yn mynd i grynu a'i chalon i ddyrnu'n wyllt.

Roedd ei gwaith yn cael ei wneud yn anoddach gan y ffaith bod yn y stafell gefn rai bocseidiau o bapurach ar ôl ei mam. Bu'n bwriadu rhoi trefn arnyn nhw trwy gydol y chwe mis ers i'w mam farw ond fu ganddi hi ddim calon at y dasg.

Tarodd ei llygaid ar y sgrifen gain ar amlen yn un o'r bocsys. Estynnodd am yr amlen a'i hagor. Y dyddiad ar ben y llythyr y tu mewn oedd Ionawr 1af, 1900: canrif union yn ôl i'r diwrnod.

'Fy annwyl chwaer,' dechreuodd ddarllen, 'Gobeithiaf yn wir eich bod i gyd yn cadw'n iach, er gwaethaf y tywydd garw, fel yr ydym ninnau yma. Serch hynny, mae arnaf ofn mai poenus iawn yr ydwyf ar drothwy'r ganrif newydd fel hyn. Y mae fy ysbryd yn drwm a'm meddwl yn ofidus. Ni chefais nemor ddim cwsg neithiwr o'r herwydd, ac nid oes arnaf unrhyw chwant bwyd heddiw ychwaith.'

Gwneud panad iddo'i hun roedd Gwil pan glywodd y sŵn. Sŵn gwyllt, rhyfedd fel . . . fel . . . rhywun yn udo mewn galar? . . . rhywun yn gwehyru mewn gwallgofrwydd? . . . rhywun yn griddfan mewn poen? Rhuthrodd allan o'r gegin ac ar hyd y coridor am y stafell gefn.

'Alis, be s'a'nat ti? Beth sy'n bod? W't ti'n—*Chwerthin* w't ti?'

Yno o'i flaen roedd Alis yn ei dyblau, ei chorff yn cyrdeddu i gyd a dagrau'n sglefrio i lawr ei dwy foch goch. Edrychodd Gwil arni'n syn. 'Be sy mor ddigri?' gofynnodd yn sych. 'Do'n i ddim yn sylweddoli bod gynnon ni unrhyw beth i chwerthin yn 'i gylch.'

Ond roedd Alis yn chwerthin cymaint fel na allai ei ateb yn eglur. Deallodd Gwil rywbeth am lythyr ac am ryw ddyn yn poeni.

'Poeni am be, Alis?' gofynnodd. 'Dwn i ddim be w't ti'n 'ddeud.'

'Am 'i drol.'

'Be? Am 'i ddol?'

'Naci, am 'i drol!'

''I drol? Trol?'

'Ia! Roedd o'n deud,' meddai Alis, rhwng ebychiadau mawr o chwerthin, 'roedd o'n deud . . . 'i fod o'n poeni'i enaid am rwbath . . .'i fod o'n methu byta na chysgu . . . ac ro'n i'n meddwl . . . ro'n i'n meddwl . . . bod 'na rwbath ofnadwy wedi digwydd iddo fo . . . a wedyn . . . wedyn . . . dyma fo'n deud . . . mai poeni oedd o . . . am 'i drol!'

A chwalodd mewn chwerthin. Cymerodd Gwil y llythyr a'i ddarllen.

'Y fo a'i drol!' gwaeddodd Alis. 'Be wnâi o tasa fo'n byw heddiw? Bechod na fasa bywyd mor syml i ni! Gwyn 'i fyd o wir!'

'Wel ia,' meddai Gwil yn dawel, 'ond iddo fo mi oedd y ffaith bod 'i drol o wedi torri yn beth mawr, sti. Ella'i fod o i'w weld yn ddigri i ni heddiw, ond doedd o ddim yn ddigri iddo fo ar y pryd.'

'Wel, mae o'n ddigri i mi!' sgrechiodd Alis. Camodd Gwil ati a rhoi clustan siarp iddi ar draws ei boch. Peidiodd y sterics ar unwaith ac, am rai eiliadau, roedd hi'n dawel. Yna dechreuodd grio—crio'n ddiymatal, fel babi, heb falio am neb na dim. Cymerodd Gwil hi yn ei freichiau, a siglodd hi'n dyner.

''Na chdi, 'ŵan; 'na chdi,' sibrydodd. 'Ssshhh 'ŵan. Ssshhh.'

Pan oedd ei chrio wedi troi'n igian achlysurol, mentrodd Gwil siarad. 'Yli, Alis,' meddai, 'mi w't ti'n gweld problem y dyn yna'n ddigri; yn chwerthinllyd—ac wrth gwrs, erbyn heddiw mae hi'n chwerthinllyd. Wel, tria sbïo arni fel hyn: ymhen amsar, mi fydd 'n problema ninna i'w gweld yn ddigri i rywun.'

'Byddan, ella.'

'Dim ella. Mi fyddan nhw. Mae bob dim yn newid efo amsar. A be w't ti haws â phoeni dy enaid heddiw am rwbath fydd i'w weld yn ddigri i rywun 'fory? Hm? Be ti'n ddeud?'

'Mm.'

'Wel, ydw i'n iawn?'

'W't, debyg.'

'Gneud dy hun yn sâl a—'

'Ia. Chdi sy'n iawn, Gwil. Chdi sy'n iawn.'

'Teimlo'n well rŵan 'ta?'

'Mm.'

* * *

alis@rhoswen.freeserve.co.uk

Annwyl Mair, Gobeithio eich bod chi i gyd yn dod dros y ffliw acw. Rydan ni'n dal i fod hebddo fo yma ond, ar wahân i hynny, fedrai pethau ddim bod yn waeth, a hynny ar drothwy'r mileniwm newydd fel hyn. A dweud y gwir, dw i bron â drysu. Chysgais i ddim neithiwr a heddiw mi aeth fy nghinio a fy swpar i i'r bin . . .

97

Owain Glyndŵr Dwy Fil

Angharad Price

Gŵr Mari a meistr Llew, y ci: caeodd Owain Glyndŵr Tomos y drws ar ei wraig a mynd allan.

Roedd Mari'n hen beth glên ar ei gorau. Ond, Iesu bach, roedd hi rêl poen gan amlaf. Cegog, oedd. Tafod fel blydi Sgowsar. Collasai Now Ji gownt ar sawl gwaith y cawsai ei regi'n ddu-las ganddi dros y Dolig.

O gofio, diwrnod rhewllyd, heulog oedd diwrnod olaf mis Rhagfyr bob tro. Un felly oedd hwn, beth bynnag. Teimlodd Now Ji yr oerfel yn ei fwrw ar ei dalcen, yn cosi blaenau ei fysedd, yn treiddio trwy ei grys-chwys wedi breuo; trwy ei hen groen hefyd. Ond âi o ddim i nôl ei gôt o'r tŷ. At honna. A'i thempar. A'i bol mawr tew. A'i hoglau chwys.

Chwythodd ei anadl ei hun i mewn i'r aer. Ffurfiodd yn gwmwl o'i flaen. Chwaraeai gael smôc fel hyn pan oedd yn hogyn bach.

Trodd tua'r dref. Taflodd gip dros ei ysgwydd. Gwelodd, fel y disgwyliai, y mynyddoedd yn wyn gan eira, yn llachar yn yr haul, a'r awyr yn rhimynnau pinc a llwydlas o'u cwmpas. Fe'i dallwyd am eiliad gan y disgleirdeb.

'Dwi'm yn meindio'r gaea fy hun,' meddai Now Ji wrtho'i hun. 'Er ei bod hi'n oer.'

Trodd ei olygon drachefn tua'r dref. Tafod yn sych: barod am beint.

Digon gwag oedd top y dref, dim ond y siop bapur ar agor a phrin ddim ceir ar y lôn. Siŵr bod pawb yn paratoi am nos Galan, am y ganrif newydd. Yn eu tai yr oedd pawb, efo'u teuluoedd, yn ffraeo. Mileniwm, myn uffar. Myrraeth.

Croesodd sgwâr y dref a mynd heibio i'r goeden Dolig a'r goleuadau gwynion arni'n diffygio yng ngolau'r haul. Clywodd sŵn gweiddi'n dod o'r dafarn ar y sgwâr. Coman. Diolch byth, roedd ganddo fo le gwell i fynd iddo, lle mwy cartrefol ar lan y môr. Mi fyddai'n gynnes yno.

'Now Ji, con!' rhuodd llais yn ei glust. 'Ti'm yn oer heb gôt, yr uffar gwirion?'

Ei fêt oedd yno: Sosej, cynorthwywr y bwtsiar. Bron â rhoi hartan iddo, yn ei guro ar ei gefn yn hegar felly.

'Sut wyt ti, Sosej, y sglyfath anghynnas?' meddai'n gyfeillgar, ar ôl cael ei wynt ato.

'*Champion*,' meddai Sosej, a saliwtio'i iechyd da ei hun. 'Chditha? Ti'm yn edrach hannar da.'

'Wedi blino. Strach y Dolig, petha felly, ti'n gw'bod fel mae hi.' Amneidiodd ei fêt a rhoi winc ddireidus arno.

'Mynd am beint wyt ti?'

'Mynd o dan draed yr hen fodan. Adra'n rhy fach weithia, dydi.' Chwarddodd y ddau.

'Wel, blwyddyn newydd dda, Now Ji. Ac edrach ar d'ôl dy hun, ia.'

'Chditha 'run peth, con.'

Dyna'r peth efo'r dref: digonedd o fêts i sgwrsio efo nhw. Daeth dagrau i lygaid Now Ji.

'Sosej, ia,' ochneidiodd wrtho'i hun, ac ysgwyd ei ben. 'Calon yn y lle iawn.'

Roedd sawl un ohonyn nhw, ei ffrindiau, wedi cicio'r bwced erbyn hyn: Aneirin a Gwil Burum. A Moss Bingo, be gafodd o hefyd?

Doedd wybod pwy fyddai'r nesaf. Sychodd Now Ji ei lygaid â llawes ei grys-chwys, wedyn yr annwyd yn ei drwyn. Cyn i neb ei weld yn crio fel babi. A gwneud hwyl am ei ben.

Dyna pryd y daeth y cyfyng-gyngor iddo, un newydd. Pa ffordd âi o at ei dafarn heddiw? Roedd ganddo ddewis, diolch i'r basdad castell 'na, sef mynd syth ymlaen, neu rownd. Nid fod Now Ji wedi talu sylw i'r dewis o'r blaen. Fel arfer, a'i syched yn ei gymell, âi'n syth ar draws y sgwâr, drwy borth y dref, at y môr, ac ar ei union i'r dafarn.

Tin-drodd am rai eiliadau cyn penderfynu. Heddiw, gan mai heddiw oedd hi, mi ddewisai'r ffordd oedd yn fwy o dro nag o daith. Mi fuasai newid yn *change*. Ac nid bob dydd roedd hi'n ddiwrnod olaf canrif.

'Tro olaf y mileniwm yma,' meddyliodd; wyddai o ddim yn iawn a oedd hynny'n beth da neu beidio.

Roedd o'n anobeithiol felly: bod â barn am bethau. Mi wyddai'r lleill yn y dafarn beth i'w feddwl a beth i'w ddweud. Darllenent y papur newydd. Ond erbyn meddwl, gwell ganddo fo, Now Ji, wrando arnyn nhw, na dweud ei ddweud ei hun a gorfod dadlau a chael ei bryfocio.

Trodd heibio i flaen y castell a mynd i lawr yr allt ac i olwg y cychod hwylio oedd wedi'u hangori'n un rhes yn y cei. Ambell un reit handi yn eu plith.

Ffordd hyn y deuai o efo'i fêts ers talwm, a'r wagenni llechi'n dal yma. Dod i chwilio am fodins. Fa'ma welodd o Mari. Ar fraich llongwr. Biti na fuasai wedi aros arni, yn lle bachu arno fo wedi i'r llongwr ei heglu o'no.

Cododd ei ben. Fe'i siomwyd am eiliad. Roedd sawl un arall wedi cael yr un syniad â fo: yn crwydro'r cei yn hel atgofion. Pobl ddiarth, rhai ohonyn nhw hefyd, a rhai yn mynd â'u cŵn am dro.

'Isio pawb rannu, does, 'ngwas i,' cofiodd Now Ji eiriau ei fam gynt.

Ei fam bach: dyna ichi ddynes fawr! Dynes gall. Dynes glyfar. Dynes gref. Hi a'i bedyddiodd o, Owain Glyndŵr Tomos, efo enw Cymraeg go iawn. Liciodd hi erioed mo'r talfyriad.

Ond roedd hithau wedi mynd bellach hefyd. Anodd credu'r peth. A theimlodd Now Ji ei galon yn rhoi llam annifyr, a'i waelodion yn troi. Ofnai i'r dagrau ddod i'w lygaid eto.

'Mae hi wedi mynd i sbês,' sibrydodd, a'r hiraeth ar ei wyneb; ac roedd o'n ei cholli hi hefyd, petaen nhw ond yn gwybod.

Protestiai wrth rywun, heb wybod yn iawn pwy.

Clonciodd mastiau'r cychod yn yr awel, fel sŵn cloc yn tician, gan ddannod i Now Ji ei hel meddyliau. Biti na chawsai Llew ddŵad allan. Wrth ei fodd yn busnesa, oedd. Twrio fan hyn am ogleuon. Codi'i glustiau fan acw. Chwyrnu ar y gwylanod. Synhwyro tin cŵn eraill, rêl cês.

Dim munud llonydd, yr hen gi.

Ond bod Mari wedi'i gadw fo'n y tŷ heddiw. Yr hen ast iddi. Pam? Er mwyn medru ei anfon i'r dafarn i nôl Now Ji adref. A'r ddau'n gorfod dychwelyd ati, ac o leiaf un ohonynt â'i gynffon rhwng ei goesau.

Cofiwch chi, protestiodd Now Ji eto, nid ufuddhau i Mari a wnâi

Llew. Licio dod i'r dafarn roedd o, at ei feistr. A welai Now Ji ei hun ddim bai arno am hynny.

Roedd hi'n oer fan hyn. Y basdad castell wedi dod rhyngddo a'r haul. Mi fyddai'r dafarn yn gynhesach. Prysurodd Now Ji yn ei flaen a heibio i'r bont ac i olwg y môr. Roedd yr haul bellach wedi dechrau machlud. Roedd fel melynwy wedi malu'n binc ar y gorwel ac wedi rhedeg i'r môr. Fe'i dallwyd eto am eiliad. Ond gwyddai Now Ji ei bod hi yno, y dafarn. A bod y giang wedi ymgynnull yn groeso iddo o gylch y bar: Wil Sgot, Sionyn Pansan, Cadi, Arthur, Nerys Wyn, Daf Dannadd, Idwal a Carys Siop, Pepe, Jac Jin, Royston Petrol, Iorwen (perchennog y dafarn), a'i chariad, Gareth Blawd. Teulu anniben, anghymarus, anghytûn, a'u bryd torfol ar feddwi.

'Peint i Now Ji,' datganodd Daf Dannadd, pan gamodd drwy'r drws.

'Ti'm yn oer, del?' gofynnodd Iorwen, wrth iddo setlo ar ei stôl.

'Lle ti 'di bod, Now Ji?' meddai Royston, a throi ato.

Gwnaeth yntau ystum ddi-hid â'i law.

'Musus,' meddai'n gadarn.

Ac amneidiodd pawb heb ddweud mwy. Arhosodd i'w beint gael ei dynnu. Teimlai fel oes. Rhwbiodd ei freichiau: disgwyliasai iddi fod yn gynhesach yma.

'Llew yn iawn?'

'*Champion.*'

A dyna'r ddiod wedi dod, yn sefyll o'i flaen, yn barod i'w phrofi! Edrychodd Now Ji ar y cwrw coch a daeth dŵr i'w ddannedd. Cydiodd yn y gwydr a'i deimlo'n galed a llugoer dan gledr ei law. Cododd y peint yn araf at ei wefus. Dyma'r eiliad y buasai'n aros amdani drwy'r dydd.

'Iechyd da i chi gyd!' prin y gallai ynganu'r geiriau.

Blasodd y cwrw: yn neithdar cynnes ar ei dafod.

'Iechyd da, Now Ji,' meddai'r lleill yn gytgan ddi-ffrwt.

'Sut mae dy iechyd dithau rŵan, Now Ji?' holodd Royston yn y man.

'Mi fuest ti'n reit giami,' bachodd Nerys Wyn ar y cyfle i ateb o'i flaen. 'Yndô, Now Ji?'

'Giami, do,' meddai yntau, a thorri gwynt.

Hwn oedd ei bumed peint.

'Be oedd matar, 'ngwas i?' gwyrodd Carys Siop tuag atynt, er mwyn busnesa.

Sychodd Now Ji ei geg â chefn ei law. Teimlodd ei galon yn dechrau curo. Chwys yn hel ar dop ei ben. Gas ganddo gael ei groesholi fel hyn. Sylw pawb arno.

'Asu, ydi hi mor hwyr â hynna!' ebychodd, gan droi tuag at hen gloc yr harbwr-feistr a oedd yn tician yn glywadwy ar y wal.

'Deud be oedd matar, Now-Ji!' cyfarthodd Nerys Wyn, a dueddai i fod yn biwis yn ei diod.

Gwrandawodd pawb ar y cloc. Chwysodd Now Ji fwy. Rhoddodd ei wydr i lawr oherwydd aethai'n llithrig yn ei ddwylo. A phawb yn disgwyl am ateb ganddo.

'Wel, myn uffar, deud, Now Ji, i chdi gael blydi cydymdeimlad!' rhuodd Jac Jin ymhen rhai eiliadau.

'Dwi'm yn cofio, nacdw, be ddeudodd y doctor!' protestiodd yntau, gan faglu dros ei eiriau a theimlo'i hun yn mynd yn boeth.

'Be ti'n feddwl, "ddim yn cofio"?' meddai Daf Dannadd.

Beth oedd ar bawb yn pigo arno fo fel hyn? Nid arno fo roedd y bai fod ei gof yn mynd. Toedd o'n tynnu at oed yr addewid?

'Dydi'r lembo yma ddim yn cofio be sy matar arno fo,' gwaeddodd Nerys Wyn ar y lleill oedd wrth ben pella'r bar, a chwerthin yn uchel.

Hen ast oedd hon hefyd.

'Rywbeth i wneud efo'r galon,' gwaeddodd yntau ar ei thraws, a chodi'i gwrw at ei geg. 'Dwi'm yn cofio'r gair.'

Fuasai o byth wedi gweiddi felly oni bai ei fod wedi yfed. Drachtiodd ei beint i'r gwaelod.

'Dim "calon giami",' aeth yn ei flaen yn benderfynol. 'Ond rhywbeth felly.'

'Fasa doctor ddim yn deud "calon giami", siŵr dduw,' meddai Arthur a'i ffansïai ei hun yn glyfrach na phawb arall.

'*Dicky heart?*' cynigiodd Pepe, ond fe'i hanwybyddwyd yntau fel arfer.

Daeth sŵn y cloc i lenwi ymwybyddiaeth pawb wrth i'r criw brwysg bendroni ynghylch calon Now Ji.

'Paid ag ypsetio dy hun, Now Ji,' meddai Royston o'i weld yn digalonni, a rhoi ei fraich amdano.

Ond ymryddhaodd Now Ji oddi wrth ei gyfaill. Nid am ei fod yn pwdu, na. Ond am fod drewdod ofnadwy yn dod o'r lard a roddai Royston Petrol ar ei wallt.

'Ella bod Iorwen yn cofio,' meddai Gareth Blawd toc, dan ysgwyd ei ben yn anobeithiol.

'Ti'n cofio be ddeudodd y doctor oedd matar efo hwn, Iorwen?'

'Hwn?' meddai Iorwen. 'Witsiwch am funud.'

Estynnodd am gadach i lanhau'r cwrw oedd wedi'i golli ar y bar. Roedd ganddi waith i'w wneud: pawb yn dibynnu arni am eu diod. Cyfrifoldebau. Yn enwedig ar drothwy'r flwyddyn newydd fel hyn.

'Anjeina,' meddai Iorwen o'r diwedd, ar ôl sicrhau bod sylw pawb wedi'i hoelio arni.

'Ia!' ebychodd Now Ji yn llawn rhyddhad, a phwyntio tuag ati fel petai hi'n broffwyd. 'Ti'n iawn hefyd: anjeina ddeudodd o!'

'Anjeina,' meddai Arthur dan ysgwyd ei ben.

'Anjeina, myn uffar,' meddai Jac Jin.

'Anjeina,' cadarnhaodd Now Ji yn llawen.

'Be ydi anjeina?' gofynnodd Pepe.

'Calon giami, siŵr Dduw,' eglurodd Now.

Gwnaeth ystum ar Iorwen, a gosod ugain punt ar y bar: fo fyddai piau'r rownd nesaf.

'Dyna pam dwi 'di rhoi'r gorau i smocio,' eglurodd ymhellach.

'Ti'n drewi o ffags, y basdad c'lwyddog,' meddai Nerys Wyn.

Ond doedd o ddim i'w ddal y tro hwn. Gallai ei amddiffyn ei hun yn iawn. Gallai ateb yn ôl cystal â neb ohonyn nhw. Adfer ei hunan-barch.

'Cael un smôc yn y bore, dydw, y jolpan wirion,' esboniodd. 'I ladd yr awydd.'

Tawodd pawb.

'Faint sydd 'na tan y mileniwm, deudwch?' meddai Royston, toc.

'Dwy awr ac un deg saith munud,' meddai Arthur.

'Rhywun isio gêm o darts?' gofynnodd Gareth Blawd, a chodi'i aeliau yn nawddoglyd.

Pendroni lle roedd Llew arni a wnâi Now Ji. Tynnu am ddeg o'r gloch, a dim golwg o'r hen ddaeargi bach. Mari byth wedi ei anfon i'w nôl. Ella bod rhywbeth o'i le. Llew wedi brifo. Neu Mari ddim yn dda. Roedd wedi cael ei thrafferthion eleni, wedi'r cwbl.

Llymeitiodd Now Ji ei beint yn gyflym. Neu ella bod y ddau'n gorweddian yn gytûn o flaen y tân yn sbio ar y teledu. A fo'n fan hyn. Wel, stwffio nhw, felly. Toedd o'n well ei le'n y dafarn? Efo'i fêts. A pheint yn ei law. A lot mwy i ddod. Toedd o mewn cwmni da?

'Y blydi ci 'na sydd ar fai,' meddai gyda rhyw ffyrnigrwydd sydyn. 'Mae'r diawl bach yn tynnu fel uffar pan dwi'n mynd â fo am dro. Fo sy'n gneud fy nghalon i'n giami.'

Trodd rhai o'r lleill ato.

'Am be uffar mae hwn yn paldaruo rŵan?' grwgnachodd Wil Sgot, a Now Ji wedi ymyrryd ar ei jôc.

Ond doedd cyhuddiad Now Ji ddim wedi plesio'r lleill.

'Paid ti â siarad am Llew tu ôl i'w gefn o, Now Ji!' dwrdiodd Carys Siop.

'Mae gen ti gi bach da yn fanna,' pwysleisiodd Jac Jin.

Tawodd pawb. Rhoddodd Now Ji ei newid yn bwdlyd yn ei boced. Faint o'r gloch oedd hi, eto? Cawsai ddigon ar y flwyddyn hon; ar y ganrif, ran hynny. Roedd pethau wedi dechrau mynd ar chwâl. Calon giami. Colli ei fam. Gorfod stopio smocio. Gorfod mynd â Mari at y doctor. Gorfod mynd â Llew at y fet. A phawb yn pigo arno fo o hyd; yn ei bryfocio; gwneud hwyl am ei ben. Oedd, roedd hi'n hen bryd i'r hen flwyddyn fynd heibio.

Caeodd Now Ji ei lygaid. Roedd y basdad cloc 'na wedi dechrau dweud arno fo. Yna protestiodd yn uchel:

'Fy nghi *fi* ydi o.'

Cododd o'i sedd, a'i chweched peint yn ei law. Roedd o'n mynd.

'Hulpan,' ysgyrnygodd ar Nerys Wyn wrth fynd heibio iddi.

'Hurtyn,' hysiodd hithau, cyn ychwanegu i'w gefn. 'A babi mami hefyd.'

Baglodd Now Ji drwy niwl ei ddagrau, heibio i gloc yr harbwrfeistr ac allan o'r dafarn, a rhoi slaes i'r drws ar ei ôl. Clywodd Gareth Blawd yn dweud: 'Rhywun 'di piso ar ei jips o heddiw.' A Carys Siop, yn ychwanegu'n geg i gyd: 'Mari dew, pwy arall.' A rhywun arall wedyn yn dweud: '*Millennium bug.*' A'r giang i gyd yn piffian chwerthin tra oedd Now Ji yn crio yn sŵn y môr.

Tybiodd iddo glywed sŵn llais Royston Petrol o'r drws yn gweiddi 'blwyddyn newydd dda' ar ei ôl. Ond gan na allai fod yn siŵr, throdd o ddim i sbio. Prysurodd, yn hytrach, ar ei union trwy borth y dref a thua'r sgwâr.

Roedd y gwynt yn rhewllyd, ac yntau heb ei gôt. Biti na fuasai Llew yno i gadw cwmni iddo.

'Stopia dynnu, y mwngrel gwirion!'

Rhoddodd gic i'r aer lle buasai'r ci wedi bod.

'Ti'm yn cofio fod fy nghalon i'n giami?'

Fawr o dro nes câi ei weld a'i gicio go iawn. Cyflymodd Now Ji ei gam. Deuai sŵn canu o'r dafarn ar y sgwâr wrth iddo fynd heibio.

'Pam na chaf i fynd fel pawb i forio?' holodd y lleisiau oedd heb fod yn unllais nac mewn cytgord chwaith.

Melltithiodd yntau y cantorion meddw dan ei wynt. Châi o byth fynd i forio eto. Fuodd o erioed, 'ran hynny. Dim ond i Iwerddon am ddeuddydd ar ôl priodi Mari. Faint oedd ers hynny bellach?

'Rhy hir,' meddai wrtho'i hun.

'Blwyddyn newydd dda, Now Ji!' gwaeddodd rhywun arno ar draws y sgwâr.

Ni hidiai Now Ji am berchennog y llais na'i gyfarchiad. Rhegodd yn dawel eto, a brasgamu heibio i'r goeden Dolig. Roedd yr aer yn llawn plu eira'n chwyrlïo. Uffernol o oer; mi fyddai'n lwcus cyrraedd adref. Fferru ar y ffordd. Clywodd gloc yr eglwys yn taro'r awr; deg, ynteu un ar ddeg? Collasai gownt. Pwysicach oedd cyrraedd y tŷ. Ymochel rhag eira'r mileniwm. Ond roedd y ffordd adref yn ddiben-draw. A'r mynyddoedd yn ddim ond cysgodion du yn y nos.

Prin y gallai symud ei fysedd erbyn cyrraedd ei stryd ei hun. Rhaid fyddai canu'r gloch â'i benelin. Beth os na fyddai ateb?

Roedd ei goesau'n gwegian. Fiw iddo syrthio: hypothermia wedyn. Fel Now Rym gynt. Faint oedd ers i hwnnw rewi ar stepan drws ei dŷ?

A'r eira: roedd wedi dechrau glynu; yn ffurfio'n garped arian dan ei draed. Edrychodd Now Ji ar y llawr. Roedd ei ben yn troi. Safodd yn ei unfan i'w sadio'i hun, a dyrchafu'i olygon yn araf.

'Owain Glyndŵr Tomos!' meddai llais yn bell yn ei ben.

'Mam!' meddai Now Ji'n gryg, ac edrych tua'r sêr. 'Mam bach, dwi'n oer.'

Gwyddai yn awr ei bod yn gwenu arno: ei llygaid yn ddisglair a'i gwên yn gadarn.

Gofalai amdano o hyd.

'Owain Glyndŵr!' meddai'r llais eto.

'Mam!' murmurodd yntau wedyn; roedd ei geg yn rhy oer i siarad a'i lais yn pallu dweud.

Daliodd i syllu tua'r awyr. Roedd hi yno yn edrych i lawr, yn chwilio amdano. Chwiliodd yntau amdani hithau ymhlith y sêr. Gwelai gant a mil ohonynt yn chwincio. Gwelai'r plu eira yn troelli ac yn chwyrlïo. A'r lleuad yn siglo'n ddi-gyffro. Ond doedd o ddim yn oer mwyach. Roedd ei galon giami'n gynnes: ac yntau'n barod i farw cyn dyfod y ganrif newydd. Canrif nad oedd yn rhan ohoni, fwy na'r ganrif o'i blaen.

'Owain Glyndŵr!' meddai'r llais eto, yn nes ato bob tro.

Ceisiodd Now Ji ymateb, ond gwrthodai ei gyneddfau gyd-fynd â'i synhwyrau.

Daeth dagrau i'w lygaid a gadawodd yntau iddynt lifo. Ildio fel hyn oedd yn rhyddhad, mae'n siŵr. Ildio i amser. Yng ngolau'r lleuad wen, agorodd Now Ji ei ddwy fraich ar led. Yn barod am y cofleidio mawr. Ymrodd.

A syrthiodd yn ei flaen i fynwes fawr Mari ac oglau ei chorff yn morio o'i gylch. A chlywed wrth syrthio gyfarthiad llawen Llew yn atseinio. A llais gwichlyd ei wraig yn dweud:

'Y ffŵl iti, Owain Glyndŵr Tomos, mi anghofiaist dy gôt!'

'Llew oedd yn mynnu ein bod yn dod â'r gôt iti,' meddai Mari, ac yntau'n dadebru o flaen y tân.

Amneidiodd Now Ji'n dawedog, a sipian y wisgi poeth a roesai Mari iddo'n ffisig.

'Iddo fo mae'r diolch,' meddai Mari wedyn, a dod i eistedd wrth ei ymyl ar y soffa dreuliedig.

'Ia,' meddai Now Ji. 'Lwc ichi ddŵad.'

'Mae 'na rywun yn gofalu amdanat ti fyny fanna.'

Amneidiodd eto: 'A rhywun i lawr fan hyn.'

Llymeitiodd ei ddiod a syllu ar fflam y tân nwy yn crynu bob hyn a hyn. Caeodd ei lygaid wrth deimlo'r cynhesrwydd yn llifo i'w galon.

'Faint sydd 'na, Mari?' holodd yn y man.

'Munud arall.'

Rhoddodd Mari ei llaw dew ar ei fraich.

'Lle mae Llew?' gofynnodd Now Ji wedyn.

'Wrth dy draed. Ti'm yn teimlo gwres ei gorff o?'

'Hen gi bach da ydi o.'

Cododd Mari'n drafferthus oddi ar y soffa a throi'r hen deledu ymlaen.

'Mari,' meddai yntau i'w chefn, a chymryd llowciad o'r ddiod gadarn i'w sobri; roedd am ddiolch iddi am achub ei fywyd.

'Hisht, Now Ji!' gwichiodd hithau, gan ffidlan â'r botwm er mwyn gwella'r llun. 'Inni gael clywad Big Ben.'

Edrychodd ei gŵr ar Mari fel petai o bell. Calon yn y lle iawn, a'i chalon yn nes at yr un giami oedd ganddo fo na chalon ei fêts. Hen beth glên ar ei gorau, fel dwedodd o; wedi gwisgo ei ffrog las heno ac wedi golchi'i gwallt. Er ei fwyn o.

'Lle fydd hi arnon ni,' mentrodd, wrth i Mari estyn am wisgi iddi'i hun. 'Yn y mileniwm newydd yma?'

''Run lle fyddi di,' meddai hithau wrth aileistedd. 'Yn y dafarn, siŵr Dduw, efo'r rafins eraill 'na.'

Siŵr bod hi'n iawn hefyd, meddyliodd Now Ji. Plygodd i fwytho Llew, a theimlo'r ci'n rhoi llyfiad diamynedd ar gefn ei law.

Eisteddai Mari'n dawel wrth ei ymyl, a'i gwydr yn pwyso ar blygion ei bol, ac ôl bysedd seimllyd arno. Ei bysedd hi. A bron, tybiodd yntau, nad oedd golwg led-hapus arni.

'Dwi'm yn meindio'r flwyddyn newydd fy hun,' meddyliodd Owain Glyndŵr Tomos.

Gwrandawodd ar sŵn trawiadau'r cloc yn Lloegr bell, a gwelodd y cyrc siampaen ar y teledu yn sbydu. 'Ond ei bod hi'n oer. Weithiau.'

I Edna

Eigra Lewis Roberts

Fyddai dim o hyn wedi digwydd pe bawn i heb adael i Sara fy mherswadio i fynd i'r Gegin Fach am ginio. Hi fynnodd ein bod ni'n cerdded yno hefyd. Fel yr oeddan ni'n gadael y tŷ roedd Elwyn drws nesaf yn cyrraedd yn ôl o'i siopa di-ffrils.

'Be oeddat ti'n 'i feddwl o ddrama Ann neithiwr?' holodd Sara, cyn iddo gael cyfle i ddweud bora da.

'Grêt. Rhagor o betha fel'na sydd angan.'

'Dyna ti be ydi dechra da 'te.'

Mi fedrwn i deimlo gwres ei balchder wrth iddi blethu ei braich am f'un i.

'Falla na fydda fo wedi deud dim 'tasat ti heb ofyn.'

'Paid â rwdlan. Ma' Elwyn yn gwbod be sy'n dda. Mi ddyla, ar ôl yr hyn mae o wedi bod drwyddo.'

Doedd fiw i mi ofyn be felly? Roedd gen i ryw go o glywed Sara yn dweud 'Ac mi w't ti'n meddwl fod gen dy gymeriadau di broblema'. Y tro diwetha i Elwyn alw acw oedd hi, bythefnos yn ôl, y ddau wedi bod geg yn geg am oriau a grŵn y lleisiau o'r gegin yn tarfu arna i. Efallai na ddylwn i ddim fod wedi ymateb fel y gwnes i ond ro'n i wedi cael diwrnod gwael a doedd gen i mo'r ynni na'r diddordeb i wrando.

Erbyn i ni gyrraedd y Gegin Fach roedd Sara uwchben ei digon, y llongyfarchiadau a'r canmol wedi profi iddi hi, o leiaf, nad Elwyn oedd yr unig un â'r profiad i wybod be sy'n dda.

Roedd yna fwrdd rhydd yn y gornel. Wrth i mi anelu am hwnnw mi fedrwn glywed Sara'n dweud, 'Diolch, Pete. Mi fydd hi'n falch o wbod'. Ro'n i'n ymwybodol fod llygaid pawb arna i er fy mod i â 'nghefn atyn nhw. Mi ddylwn fod wedi troi tu min ar Sara am ddynnu'r fath sylw ond sut medrwn i a hithau'n ysu am gael rhoi'r neges i mi?

'Un arall o dy ffans di, yli. 'Di mwynhau bob munud medda fo.

Ti'n 'y nghredu i rŵan 'ta? Mi ddeudis i neithiwr ma' honna oedd yr ora eto'n do?'

Chwerthin ddaru hi wrth i mi haeru mai dyna fyddai hi wedi'i ddweud petai'r ddrama'n ddim ond sothach o'r dechrau i'r diwedd, dim ond am mai fi sgrifennodd hi, a mynnu na fedrwn sgrifennu sothach i achub fy mywyd.

'Mi oeddat ti'n mentro'n arw, 'y ngorfodi i i ddŵad allan.'

'Mae gen i bob ffydd ynat ti, does. Siawns na fydd gen titha dipyn mwy ar ôl heddiw.'

Ro'n i'n ddigon parod i'w chredu hi ar y pryd. Doedd hynny ddim yn anodd a'r gwres yn llifo drwydda i, yn codi'n wrid i 'ngruddiau i, fel y bydda fo pan o'n i'n hogan adra a'r pedwar ohonon ni'n cau'n gadwyn glòs am y tân glo. Yr erstalwm diogel hwnnw o wybod yn iawn pwy o'n i ac i ble'r o'n i'n perthyn. Rydw i'n cofio meddwl, mi fydd raid i mi drio dal fy ngafael ar hyn, mi fydd raid i mi.

Dyna pryd y teimlais i'r oerni ar fy ngwar. Rhywun difeddwl wedi gadael y drws yn agored, mae'n siŵr. Ro'n i ar godi i'w gau pan ddwedodd Sara:

'Mi fydd gen Edna lygid croesion os syllith hi arnat ti lawar rhagor.'

'Pwy?'

'Y ddynas fach 'na sy'n gweithio yn lle'r doctor 'te. Ma'n nhw'n deud fod 'i gŵr hi'n chwara o gwmpas efo hogan hannar 'i oed o.'

'Ti 'di mynd rêl papur pawb 'dwyt.'

'Cymryd diddordab, 'na'r cwbwl.'

Ro'n i wedi'i tharfu hi. Ond mae o'n mynd dan 'y nghroen i, ei bod hi'n 'nabod, yn gwybod hanes pawb, yn teimlo'r angen am hynny. Pan symudon ni yma roedd hi'n fwy na pharod i gytuno mai'r peth doetha oedd cadw i ni'n hunain, nad oedd affliw o ots ganddi a fyddai pobol yn barod i'n derbyn ni ai peidio cyn belled â'n bod ni'n dwy efo'n gilydd. Ei syniad hi oedd rhoi'r gorau i'w swydd fel fy mod i'n rhydd i fwrw ymlaen â 'ngwaith. Mi fydda bora, prynhawn cyfan weithiau, yn mynd heibio heb i ni weld ein gilydd ond roedd gwybod ei bod hi yno'n ddigon.

Ond roedd hi'n amlwg bellach nad oedd hi'n fodlon ar hynny. Y picio i'r siop yn cymryd dwyawr a rhagor; y ffôn yn canu—'Alla i ga'l gair efo Sara?'; cnoc ar y drws—'Ydi Sara yma?'; Elwyn yn galw ar yr adegau mwyaf anghyfleus, yn disgwyl clust barod i'w gwynion ac yn ei chael, bob tro.

Ro'n i wedi llwyddo i ddal fy nhafod tan y diwrnod hwnnw, bythefnos yn ôl. Nid dyna'r tro cyntaf i mi gael fy ngorfodi i fynd ati i ailgynllunio ac mi wyddwn o brofiad ei bod hi'n llawer haws derbyn barn y rhai sy'n gwybod na gwastraffu amser yn trafod. Ganddyn nhw y byddai'r gair olaf p'run bynnag. Ond fedrwn i'n fy myw gael gafael arni. Ro'n i fel pe bawn i'n sefyll o hirbell, yn gwylio a gwrando ar fy mhobol i'n dweud eu dweud, ond heb allu teimlo dim.

Pan ddois i i lawr o'r stydi roedd Elwyn newydd adael a Sara wrthi'n gwagio'r ail botel win. Fedra i ddim cofio'r union eiriau ond mi wn i mi ei chyhuddo hi o dorri'i haddewid ac o beryglu'n perthynas ni, ei thwyllo ei hun i gredu fod y bobol yr oedd hi mor awyddus i fod yn un ohonyn nhw wedi'i derbyn hi. Dim ond gwenu ddaru hi a dweud, 'Ond maen nhw wedi hen 'neud hynny. P'run bynnag, mae gen ti dy bobol dy hun 'does.'

'Sgiwsiwch fi.'

Roedd perchen y llygaid yno wrth fy mhenelin i.

'Chi ddaru sgwennu'r *play* ar y teli neithiwr 'te.'

'Ia, 'na chi. Gobeithio i chi 'i mwynhau hi.'

Siawns na fyddai hynna'n plesio Sara. Mi rois i bwt bach i'w throed hi o dan y bwrdd ond chymrodd hi ddim sylw ohona i.

'Ma' arna i ofna na 'nes i ddim.'

'Ma'n ddrwg gen i, ond mae hi'n anodd plesio pawb.'

'I be oedd isio i chi 'neud i beth bynnag oedd 'i enw fo adal y ddynas fach 'na?'

'Tom?'

'Ia, hwnnw.'

'Felly digwyddodd hi.'

'Pam na drïwch chi sgwennu rhwbath hapus am newid, yn lle bod pawb yn ffraeo fel cŵn a chathod, yn troi cefna ar 'i gilydd?'

'Dyna ydi hanas y rhan fwya.'

'Nid pawb. Mae 'na rai'n byw bywyd digon normal. 'Na chi Huw a finna, 'di bod efo'n gilydd am ddeng mlynadd ar hugian a dim gair croes rhyngddon ni. Ond 'na fo, os ma' dyna'r math o beth maen nhw am i chi sgwennu 'does ganddoch chi fawr o ddewis, yn nagoes.'

Roedd hi'n syllu'n galed arna i, ei gwefus isa'n crynu ryw gymaint.

'Gobeithio nad ydach chi ddim dicach 'mod i wedi deud.'

'Ddim o gwbwl.'

'Pob lwc i chi, 'mach i.'

'I be oeddat ti isio gadal i'r Edna 'na sathru arnat ti?' holodd Sara, ar y ffordd adra.

'Mae gan bawb hawl i'w farn.'

'Rhagfarn sydd gan honna. Methu dygymod â'r ffaith ein bod ni'n dwy'n gariadon.'

'Ond mi o'n i'n meddwl i ti ddeud fod pawb wedi hen dderbyn hynny.'

'Dyna o'n i wedi'i obeithio. Yli, ma'n ddrwg gen i fod mor anghynnas gynna. Mi ddylwn i fod wedi dy gefnogi di.'

'Pam dylat ti orfod achub 'y ngham i?'

'Chdi oedd yn iawn 'te. Cadw pelltar ydi'r peth calla. A paid â chymryd unrhyw sylw o Edna. Hi â'i byw normal! Ma' gen ti hawl sgwennu be fyd fynni di.'

A be fyddai'n digwydd pe bawn i'n gwneud hynny, tybed, yn dweud yr hyn yr ydw i eisiau'i ddweud am wewyr torri'r gadwyn a'r arswyd o weld yr un peth yn digwydd eto? Pa well fyddwn i o agor fy nghalon, rhoi fy hun mewn perygl, mentro colli'r hyn sydd gen i? P'run bynnag, roedd Edna, yn ei hanwybodaeth, wedi taro'r hoelen ar ei phen. Doedd gen i ddim dewis bellach ond derbyn mai nhw sydd mewn awdurdod ac mor siŵr eu bod nhw'n deall angen pobol oedd yn iawn. On'd oedd hynny wedi'i brofi heddiw? A phwy oedd Edna wedi'r cwbwl? Dim ond un wraig fach oedd yn dewis byw mewn paradwys ffŵl. Fyddai'r un ohonyn nhw wedi talu unrhyw sylw iddi, byth wedi ymddiheuro na chyfaddef fod gan bawb hawl i'w farn. Ddylwn innau ddim fod wedi gwneud hynny. Ro'n i angen dal fy ngafael ar y gwres.

Ond methu wnes i. Dyna pam y penderfynais i, ar ôl dyddiau o syllu ar sgrin wag, ysgrifennu drama yn unswydd i Edna. Siawns nad oedd hi'n haeddu cymaint â hynny. Y teulu delfrydol, tad a mam a dau o blant, un o bob un. Eu gosod wrth y bwrdd brecwast; neb yn ffraeo, pawb ar delerau, yn ddiogel, braf. Nes i'r hogyn estyn cic slei i'w chwaer o dan y bwrdd a rhoi esgus iddi hi wthio'r cwch i'r dŵr. Roedd y sopan fach wedi bod yn aros ei chyfle. Wedi cael llond bol ar wenu a chymryd arni, debyg. Cyn pen dim roeddan nhw'n tynnu'i gilydd yn griau, yn edliw a chyhuddo, yn chwythu anadl einioes i hen ysgerbydau. Ro'n i yno, yn y pedwar ohonyn nhw, yn teimlo gwewyr y gollwng a'r geiriau'n tasgu yn y rhyddhad o gael dweud, o'r diwedd. Dyna be oedd drama! Fy nrama i. Yr un orau sgrifennais i erioed. Ond i waelod y drôr gafodd hi fynd. Fi oedd piau'r gair olaf ar honno.

Fedrwn i ddim mentro'r un gic slei dan y bwrdd yn nrama Edna. Dim rhyw, dim rheg; neb yn ffraeo na throi cefn; pawb yn gadwyn glòs o gwmpas y bwrdd. Stwff *Mills and Boon*, yn ôl un beirniad; sothach sentimental, hollol anghredadwy, yn ôl un arall. Mi fydd hi'n o hir cyn y gwela i na'r cwmni fu'n ddigon cibddall i'w chynhyrchu hi yr un cytundeb arall. Ond o leiaf mi gafodd un ei phlesio ddigon i anfon cerdyn yn diolch o galon ac yn gofyn 'mwy plîs!'

'Gwahanol', dyna'r unig air ddefnyddiodd Sara ond cheisiodd hi mo 'mherswadio i i fynd i'r Gegin Fach drannoeth. Mae hi wedi bod yn dawedog iawn yn ddiweddar, yn cadw iddi'i hun. A phan ofynnodd hi neithiwr, 'Mi wyt ti'n 'y meio i am hyn 'dwyt?' fedrwn i ddim gwadu hynny.

Elwyn ddwedodd wrtha i fod Huw Evans wedi rhedeg i ffwrdd efo hogan hanner 'i oed o.

'Pwy ydi hwnnw, felly?' Gofyn am fy mod i'n credu dylwn i.

'Mi 'dach chi'n siŵr o fod yn 'nabod 'i wraig o. Hi sy'n gweithio yn lle'r doctor. Mae o 'di bod yn mocha o gwmpas efo'r ffilan fach 'na ers hydo'dd ac Edna druan yn ama dim.'

'Tybad?'

'Fel'na ma' hi te, yr un agosa ydi'r ola i sylweddoli, fel y gwn i o brofiad. Diawl o fyd ydi o, Ann. Ond mi wyddoch chi hynny gystal â neb, ran'ny. Ew, drama dda oedd honna'r noson o'r blaen. Pawb yn canmol.'

Callio

Grace Roberts

'Nain, 'dach chi ddim yn edrach yn sâl, 'dach chi'n gwbod.'

Gwenodd Mary.

'Tydw i ddim yn teimlo'n sâl chwaith, Rhian. Gneud yn siŵr fod pob dim yn iawn ydi diban yr X-ray 'ma w'sti. Dim byd i boeni amdano fo.'

Dyna'i gobaith, beth bynnag: fu hi erioed yn un i gusanu gofidiau. Troes Rhian y tost dan y radell, yna astudiodd wyneb ei nain eto.

''Dach chi ddim yn edrach yn drigain a phump, chwaith. Nac'di, Guto?'

Cododd Guto, ei chariad, ei ben o'i *N.M.E.* a chymryd arno syllu'n feirniadol ar Mary.

'Nac'di,' meddai o'r diwedd, 'Achos 'di 'i gwynab hi ddim 'run fath â map.' Chwarddodd Mary'n braf.

'Diolch i ti, Guto,' meddai. 'Canmoliaeth rasusol dros ben!' Oedodd am eiliad. 'Ella mai dyna pam cusanodd Carlo Barbarli fi . . .'

Bu agos i Rhian â gollwng y plât tost yn dipiau.

'Carlo Barbarli! Y sglyfath!'

'Sglyfath neis . . .'

'Nain!'

'Paid â chael cathod, Rhian bach! Dim ond un o ddywediada Mam ers talwm. A breuddwydio 'nes i beth bynnag.'

Ar y tabledi roedd y bai, y rheini gymerodd hi neithiwr rhag i bryder ei chadw'n effro, er gwaetha'i geiriau cysurlon i Rhian. Bu dwyn y breuddwyd gwallgof i gof y bore yma'n sioc ac yn wefr yr un pryd. Ymlacio'n foethus yn nŵr lafant y baddon yr oedd hi, hwnnw'n gynnes ac yn glyd ac yn gysurlon. Fel gwrthgyffur i'r glaw a hyrddiai ar y ffenestr, llepiai dros ei chorff a'i anwesu, gan donni'n garuaidd rhwng ei choesau wrth iddi symud ei phengliniau. Yn ddirybudd clywodd flas a chyffyrddiad gwefusau Carlo Barbarli ar ei gwefusau hi a chofiodd. Dylai fod wedi gwaredu, fel Rhian,

ond chwerthin a wnaeth hi: chwerthin fel ffŵl nes deffro Rhian a
Guto. Daethai cnoc ar ddrws yr ystafell ymolchi.

'Nain, 'dach chi'n iawn?' Mor bryderus.

'Yn berffaith iawn, Rhian. Cofio rhywbath 'nes i. Dos yn ôl i dy
wely. Ma' hi'n gynnar. Am hanner dydd mae'r apwyntiad.'

Ie, Carlo Barbarli, o bawb! Romeo'r dre. Nage, nid Romeo
chwaith. Don Juan, hwyrach. Rhoesai Romeo ei fryd yn llwyr ar
Juliet, ond roedd Carlo wedi bod yn rhy brysur yn mercheta ar hyd
ei oes i setlo na bodloni ar un ferch. Mab i Eidalwr a merch leol
ydoedd, ac roedd ganddo fop o wallt fel y glo, dannedd a belydrai
yn yr haul pan wenai, a llygaid brown a gyhoeddai'n ddigwestiwn i
bob merch mai hi oedd yr unig un yn y byd. Bellach, roedd dros ei
ddeugain, ond gyda chymorth *Grecian 2000* a *Maclean's Whitener*
roedd y gwallt a'r dannedd mor ddisglair ag erioed, a'r llygaid yn
fwy rhywiol na chynt, os rhywbeth, oherwydd eu haeddfedrwydd
a'u llinellau chwerthin. Doedd ryfedd fod y merched yn toddi pan
berliai Carlo arnynt. Ie, Don Juan, Don Giovanni, *mille tre . . .* A'i
gusan ddisylwedd wedi gollwng ffrwyn ei hatgofion hithau . . .

Safodd Guto'n sydyn a'i dadebru.

'Mynd i 'molchi, Nain,' meddai. "Mrs. O." oedd hi neithiwr.
Roedd hi'n amlwg ei fod yn teimlo fel un o'r teulu erbyn hyn.
Heglodd hi i fyny'r grisiau, a dechreuodd Mary glirio'r llestri.

'A-a!' meddai Rhian gan ysgwyd ei phen. 'Fi sy'n edrach ar eich
ôl chi heddiw. Dyna pam dwi yma.' Edrychodd yn betrus ar Mary.
'Nain . . . 'Di o'm ots gynnoch chi, nac'di? Am Guto a fi'n . . .'

Rhannu gwely. Dyna oedd hi'n ei feddwl. Pan gyrhaeddodd y
ddau neithiwr roedd Mary wedi eu harwain i'r llofft ddwbwl yng
nghefn y tŷ. Dilynodd Rhian hi. A Guto.

'Gei di hon, yl'di, Rhian, a geith Guto'r llofft bach.'

Taflodd y ddau gipolwg ar ei gilydd.

'Nain . . . 'Neith hon y tro i ni'll dau . . .'

Ni ddangosodd Mary rithyn o syndod.

'Iawn,' meddai, 'Llai o waith golchi i mi. Symud os bydd hi'n
cicio, Guto.'

Gwenodd Guto.

'Dydi hi byth yn gneud, Mrs O'Brien . . .'

Wrth fynd allan o'r llofft gallai Mary weld eu llun yn nrych y bwrdd gwisgo. Roedd Rhian yn tynnu wyneb a oedd yn hanner euogrwydd a hanner rhyddhad ar Guto. Mae'n siŵr bod y ddau wedi ofni'r foment honno gydol y daith yn y car! Ond dyna'r norm y dyddiau hyn. Pa ddiben gwingo yn erbyn y symbylau? Doedd arni ddim eisiau gwneud hynny, p'un bynnag! Pe bai hithau wedi bod yr un mor onest a dewr, efallai y byddai, bellach, yn wraig tŷ yn Sweden . . .

Damia Carlo Barbarli! Ni allai ollwng y gorffennol dros gof y bore 'ma.

'Sori, Nain. Ma'r ots gynnoch chi, toes?'

'Be . . ? Ma'n ddrwg gen i, Rhian. Cofio rhywbath . . .'

'Carlo Barbarli eto?' Gwenodd Rhian yn braf.

'Rhywbath pwysicach o lawar . . . A nac oes, does damaid o ots gen i am 'ych shinanigins chi. Tydi pawb wrthi fel cwningod y dyddia yma.'

Chwarddodd Rhian.

'Nain! Ofn ella bod 'ych jenyreshiyn chi'n edrach ar betha'n wahanol.'

Ei chenhedlaeth hi . . . Pa genhedlaeth oedd honno? Fe'i ganed hi ddegawd yn rhy hwyr i dderbyn safonau culion ei mam yn ddigwestiwn. Ond eto, roedd hi'n rhy lwfr i'w herio. Roedd hi ddegawd yn rhy gynnar i fod yn rhan o'r chwe degau a'u rhyddid oddi wrth y rhagfarnau a'r llyffetheiriau a fu'n eu llethu gydol ei hoes. Cenhedlaeth oes neb, cenhedlaeth oes pawb. A'r ddeuoliaeth yn ei rhwygo. Ai rhywbeth etifeddol oedd deuoliaeth, tybed?

'Roedd y genhedlaeth o 'mlaen i'n gweld petha'n wahanol, Rhian. A dim rhyw yn unig . . .'

Rhoes Rhian y gorau i sgwrio'r llestri a dod i eistedd gyferbyn â hi'n ddisgwylgar.

'Dowch i ni siarad, Nain, cyn i Guto ddŵad o'r bath. Ma' digon o amsar.'

'Hefo dy fam y dyliat ti siarad . . .'

'Tydw i ddim yn 'i gweld hi ryw lawer oherwydd gwaith. Ac eniwê, tydan ni ddim yn rhydd iawn hefo'n gilydd . . .'

Nodiodd Mary. Roedd hi'n deall i'r dim. Fel yna, yn fwy na thebyg, y teimlai Olwen ynglŷn â hithau ers talwm. Yn sicr roedd cyfathrebu â'i mam ei hun fel bod ar ben draw lastig a oedd yn rhy

115

dynn: gobeithio ei thynnu'n nes ond ofni i'r cyswllt dorri'n llwyr. Yn ogystal â phrocio'i breuddwyd i'w chof, roedd y dŵr o'i chwmpas hi'r bore 'ma wedi rhyddhau myrddiwn o atgofion am ei mam: dŵr y baddon yr ymfoethai ynddo'n anwes ac yn gysur i gyd, fel swatio yn ei chesail, ei dynerwch fel ei chyffyrddiad ysgafn hi'n golchi briw ar ben-glin. A'r tu allan, curai'r glaw ar y ffenestr yn oer ac yn galed, yn fodd i ryddhau dinistr llifogydd. Ofnai Mary ddŵr. Pan geisiai goncro'i hofn yn y môr ers talwm, ni châi ddim ond tanseilio'i hyder. Rhoddwr bywyd, cynhaliwr bywyd: chwalwr bywyd . . .

'Ma' Guto a fi am briodi pan gawn ni jobs. Tydan ni ddim yn chwara o gwmpas. Dwi'n 'i garu fo—rîli caru fo. Cymaint ag oeddach chi'n caru Taid. Ma' raid bo' chi achos 'dach chi'n methu'n glir â dwad dros 'i golli fo, nac'dach?'

Daeth golwg bell i lygaid Mary a syllodd yn hir i'r pellter. Oedd, roedd hi wedi methu . . . Na, roedd hi wedi gwrthod rhoi'r gorau i alaru, am ddeng mlynedd bron. Cawsai Sam drawiad ar ei galon a marw yn y fan, heb i neb wybod ei fod yn cwyno. Buasai'r blynyddoedd cyn hynny'n anodd iddi hithau: problemau canol oed—blinder, chwysu, iselder. A Sam yn ffwdanu o'i chylch fel iâr un cyw.

'Dos i orfadd, Mary. Mi olcha i'r llestri.' Neu 'Mi llneua i'r ffenestri' neu 'Mi hwfra i'r llawr'. Hithau'n mynd i orffwys, yn falch o gael gorffwys, heb freuddwydio bod Sam yn waelach o'r hanner nag yr oedd hi. Tybed ai dyna pam yr oedd hi'n dal i hiraethu, yn dal i fynnu troi ei chefn ar y byd? Ynteu am mai rhyw gymaint o gyfaddawd â'i mam fu priodi Sam?

'Sori, Nain. Ddeudis i'r peth rong rŵan, 'do? Do'n i'm isio'ch brifo chi. Be o'n i'n feddwl oedd—tydach chi ddim rîli'r teip i jest aros yn y tŷ drwy'r amsar a . . .'

Brysiodd Mary i'w chysuro yn ei hannifyrrwch.

'Ddaru ti mo 'mrifo fi'r aur. Rhoi proc bach arall i 'meddwl i 'nest ti, a ma' hynny'n gneud lles.' Oedodd am eiliad. 'Os wyt ti a Guto'n siŵr . . .'

'Berffaith siŵr.' Ac yna ychwanegodd yn ansicr: 'Oeddach *chi* ddim am gysgu efo Taid?'

Penderfynodd Mary osgoi rhoi ateb ar ei ben.

'Doeddwn i ddim mor ifanc â chdi. Roeddwn i'n chwech ar hugian yn priodi.'

'Gormod o ddewis, ia?'

Dewis? Nhw'r dynion fyddai'n dewis yn y dyddiau hynny: hwythau'r merched yn derbyn neu wrthod. Deirgwaith, gwirionodd yn dwll. Aethai â'r tri adref i'w cyflwyno i'w rhieni yn llawn gobaith a hyder.

Sanjit, y meddyg, oedd y cyntaf. Gweithiai gydag ef bob dydd yn yr ysbyty ym Mangor. Doedd hi'n malio dim ei fod yn "wahanol". O'r herwydd, brawychwyd hi gan ymateb ei mam.

'Be ddeudith pobol y lle 'ma!' Suddodd ei chalon.

'Be sy 'na i'w ddeud?'

'Mi wyt ti'n gwbod yn iawn. Mae o'n brifo—dy weld di hefo dyn du.'

Byth yn gwylltio, byth yn hefru: _brifo_ bob amser pan na fyddai rhywbeth yn plesio. A hithau bob amser yn barod i wneud unrhyw beth rhag ei brifo _hi_. Daliodd i fynd allan o dro i dro gyda Sanjit; heb yn wybod i'w mam, wrth gwrs. Ond doedd dim rhaid i honno boeni p'un bynnag. Trefnodd teulu Sanjit briodas iddo â merch o'r India neu rywle, a dyna ddiwedd disymwth ar y garwriaeth. Rhaid oedd cyfaddef iddi gael peth rhyddhad, ond hi gafodd ei brifo, nid ei mam.

'Na-ain! 'Dach chi wedi mynd off i rwla eto!'

'O, 'mond cofio mynd â rhyw hogia adra a neb yn plesio!'

'Pam?'

'Un yn dywyll ei groen . . .'

'Argol! _Racist!_'

'Un arall yn rhy grachaidd a hitha ddim isio siarad Saesneg hefo'i hwyrion. Newydd ddechra 'i ganlyn o oeddwn i!'

Methu ei arholiadau yn y coleg a diflannu'n ôl i niwloedd Llundain fu hanes Geoff. Eto bu'r loes yn hir yn gwisgo. Ond yna cyfarfu â Björn, â'r llygaid glas a'r gwallt golau. Daeth i Fangor i wneud ymchwil yn y Brifysgol, ac aeth ei phen hithau'n chwil. Gwenodd Mary . . .

'Hei! Mi oedd rhywun yn sbesial! Cym on!'

A allai hi sôn wrth ei hwyres am Björn? Rhyngddi hi a Carlo Barbarli, doedd dim llonydd i'w gael!

117

'Björn, tal, pryd gola . . . Ond bwgan mawr y dyddia hynny oedd "Jyrmans"—roedd llai na deng mlynadd ers diwadd y rhyfal, ti'n gweld. Mi liniarodd Mam ryw fymryn o ddallt mai o Sweden roedd o'n dŵad. Deud y gwir, dwi'n ama' 'i bod hi'n 'i ffansïo fo 'i hun! Ond y peth nesa ges i oedd: 'Fedra i yn fy myw ddallt pam ma' raid i ti ga'l fforinyrs bob gafa'l! Pam na setli di am hogyn bach clên o rownd ffor'ma'r un fath â Jane?'

Chwarddodd Rhian.

'Diolch bod Yncl Jac yn gneud y tro eniwe!'

'Mi es i ddeud 'y nghwyn wrth Jane, paid ti â phoeni! Mi gofia 'i geiria hi am byth. "Duw annw'l, paid â gwrando arni," medda hi. 'Toedd Jac ddim yn plesio chwaith—un o gwsmeriaid yr Efail oedd o 'te. Slotiwr mwya'r dre!' Wyddwn i ddim am hynny—roedd Jane dipyn hŷn na fi, ti'n dallt. A bob amsar yn mynnu 'i ffor' 'i hun. Ond wedyn dyma hi'n gofyn: "Hei, ydi'r Biwrn 'ma'n dipyn o foi?"' Disgleiriodd llygaid Rhian.

'Oedd o, Nain?'

'Hitia di befo!'

Oedd, roedd 'y Biwrn 'ma' yn dipyn o foi. Ond doedd y Gymraes fach Fethodistaidd ddim yn ddigon o hogan. Onid oedd "mynd i drwbwl" yn bechod yn erbyn yr Ysbryd Glân? Felly rhoes Björn dil iddi am y Ffrances dinboeth a ddaethai'n *lectrice* i ysgol gyfagos, a'i gadael hithau'n chwalfa o dorcalon. Gallai deimlo'r gwacter y tu mewn iddi ar ôl bron i chwarter canrif. Ie, hi gâi ei brifo bob tro. Tybed, pe bai hi'n debycach i Rhian . . .

'Fasach chi wedi lecio'i briodi fo, Nain?'

'Ar y pryd, ella . . .'

Na! Ffantasi pur oedd y breuddwyd hwnnw am fod yn wraig tŷ yn Sweden. Faint o werth oedd mewn perthynas a ddibynnai ar flacmel? Ar ôl concro'i gofid, roedd hi wedi sylweddoli bod gormod o fwlch rhwng ei chefndir hi ag un Björn; a Sanjit; a Geoff hyd yn oed. A Sam, efallai. Ond roedd hwnnw wedi cael ei fagu yn y dref a gallai siarad Cymraeg ac roedd yn ymddiddori yn y "Pethe". Ar y dechrau, ni phlesiai yntau mo'i mam.

'Dyna chdi eto! Gwyddal y tro yma! O'r holl hogia y gallet 'u cael!'

'Ma' Sam cystal Cymro â'r un!'

118

'Ond Catholic ydi o!'

'Fydd o byth yn mynd . . .'

'Gwaeth, os rwbath!'

Oedd plesio ar y ddynes o gwbl?

Clywodd Mary'r dŵr yn cael ei ollwng o'r baddon. Roedd Guto wedi gorweddian ynddo cyn hired ag y gwnaethai hithau gynnau.

'Well i titha fynd i 'molchi,' meddai wrth Rhian.

'Gawn ni orffan y sgwrs eto, ia?' meddai Rhian cyn diflannu.

Roedd Mary'n ddiolchgar o'i gweld yn mynd. Roedd ei pherthynas â Sam yn rhy werthfawr i'w rhannu â'i hwyres, hyd yn oed. On'd oedd yr hogan yn holi fel *Rhodd Mam*! Serch hynny, nid ar Rhian yr oedd y bai i gyd. Bu hithau'n ymdrybaeddu yn ei hatgofion ers y bore cyntaf. Hi ei hun oedd ar fai, yn cael breuddwyd mor dwp—am "fforinyr" eto! Na, chwarae teg, doedd Carlo druan ddim mwy o dramorwr nag ydoedd Sam. Cofiodd fel y llwyddodd Sam i fylchu'r argaeau rhyngddo ef a'i mam drwy gyfrwng ei hiwmor a'i garedigrwydd a'i weithgarwch, gan ei throchi yn ei bersonoliaeth gynnes a chan foddi ei rhagfarn. Sam oedd yr unig gariad a gawsai erioed a groesawyd yno i aros—yn y llofft bach, wrth gwrs! Ac ni fu dim sleifio'n ôl a blaen ganol nos, chwaith, mwya'r piti! Ond doedd dim gwahaniaeth. Nid rhyw gariad-coesau-fel-jeli oedd ei chariad hi a Sam, ond rhyw gynhesrwydd a chyfeillgarwch, rhannu diddordebau a bodlonrwydd yng nghwmni ei gilydd.

'Does dim brys,' meddai Sam bob amser. 'Ma' gynnon ni oes o'n blaena.'

Oes a dorrwyd yn fyr ddeng mlynedd yn ôl, a'i gadael hithau mewn limbo o alar a hiraeth. Roedd degawd yn oes ynddo'i hun. Capel, siop a llyfrgell, dyna fu ffiniau ei byd am oes. Câi wybod toc iawn faint oedd ganddi ar ôl. Os oedd Sam yn ei gwylio, beth oedd ganddo i'w ddweud, tybed?

'Mary, faint bynnag sy gen ti, mwynha fo, 'mwyn Duw!'

Gwenodd wrth ddychmygu ei lais. Na, nid cyfaddawd fu priodi Sam. Fo oedd y dyn iawn iddi. Fe'i darllenai hi fel llyfr, a deallai'r ddeuoliaeth ynddi'n llawer gwell nag y deallodd hithau'r ddeuoliaeth yn ei mam. Ie, mwynha dy fywyd, Mary.

Pan ddaeth Rhian a Guto i lawr y grisiau, fe'u cyfarchodd â gwên.

'Wyddoch chi be dwi am neud fory? Chwilio am ddosbarth nos.'

'*Swedish*? 'Ta *Italian*?' pryfociodd Rhian.

'Gwyddeleg, 'mechan i! A dwi'n rhyw led ffansïo'r cynganeddion. Mi leciwn i weld pa ddramâu a chyngherdda sy o gwmpas hefyd.'

'Go dda chi, Nain!'

'A heno, mi ydan ni'n mynd am bryd o fwyd i'r Efail, y tri ohonon ni.'

Y tŷ potas "hel diod" ddyddiau a fu: câi ei mam druan ffit pe gwyddai!

'A mi ro' i bres i ti, Guto, i nôl diod—neu ddau neu dri—i ni wedyn. Mi glywis i rywun yn deud yn y siop bydd yno fand yn chwarae reit amal ar nos Wenar.'

''Neith o'ch pen chi mewn, Nain,' meddai Guto.

'Dwyt ti ddim yn fy nabod i eto, 'ngwash-i! Ella y rho' i winc fach slei ar Carlo Barbarli hefyd.'

O ddiolchgarwch, wrth gwrs, am wthio'r cwch i'r dŵr a pheri iddi roi trefn ar ei bywyd. Roedd y cariadon ifainc yn hyrddio chwerthin.

'Ac un peth arall—dwi am gofrestru am wersi nofio.'

'O Nain! 'Dach chi'n nyts!'

'Nac'dw i'n tad! Rŵan dwi'n dechra callio!'

Gobaith . . .

Gwenan Roberts

Mi oedd o'n beth mor braf, fel cwrlid cynnes o 'nghwmpas i . . .
Dyna o'n i'n freuddwydio'i 'neud pan o'n i'n blentyn, ista mewn
cwmwl a'i deimlo fo fel bath bybls sych o 'nghwmpas i, a finna'n
ysgafn fel pluen, heb freichiau nag ofnau, yn ymlacio ar fy
nghwmwl. Ella y dylwn i fod 'di *patentio*'r syniad, cyn i ryw gwmni
marchnata dôp gael gafael ynddo fo. Ta waeth, ma' hi'n rhy hwyr
rŵan, mi ddaeth 'na hen betha gwirion fel 'ffeithiau moel' i roi pin
yn y freuddwyd. Taswn i'n ista mewn cwmwl pobol fawr, wel, mi
faswn i'n disgyn yn syth trwyddo fo ac i'r ddaear fel lwmpyn tew o
bwdin siwat. A'r cwmwl nesa fasa gin i, wel, fy *bus pass* i rownd y
nefoedd fasa hwnnw. Hen bethau fel 'na ydi ffeithiau moel—chwalu
gobeithion, torri calonnau . . .

Ac mi oedd o'n beth mor braf gallu gobeithio, gallu gweld fy
nyfodol yn estyn o 'mlaen yn flociau bach twt, normal—gradd,
swydd, gŵr, babi, menopôs, riteirio, marw. Blociau bywyd pobl
eraill, yn ffitio'n dwt o un i'r llall, dim fel fy *lego* i, rhyw bric-a-brac
bondigrybwyll.

Cynnig ddaeth 'dach chi'n gweld, yn hollol annisgwyl, fel tasa
llinynnau ffawd wedi'i yrru o. Cynnig o swydd, gweithio fel
gohebydd. Siwtio fi i'r dim, ei lordio hi o gwmpas efo fy *dictaphone*
yn sgwennu storis, a gwthio 'nhrwyn i hanesion pobl eraill. Ac mi
fedar rhywun fyw trwy storis w'chi; mi fedar rhywun gael 'i
lyncu'n llwyr gan chwedlau pobol eraill.

Ond dyna ni, does gynna i'm angan stori, nag oes? Ma' gin i
stori—stori hogan fach ddaru dyfu'n hogan fawr, a mynd yn ei blaen
i ennill miloedd o bunnoedd mewn swydd ffantastig, a hitha'n graig
o haelioni yn rhannu efo pawb. Hogan fach ddaru dyfu'n fam, ac yn
nain, yn ffrwythloni'r ddaear efo epil bach tlws, perffaith, a'i gŵr
ffyddlon, selog, clên yn newid napis a sychu penola am y gora â hi.

Hen stori wirion. Hen stori g'lwyddog wirion. Does gynna i'm
stori, ddim go iawn, dim ond rhyw hen naratif ddiflas, boenus s'gin i.

Sâl, mae hi'n sâl eto. Deud celwydda ma' hi d'wch? Tydi hi i weld yn iawn? Sgwrsio a chwerthin efo'i ffrindia ffwl spîd noson o'r blaen, a jolihoitian rownd y lle efo'r cariad 'na s'gynni hi. Dwi inna 'di blino; tydi pawb? 'Mond fod rhai ohonan ni yn fwy tyff na'n gilydd. Ond rargo', dwi 'di cael trafferth efo'r hen gric cymala'n ddiweddar; cythral o beth 'di henaint, 'di'r petha ifanc 'ma'm yn gw'bod bod 'u geni.

Fel 'na ma'n nhw'n siarad, yn siarad amdana i, yn rhaffu 'u chwedlau o 'nghwmpas i, a nhwtha'n gwybod dim, yn dallt dim, heb yr un iotyn o syniad sut beth ydi byw fel hyn.

A ma'n nhw'n chwilio am straeon? Mi ro' i straeon iddyn nhw, llond bol o chwedlau i finiogi'u tafodau. Glywson nhw am Branwen tybed, yn cael holides mewn gwlad wyrdd braf, ond hitha'n torri 'i chalon? Yn styc yn yr hen gegin 'na ddydd ar ôl dydd yn syllu allan ar fywydau pobol eraill ac yn ysu am gael bod 'run fath; a'r hen gigydd tew, seimllyd 'na yn 'i tharo hi nes oedd hi'n ddu-las ac yn brifo drosti. Fedrwch chi ddychmygu hynny? Bob dydd 'run fath? Yn syllu ond yn methu dengid, ac yn brifo drosti. Rhyw bendroni diddiwadd, meddwl a meddwl, lle'r aeth petha o'u lle, sut ar y ddaear ddaru hi gael 'i hun yn y twll uffernol yma, a dim un ffordd allan.

Glywsoch chi be ma' nhw'n ddeud? Iypi ffliw, myn dian i, salwch pobol ddiog. Iseldar ysbryd ydio ma'n siŵr i chi, hen hogan touchy 'di hi 'di bod 'rioed. Yr high flyers 'ma gyd 'run fath, methu 'i dal hi'n y byd go iawn. Fasa'n iachach o lawer iddi hi allan yn yr awyr iach, yn gwneud rhywfaint o 'marfar corff . . .

A hanes Pwyll druan wedyn, yn gweld popeth y mae o erioed wedi'i obeithio amdano yn marchogaeth fel breuddwyd o flaen ei lygaid. Mor hamddenol, mor brydferth o urddasol. Ond yntau'n gorfod rhedag a rhedag nes fod ei galon o'n byrstio a'i goesa fo'n gwegian, a Rhiannon, mor greulon o ddidaro, yn llithro trwy'i fysedd fel mae o'n ei chyrraedd hi. Eto ac eto, fel hunlla ddiddiwedd, a'i flindar yn chwydfa o'i fewn. Blindar fel na all neb tu allan i'r chwedl 'i ddychmygu. Blindar fel cerdded drwy dywod dwfn a hwnnw'n llyncu'r traed gyda phob cam, fel cario niwl dryslyd a hwnnw'n gwthio yn erbyn ei benglog nes ei fod o'n sgrechian ac yn crio. Blindar fel crafanc anferth yn gwthio yn erbyn ei ewyllys, yn cipio pob gwobr. A Rhiannon, hithau, yn dal i drotian yn hamddenol o'i afael fel tasa bywyd yn ddim ond rhyw dro bach tawel, rhwydd, ar noson gynnes o haf.

Ac awn ni ddim i ddechrau cyboli efo Blodeuwedd, wedi'i chaethiwo mewn corff dieithr, yn trio ac yn trio torri'n rhydd ond yn methu, a'i chysgod yn rhith tragwyddol yn sgrechian drwy'r coed. Ond dyna ni, rhyw hoedan goman o hogan oedd honno beth bynnag yndê? Ma'n siŵr 'i bod hi 'di gofyn am drwbwl ryw dro ar hyd y ffordd.

A ma' 'na gannoedd o chwedlau eraill, wrth gwrs. Chwedlau yn llawn geiriau diarth a thermau da i ddim; fel salwch ôl-firws, a gorffwys, a Blindar Myalgaidd Cronig Encaffalataidd, yr enwau yn seinio fel rhyw odl blentynnaidd, ddiniwed, a'r ystyr yn tagu'r bywyd o galon rhywun. Ond y chwedla mwya creulon, ma'n rhaid gin i, ydi'r straeon celwyddog ma' rhywun yn baglu ar 'u traws nhw ar y We, straeon modern moel yn rhwydo a rheibo ar draws y cyfandiroedd. Straeon yn cynnig 'Ateb Hud' a diweddglo tylwyth teg mewn cyfnewid am dri deg 'U.S. doler' o arian. Ond tydi'r Dechnochwedl yn cynnig dim ond celwydd, fel rhyw Aber Henfelen rhithiol, yn sôn am wella a mendio fel tasa fo'n bosib . . . Gan adael i bobol fel fi freuddwydio a dychmygu 'i bod hi'n bosib byw trwy chwedlau pobol eraill.

Ond ddoth 'na'm byd ohoni, beth bynnag. Mi aeth y swydd i rywun arall, rhywun digon call i allu rhaffu straeon a'u nabod nhw am be ydyn nhw ma'n siŵr gin i. Clywed y newydd, a theimlo dim am funudau hir, cyn cychwyn y dagrau. Ac nid crio am 'y mod i'n siomedig, neu'n wrthodedig, ond crio a crio fel galar gwag tu mewn i fi am 'mod i'n gollwng gafael yn fy mreuddwyd. Ond nid y swydd 'i hun oedd y freuddwyd 'dach chi'n dallt. Naci, chwedl fach ddigon syml oeddwn i isio'i byw—meddwl y gallwn i fynd i 'ngwaith bob dydd a dod adra, a fel ryw Ffani Cradog yn fy ffedog, coginio swpar a golchi dillad, a meddwi efo ffrindia a chysgu efo 'nghariad a strytio drwy 'mhenwythnos fel rhyw *It girl* fach Gymreig, yr holl betha syml ma' pobol eraill 'run oed â fi yn 'u gneud heb feddwl amdanyn nhw. A siec dew yn cyrraedd y banc ar ddiwadd pob mis wedi 'i 'neud allan i 'Hunan Barch (BA)'. Dim byw ar bres pobol eraill, dim dibynnu ar garedigrwydd pobl sy'n 'y

123

ngharu i. Ond gallu rhoi cariad am unwaith, rhoi, rhoi, rhoi, fel y manna nefol sy byth yn darfod.

A'r Branwen wirion 'na'n meddwl bod ganddi hi'r busnas torri calon 'ma wedi'i 'marfar i berffeithrwydd. Difa dwy ynys? Mi allai dagrau y pnawn hwnnw fod wedi boddi pum cyfandir. Crio a crio a crio nes fod yr ofn yn llifo ohona fi, ond yn llusgo'r freuddwyd efo fo. A 'ngadael i'n wag, wag, efo bywyd o grafu a menthyg egni yn ymestyn o 'mlaen i fel un lôn syth ddiddiwadd. A'r haul bach hwnnw y bydda i'n ei lyncu mewn potal rhyw ben o bob dydd 'di diflannu tu ôl i'w gwmwl, gan roi sgwd ddiseremoni i finna allan o g'nesrwydd 'y mreuddwydion.

Yr haul bach hwnnw sy'n gwneud y dyddiau bychan yn haws i'w byw; haul bach cusanu 'nghariad ar ddiwrnod braf o haf; haul bach cyrraedd adref at Mam a Dad ar ôl taith hir, ddiflas; haul bach sglaffio bocs anfarth o *chocolate Thorntons* o flaen y tân dwll gaeaf. Haul y petha bychain sy'n llyncu'r petha mawr. Ac nid yr haul creulon, llachar a doddodd obeithion Icarus, ond haul tyner tywod rhwng bodia 'nhraed yn addewid o ha'. Os ewch chi i chwilio amdano fo mae o'n gwawrio bob dydd yn ddi-ffael medda nhw, felly mae o'n siŵr o ddod yn ei ôl, am wn inna.

Am 'i bod hi'n beth mor braf gallu breuddwydio a dychmygu, lapio'r freuddwyd fel cwrlid cynnas o 'nghwmpas i . . .

A ma'n rhaid gin i mai yn fanno mae hadau gobaith . . .

1900–2000

Wiliam Owen Roberts

Diolch am y cardie . . . Ffeind iawn, ffeind dros ben . . . Dim isie i
chi fynd i drafferth ar 'y nghownt i, wir . . . Go brin y gwela i gant
arall, yntê?

Closiwch ata i . . .

Deudwch eto . . .

Te parti y *Relief of Mafeking* . . . Band pres Pwll y Caea Cochion
ar lawntie'r hen Blas . . . Fase hynny . . . Dewch imi . . . 'Na chi,
ame dim nad yne'r flwyddyn union . . .

Oedd, *Union Jacks* oedd bob dim . . .

Ddeudes i wrthach chi gynne? Siŵr 'mod i wedi sôn . . .

Mowredd, dyna be oedd waldras tan gansen rhen beth 'ma . . . Be
oedd 'i enw fo hefyd? Rhen ferfe Saesneg 'na baglodd fi . . . Ofn
mynd adre, ofn i Mam a Nhad glywed . . . Do, do, siŵr iawn, mewn
lle bach fel'na, fedren nhw ddim peidio â chlywed . . . 'Ngalw i i'r
parlwr bach, 'i hen stydi dywyll o a honno'n drewi o leder a hen
esboniade . . .

Siarsio fi i fod yn hogyn ufudd, yn hogyn da i bawb . . .

Brith gofio hynny ydw i . . .

Mam yn crio, Nhad ar 'i linie â'i lyged o 'nghau . . .

Crefu â'i freichie i fyny fan'no . . . Pobol o 'nghwmpas i'n
cyhwfan ac yn neidio . . . A Nain druan . . . Druan dlawd ohoni yn
deud 'i bod hi'n ifanc eto fel oedd hi adeg '59 . . .

Acw'n aros? Am wn i . . . Do, siŵr o fod . . . Siŵr buo fo droeon
. . . O gysidro . . . Wn i'm chwaith . . . Fedra i'm bod yn siŵr o
mhetha . . . Fiw imi roi'n llaw ar 'y nghalon a deud 'mod i . . . Deud
mod i wedi'i gyfarfod o wyneb yn wyneb . . . Dyn reit swil oedd
Evan Roberts meddan nhw wrtha i . . .

Gyfarfyddis ddigon o ddynion erill yn bendant, do . . . Cyfarfod
Lloyd George ddwywaith . . . Clymu crïa'i sgidie fo . . . Do, 'na chi,
glywoch fi'n iawn y tro cynta . . .

Chlywis i'm be . . .

Y tro cynta?

O, y tro cynta . . . Diawch, dyna chi'n gofyn rhwbeth go fawr i mi rŵan . . .

Falle mai wedi dychmygu hyn ydw i, cofiwch . . . Does dim dal . . .

Tewch â chwerthin . . . Cena drwg ichi . . . Peth sobr ydi byw i f'oed i i drio cofio'r cwbwl, a'r cwbwl mor bell yn ôl a mor . . . Be 'di'r . . . Be 'di'r . . . 'Na chi . . . Taro'r hoelen ar 'i phen . . . Ydi, mae o . . . Diarth iawn . . .

Sut deudoch chi?

Rhyw gyfarfod Liberals yn Dreflan, siŵr o fod . . . Roedd acw glwb a phawb reit selog . . . Fuo f'Yncl Wil yn gadeirydd arno fo ddwywaith yn olynol . . . Cofiwch chi, doedd o'm yn ewyrth go iawn imi . . . Ddim yn perthyn trwy waed na dim byd felly . . . Dim ond 'mod i'n i'n 'i alw fo'n ewyrth fel bydd pobol . . . Ffrind gora Nhad oedd o . . . Ffrind mawr i Lloyd George hefyd . . . Ond wedyn toedd 'na beth wmbrath o bobol 'radag hynny'n lecio meddwl bod Lloyd George yn ffrind iddyn nhw . . . A hawdd gellwch chi ddallt pam . . .

Yr eildro imi gyfarfod ag o?

Dowch imi weld rŵan . . .

Birmingham . . .

Hotel grand . . . Y grandia 'rioed . . . Ar y trên i New Street Steshion aeth Nhad a finne, a Wil wedi gyrru car, car mawr du hefo *chauffeur* i'n morol ni . . . Symudodd o yno i fyw o'r Dreflan tua neintin-ten . . . Neu neintin-elefn . . . A setio'i hun mewn busnes lladd-dai . . . Lladd ŵyn o Gymru bob wsnos . . . Gannoedd o'r rheiny'n cyrraedd ar y trên . . . Nath 'i ffortiwn 'nôl y sôn . . . Priodi oedd am y trydydd tro . . . Hogan ifanc, llafnas, fawr fwy nag o'n i ar y pryd . . . Roedd o'n giamstar . . . Malio iot am neb . . . Un felly oedd Wil . . . Rhei pobol yn gallu byw felly'n tydyn?

Gwgu ddaru Mam, cofiwch . . . Dyna pam na ddaeth hi ddim, oedd gormod o g'wilydd arni . . . Ond deimlodd Nhad reidrwydd i fynd, o barch i'w cyfeillgarwch nhw . . . Wil oedd unig wir ffrind 'y nhad . . .

'U gweld nhw wedi datod nes i . . . Ac ofn iddo fo gael codwm ar 'i hyd wrth ddawnsio . . .

126

'Nid pawb sy'n cael y fraint o glymu crïa sgidia Prif Weinidog nesa Prydain Fawr' ddeudodd Nhad wrth imi gyrcydu . . .

'Tydi o'r un sbit â chi, Rhys, 'run sbit yn union hefyd, argoledig, ydi . . .

Ogla sigâr . . . Gwasgu 'moch i rhwng ei fys a'i fawd na'th y *Minister of Munitions* . . . Ama dim mai fo oedd gwas priodas Wil, cofiwch . . . Hawdd medrech chi fynd i chwilio, tasa . . . Sut gwyddoch chi? O, 'na fo . . . Chi ŵyr eich petha felly. Os ydi o'n y llyfra hanes, 'te . . .

'Na chi . . . Yn Birmingham ddigwyddodd hynny hefyd . . . Wel, ista'n gwrando ar araith Nhad yn sôn amdano fo a Wil yn fach yn troi'r cloc yn ôl . . . Stori glywis i ddega o weithia hyd at syrffed . . . Yn 'i lais o a'i osgo fo . . . Yn 'i bryd a'i wedd o, mi gododd rhywbeth yndda i . . . Rhyw . . . Anodd cofio'n union sut o'n i'n teimlo . . . Ond mi gododd rhyw ddicter . . . Wyddoch chi be s'gen i?

Rhuthro ar f'ôl i ddaru fo . . . I mewn i'r offis gan feddwl fod 'na ogla diod ar 'y ngwynt i . . . Meddwl mai dyna berodd imi gynnig fy hun . . . On' toedd fy ffrindie i gyd yn mynd? Edliw i'n gilydd neuthon ni . . .

O'n i fod i ufuddhau i'r *Hun* fel o'n i fod i ufuddhau i'r titshiar hwnnw curodd fi? A mi atgoffis i o am hanes D'Ewyrth Bob, Bob na ddaru fi erioed 'i gyfarfod . . . Gafodd 'i ladd mewn damwain yn y pwll 'mhell cyn 'y ngeni fi . . . Roddodd D'Ewyrth Bob gweir y diawl i'r hen Robin y Sowldiwr 'na, cweir nes oedd o'n clecian a hynny am roi cweir i Nhad pan oedd o'n fach . . . Pobol y Dreflan yn dal i sôn am y peth am flynyddoedd lawer wedyn . . . Mwy o ysbryd felly fydde'n ennill y rhyfel inni . . .

'Dach chi'n gweld, dyn oedd wastad yn ista ar y ffens oedd Nhad . . . Fuo'n rhaid imi 'i atgoffa fo am addewid y Parchedig John Williams, Brynsiencyn, y deua fo hefo ni i'r ffrynt lein . . . Ac yn y diwedd, be ddeudodd pwy 'na . . . Pwy 'na . . . Calfin 'i hun am bwysigrwydd rhyfel cyfiawn i bob Cristion . . .

Mam?

Fel y gellwch chi ddychmygu, 'te . . .

Graduras . . .

Ond fedra hi neud dim . . .

Na, na, dwi'n iawn . . . Diolch ichi . . . Ydw wir . . . Rhyw bwl bach . . . Dim ond imi gael rhyw hoe mi ddo i ata fy hun . . .

Do'n i ddim yn . . . Ddim wedi mynd i ddechre mwydro eto o'n i? Deudwch yn onest rŵan . . . 'Dach chi'n siŵr? Fase'n gas gen i i bobol feddwl mai rhyw hen lolyn sy'n . . . Wel, 'na fo . . . Os 'dach chi'n siŵr . . . Chi ŵyr eich pethe yntê? Dwi 'di drysu braidd rŵan . . . Ddrwg gen i, ond be oeddech chi isio'i wbod gen i hefyd?

Bootle?

Do, 'na chi . . . Y trening camp . . . Yn fan'no ces i'r llythyr cynta . . . Llythyr yn crefu arna i i ddŵad 'nôl adre . . . Ond fedrwn i'm siŵr . . . A to'n i'm isio chwaith. Alwodd neb llai na'r Prif Weinidog heibio rhyw bnawn . . . Ninne'n sefyll yn gannoedd o'i flaen o . . . Ynta'n bloeddio a'i wallt gwyn o'n chwifio yn y gwynt . . .

Fedra i'n fy myw gofio . . . 'I eiria fo'n cario ar y gwynt . . . O'r braidd y medrwn i edrych ar Lloyd George yn sefyll yn 'i Rolls Royce a'r haul yn fy llyged i . . .

Nerfe Mam druan yn racs . . .

Dyna ddeudodd Nhad pan ddaeth o i 'ngweld i . . . Wasgodd o 'nwylo i yn 'i ddwylo fo . . . Ddeudodd o fod y Parchedig John Williams wedi galw dros y Sul . . . Am drefnu transfer imi i'r Corfflu Meddygol . . . Rhoi 'i air y byddwn i yno cyn Dolig . . . Yn lanach fy meddwl a 'nhafod o fod yng nghwmni myfyrwyr Coleg Bala-Bangor oedd yn griw tipyn mwy pasiffistaidd . . . Ond yn yr armi . . . Ddim ar chware bach ma' gneud dim byd . . . Rheole i bob dim . . . A phawb i ddilyn y drefn . . .

Boulogne?

Lle drewllyd! Bobol bach! Ne' fod gen i feinach trwyn radeg hynny, yntê? Siawns na tydi o'n lle go lân erbyn heddiw?

Martshion ni i'r camp yn Etaples . . . Drilio a drilio yn fan'no o fore gwyn tan nos . . .

Symud ar y trên wedyn i fyny'r lein tua'r ffrynt . . . Ond ddim ar chware bach oedd Mam yn mynd i adael i mi fynd . . .

Be?

Closiwch . . . Chlywis i'm . . .

Sut ddaeth Nhad yn Is-Gaplan y Fyddin Gymreig?

Oherwydd 'mod i wedi mynd i Ffrainc, debyg . . .

Ac oherwydd Mam . . . Ie, oherwydd Mam . . . Na, go brin y base

128

fo wedi gneud fel arall . . . Roedd hi'n swp sâl o boeni amdana i . . . Methu cysgu'r nos . . . Methu diodde byw, medde hi . . .

Pan ddaeth y cyfle iddo fo fynd i ten Downing Street, mi siarsiodd hi fo i fynd . . . Y Parchedig John Williams a Syr Henry Jones a Nhad, y Parchedig Rhys Lewis, yno hefo'i gilydd . . .

Ddeudodd Lloyd George fod isie dyn o galibr i adrodd ar gyflwr y milwyr Cymraeg i'r Cabinet . . . A rhywun go debol i warchod lles ysbrydol y catrawdau . . . Mi gytunodd Nhad i'r cais ond ar yr amod 'mod i'n mynd i'r Corfflu Meddygol . . .

Digon llwm oedd hi arni . . . Y ddau ohonon ni i ffwrdd yn Ffrainc . . . Hitha'n teimlo'n beth'ma . . . I ladd amser mi aeth mam i glercio i ffactri newydd agorodd f'Yncl Wil yn y Dreflan . . . Gneud darne o bethe fel *welt belts* oedd o . . . Gafodd o grant oherwydd fod y Fflint yn *economically distressed area* . . . Tua diwedd y rhyfel mi gafodd gontract gwerth deugen mil, oedd yn ffortiwn radeg hynny, i neud *stokes mortars* . . .

Doedd ryfedd iddo fo gael 'i urddo'n Syr William Bryan, yn nagoedd?

Y transffer?

Na, 'run gair . . .

Ie . . .

Ie, 'na chi . . .

Ypres . . .

Mi holodd Nhad bennaeth y brigêd . . . Ddeudodd hwnnw wrtho fo am fynd i weld *Major-General* y *division* . . . Ond fedre hwnnw neud dim heb awdurdod, heb lythyr gen y Swyddfa Ryfel . . .

Dyna oedd y drefn.

Yn yr armi, fedrech chi neud dim ond canlyn llythyren y ddeddf . . .

Ydw i'n ailadrodd fy hun eto?

Ddrwg gen i, ond dwi mor . . .

Na, chafodd o fawr o lwc . . .

A'r dydd o brysur bwyso'n closio'n nes bob awr . . .

Yrrodd o lythyre 'nôl at y Parchedig John Williams . . .

Stompio i fyny ac i lawr y *duckboards* . . .

G'wilydd 'i weld o'n blagardio'r capten ifanc a hwnnw a'i wyneb

o'n wyn fel y galchen, yn cnoi chwiban yn 'i geg, a watsh wlyb yn
'i law . . .

Daerodd Nhad 'mod i ddim i ddringo'r ystol, 'mod i ddim i fynd
dros y top, 'mod i i fynd i'r Corfflu Meddygol . . .

Ddeudodd y capten y base fo'n 'i saethu fo oni bai 'i fod o'n tewi
a chau'i geg . . .

Ddeudodd nhad 'i fod o'n ffrind i'r Prif Weinidog, 'i fod o wedi
aros hefo'r teulu, 'i fod o wedi cysgu yn ten Downing Street, fod
Lloyd George wedi rhoi'i law ar 'i ysgwydd o a deud 'i fod o'n 'i
barchu fo . . .

Do'n i ddim mewn ffit stad i wrando ar y pryd, heb sôn am drio
deall . . .

Hyd yn oed taswn i wedi gwrando, mi o'n i'n rhy ifanc i ddeall
be oedd o'n trio'i ddeud . . .

Dim ond wedyn, flynyddoedd wedyn, y daeth y cwbwl yn glir . . .

Taswn i 'mond wedi gwrando ar D'Ewyrth Bob, medde Nhad . . .
Taswn i 'mond wedi gwrando arno fo yn lle gwrando ar dy fam ac
Abel Hughes a'u tebyg . . . Bob oedd yr unig wir Gristion i mi
nabod erioed . . . Calfiniaid oedd y gweddill . . . Plant y Diafol . . .
Gweision yr Anghrist . . . Cythreuliaid sy'n treisio bywyd . . . Yn
sathru'r tlawd a'r anghennus . . . Yn erbyn Rhyfel y Degwm . . . Yn
erbyn daioni a chyfiawnder . . . Yn erbyn y gweithwyr a streicio . . .
Ond yn fwy na bodlon chwysu a slafio i'r meistri i fwrdro miloedd
ar filoedd yn yr uffern yma . . .

Ac er mwyn be?

Er mwyn be?

Fix bayonets, medde'r capten.

Beichio crio'n fan'no, ddaru Nhad.

Cyrnewian crio, cyn chwyrnu'n llawn chwerthin gorfoleddus, fel
dyn wedi'i ollwng yn rhydd . . .

Guido Bach

Sioned Puw Rowlands

Y tro cyntaf i mi weld Guido, roedd ei wallt o'n llawn sêr, yn tincial yn ddistaw bach, ac yn rhoi winc yma ac acw pan fasa'i gariad wedi troi i sipian ei diod. Roeddan ni mewn parti ac roedd llond y lle o boblach yn paldaruo am wirionedd a phrydferthwch a chysyniadau amghymharus felly. A dyma fi'n mynd ato fo a dweud: 'Pam fod dy wallt di'n llawn o sêr yn wincian?' ''Di dod yno i wincian arna chdi ma'n nhw.' 'Ond pam fod yr awyr wedi dod i ista am dy ben a phlethu rhwng dy glustia?' 'O, achos 'y mod i isio dangos faint o le sydd o gwmpas fy mhen—digon o le i nofio a ffugio esbonio, a digon o ddyfnder i neidio'n bell, bell i lawr, cyn bownsio'n ôl fath â broga mawr tew.'

Mewn fflat yn Golder's Green oeddan ni, a llond y byrddau o betha da wedi eu gwneud efo almonds a mêl. Gwallt cyrls oedd gan Guido, a'i gariad yr un fath, dim ond ei bod hi'n ola. A'i bod yn gwisgo ffrog goch ddel tra oedd Guido mewn dillad tywyll plaen. Roedd ganddo draed hir iawn, a breichiau oedd yn cyrraedd at ei bengliniau. A dau benelin bendigedig, yn pwnio allan o dan odrau llewys ei grys, efo rhyw lwydni fath â sialc wedi ei grafu ar y croen. Roeddwn i'n ysu i fynd â choes hwfyr drostyn nhw, a chlywed y llwch yn cael ei sugno, a gweld y croen yn newid ei liw, yn ôl yn olew olewydd.

'Guido ydi d'enw di 'ntê?' medda fi. 'Mi soniodd Emma wrtha i amdanat ti.

Hi ddudodd wrtha i fod gen ti wallt oedd yn ddigon o ryfeddod. A dyma fi'n deud 'Dyna braf,' ac edrych ymlaen i gael ista yn ei ganol fath â cath mewn tas wair.'

'O,' medda Guido. Dyma ni'n dau'n sbio o gwmpas wedyn, a finna'n gwneud hynny'n ara' bach fel camera i reoli fy hun rhag cynhyrfu. Diolch nad oeddwn i'n eistedd neu mi fuaswn i wedi disgyn oddi ar fy nghadair. Nid oherwydd fy mod wedi mopio fy mhen efo gwallt Guido, nac wedi yfed gormod o goffi neu fwyta

131

ecstasi, ond fel petai gen i lond fy nghroen o fîds yn bangio i fyny ac i lawr yn ôl mympwy rhyw blentyn oedd yn chwarae efo'i arth cyn mynd i gysgu, ac yn gwneud iddo fo droi tin-dros-ben, crogi oddi wrth un goes a neidio i ben arall yr ystafell.

'Sori bod yn ddig'wilydd, ond mae gen ti grys del, a llewys digon o ryfeddod iddo fo,' medda fo wedyn.

'O diolch, mae o'n neis yn tydi? Fath â chroen twrch daear. Dyna be dwi'n licio amdano fo.'

Roedd lot o ddwylo gludiog o gwmpas y lle rhwng yr holl dda-da Dwyrain Canol. Pawb wedi sticio'u bysedd i ganol y nythod stici. A gwefusau yn bob man yn fêl i gyd. Rhai tew boliog fath â dwy wlithen wedi eu gwnïo at ei gilydd bob pen, a rhai eraill yn cuddio o'r golwg o dan y croen neu wedi eu tynnu allan efo pensel goch.

'Hei Boris,' medda Emma, 'pam na wnei di fynd i allforio coffi o Yemen efo Kevin? Meddylia'r holl gardamom yna, lond dy ffroenau. Yum-yum dduda i. Mae Kevin yn hwyl ac mae coffi yn beth amheuthun. Hm a ho! Dyna dwi'n feddwl ddylsa chdi wneud. Ella y basa modd i chi allforio mêl hefyd. Be ti'n feddwl, Guido?'

'Dwi'n meddwl—sori bod yn ddigwilydd—ond mae gen ti grys del a llewys digon o ryfeddod.'

'Hy?'

'Dw i'n licio crys Boris.'

'Teimla fo, Emma, mae o fath ag ystlum bach wedi ei daenu dros fy nghefn!' medda fi. A dyma Emma'n tynnu ei bysedd i lawr o fy ngwar hyd fy nghanol.

'Ti'n iawn hefyd. Crys a choffi a mêl fath â twrch. Dyna dwi'n ei ddweud. Does dim byd gwell.'

Mewn becws oeddan ni'n eistedd rŵan. Un o'r rhai plastig, llachar hynny, efo golau strip. Mi roedd gas gen i'r *decor*, ond mi roeddan nhw'n gwneud pob math o deisennau toes yno oedd yn f'atgoffa o Ddwyrain Ewrop. Pethau lliwgar yn cael eu tendio gan ferched fath â doctoriaid mawr mewn *overalls* gwyn. Roedd un ohonynt wrthi o dan ein traed yn brwsio'r briwsion a gwlychu'r llawr efo diheintydd, ac yn gwneud ei gorau i beidio disgyn dros ben coesau hirion Guido. Dail crin Llundain oedd wedi sticio i wadnau gwlyb ein hesgidiau. Toedd Marianne ddim yno yn ei ffrog goch. A medda finnau'n ddistaw bach: 'Mae dau'n hen ddigon ar gyfer stori. Ac mi wneiff y doctoriaid mawr gwyn yn iawn fel cefndir. Does dim rhaid wrth hogan ddel mewn ffrog goch.'

Gweithio ar gyfer gwasanaeth newyddion electronig mewn rhyw stafell yn sbio dros Oxford Street oedd Guido ar y pryd—shifftiau nos gan amlaf—yn sgwrio newyddion a'u crynhoi'n fwclis lectrig, fath â cheir ar draffordd yn sgleinio'n llinellau twt i grombil y nos. Ar ei ffordd adref oedd o rŵan. A'i lygaid yn llosgi, ei dalcen yn dynn.

Mi gyfarfu â Marianne yn Athen, tra oedd y ddau'n gweithio yn y Llysgenhadaeth yno. Hi ar ran Hwngari, yn un o'r strydoedd tawel swbwrbaidd ymhlith llysgenadaethau dwyrain Ewrop, a fo ar ran yr Eidal, yn stryd brysur Vassilissis Sofias, mewn adeilad hardd neo-glasurol a balch. Ar ôl ychydig fisoedd o ganlyn fel ci a chath, mi symudodd y ddau i fflat mewn ardal 'chydig yn llai stwfflyd yng ngogledd y ddinas. Roedd pob wal yn wyn yn y fflat, oni bai am deils patrwm leim o'r chwedegau yn y gegin. Ac mi roedd Marianne wrth ei bodd yn codi bob bore i fwynhau oerni'r system awyru, ac unlliw'r waliau, cyn i'r chwys ddechrau llifo, a chyn iddi ddechrau darllen newyddion diweddaraf *Ta Nea* am y Kwrdiaid yn Nhwrci.

'Guido,' medda finnau, 'mae modd i stori weithio heb hogan ddel mewn ffrog goch. Os lici di, mi fedra innau hefyd wisgo petalau mawr fel pabi coch bob hyn a hyn, pan fydd y felan arnat.'

'Sori, Boris. Isio cysgu ydw i. Paid â phoeni. Mi dwi'n hapus hefo chdi. A dwi'n licio deffro a chditha'n ista yng nghanol fy ngwallt. Mi fydd Marianne yn iawn, a finna hefyd, hebddi. Dim ond ei bod wedi mynd â phob dim oedd yn fy mhen i efo hi, mewn cês mawr. Welest ti'r nofel yna mae hi newydd ei chyhoeddi, *Dentie e Spie*? Pam sgwennu mewn Eidaleg, a pham dewis ffugenw fel Giorgio Pressburger? Mae yna hyd yn oed lun o'r awdur(es) fel gŵr canol oed ar y siaced. Mae o'n deud rhywbeth fatha: 'Ganwyd Giorgio Pressburger yn 1937 yn Budapest. Mi adawodd Hwngari am yr Eidal yn 1956, ble mae'n gweithio fel cyfarwyddwr ffilm a theatr, bla-bla.' Wff, mae jyst meddwl am y llyfr yn gwneud i fy nannedd siglo gerfydd eu gwreiddiau.

'T'isio coffi arall, neu awn ni adra?'

'Ti angen gweithio?' a'i wyneb yn dynn dros ei ruddiau.

'Na, na, paid â phoeni am hynny. Dydd Sul ydi hi p'run bynnag.

'Sa ti'n licio cysgu ac wedyn mi awn ni allan i weld ffilm neu rwbath?'

'Ocidoci, Boris.' Ac yna, wrth dynnu ei bengliniau o dan y bwrdd, 'Wyddost ti be ddudodd Marianne wrtha i cyn mynd?'

'Na, be?'

'Deud ei bod yn mynd i gael rhif *ex-directory* rŵan, ac wedyn mi fydd yn medru ei roi yn bresant i bobl yn lle da-da siocled neu floda: fydd dim hyd yn oed angen papur lapio arna i, medda hi, a mi fedra i ddefnyddio'r un presant drosodd a throsodd.'

''Di hynna'n golygu na chei di bresant ganddi rŵan?'

'Be? Na cha' i mo'i rhif ffôn hi?'

'Ia,' medda Boris, a rhifau pigog yn canu clychau lond ei ben.

'Na, mae o gen i—mi sgwennodd o ar fy mraich tra ro'n i ar y ffôn dwrnod o'r blaen—y noson cyn iddi symud allan.'

'O.'

'O cym on, Boris ddy Morys, tydi o ddim fel petaech chi'n cystadlu'ch dau yn erbyn eich gilydd, yn nac ydi?'

'Mi fedra i wisgo sgert a ffrog gystal â Marianne unrhyw ddiwrnod, a ti'n gwbod hynna'n iawn. Felly paid â deud petha mor wirion.'

Dim byd wedyn am chydig, dim ond sbio ar siopa siabi'r stryd fawr. Doliau mawr plastig heb folia yn gwisgo dillad ffrympi, neu *delicatessen* yn gwerthu slabiau mawr pygddu o *halva*. Yna, mi roth Guido ei lygid ym mhocedi Boris—rhai dyfn, mewn defnydd meddal drud. A sbio ar y düwch yn y rheini. Fath â rhywun yn trio'i ora i sgwennu stori am brofiadau cwbl estron, fath â hogan yn sgwennu am ddau ddyn yn caru, mi fydda Boris yn meddwl weithiau. Ac mi roedd o wrthi'n meddwl rŵan, a llygid Guido lond ei bocedi—ai ffansi'r funud oedd teimladau Guido ato fo, rhyw chwa i chwilota porfeydd glas ei ben, a fotha rŵan dros ei ddeg ar hugain? Ynte ai eithriad oedd hyn, hynny ydi, ei fod o, Boris ddy Morys, yn cosi chwilfrydedd a theimladau Guido, ond na fuasai'r un dyn arall yn cael y fath effaith arno fo, a biti-'i-fod-o-ddim-yn-hogan? Yn wir, pa hawl sydd ganddo fo—Boris—i beidio â bod yn hogan? Ar y llaw arall, fasa rhywun efo gwallt felly, fatha sydd gan Guido, ddim yn medru peidio â'i licio fo—Boris—yn nafsa?

Roedd y glaw yn bwrw, a felan dydd Sul yn drwm ar leinin

stumog y ddau, er gwaetha'r ffaith eu bod drwy gydol yr wythnos yn deisyfu a dychmygu boddhad dydd Sul, yn ymestyn o'u blaen fel *chaise longue*, yn cosi corneli swil eu penelinoedd a'u pengliniau, yn llyfu eu tafodau hefo osgo-crogi-amser twtsh o siwgr mewn cwpaned wen o *espresso*. Fath â tudalennau diddiwedd a hunan-feddiannol *À la recherche du temps perdu*—dyna sut beth oedd dydd Sul i fod, efo amrannau'n cau ac agor yn hamddenol; a sws i'w chlywed yn mynd a dod o bell, fel pry i'w glywed yn agosáu a phellhau, a phedair wal yn rhoi eu gair y buasai'r sws yn ei hôl yn ôl ei hangen, heb ei chymell. Yn ddafnau mân, mân, mân, fel ôl-traed yn eira poeth ar groen, ar gymalau hirion a gwirion.

Ond fedrai Boris na Guido (cyn iddo ddechrau gweithio amserlen nos ar y penwythnosau) ddim cofio deffro ar fore Sul mewn hamoc melyn o'r fath, heb het ddanheddog daircornel dydd Llun yn ddigywilydd am eu pennau; yn disgyn ar draws unrhyw arlliw o dafod am glust. Mynd i nôl papur dydd Sul, a gweld yr un cyfuniad o bobl yn eu pasio: dyn a dynas a phram, yna dyn a dynas heb bram, a dyn a dynas arall wedyn efo babi'r un yn crogi o gwmpas eu gyddfau, mewn rhyw fath o powtsh cangarŵ. Dyn a dyn a choets, a dau gi arctig yn ista'n ddel ynddi. Dyn a chi *airedale* yn rowlio heibio, ei wyneb hirsgwar blewog yn gwbl groes i un fflat ei fistar, a throli bach yn lle ei goesau ôl crydgymalog; ei gynffon wedi ei chadw o'r golwg yn dwt. Dynas hir, a dwy gath yn ei phoced—dwy gath fach ddwyreiniol, liw tywod, a'u llygid yn pefrio. A Boris a Guido'n meddwl am gŵn a chathod a babis, efo papur dydd Sul yr un yn eu pocedi—*Observer* llwydaidd a budur gan Boris, a *Financial Times* y penwythnos gan Guido, yn binc glân o dan gledr ei law.

Meddai Guido, a fotha'n ista ar y *chaise longue*: 'Wyddost ti, mae Marianne, a'i nofel am ddannedd ac ysbïwyr, yn mynd i adael marciau mawr olew, fath â car yn sgidio, ar gynfasa hanes llenyddol. Dim ots mai straeon gneud ydyn nhw. Dwi'n gwbod mai gimic llenyddol ydi'r *Dentie e spie* yna. Ond dyna pam mae hi'n nofel mor dda. Be dwi'n ei licio am ei sgwennu hi ydi ei bod hi'n llwyddo i wneud i ddannedd rhywun siglo a simsanu go-iawn. Yn ystod oriau mân y bora, mi fydda i'n deffro wedi eu colli nhw i gyd, yn bentwr o hen esgyrn pydredig ar y gobennydd, a phryfid yn dringo allan o'u gwreiddia. A drwy'r dydd, er enghraifft, neithiwr,

135

yn y gwaith, dyna lle'r oeddwn i'n gwthio fy nhafod i gorneli fy ngheg, yn gegrwth eu bod nhw'n dal yn eu lle, heb stŵr pryfetach yn dringo allan o dan fy nhafod.'

'Oh my lord, Guido,' meddai Boris. 'Plis paid â thynnu dy ddannedd allan o fy mlaen i. Peth nesa, mi fyddi di'n tynnu brân fawr ddu Mr Hitchcock o dan dy dafod, ac allan trwy dy glustia.'

'Ond hefyd, gwranda, Boris! Mae'r straeon ynghlwm wrth y dannedd yn cael eu jymblo—does yna ddim trefn gronolegol iddyn nhw—ac wedyn, mi rwyt ti'n medru eu trefnu nhw fel t'isio, gan ddechrau o'r chwith i'r dde ar yr ên isaf, neu o'r dde i'r chwith ar yr ên uchaf. Neu mi fedri di fynd o UL6 i UR6 i LL6 i LR6. Hefyd, eu trefnu nhw'n ôl sgwariau mathemategol, a symud fel tablau o UR2 i LR2 i LR4. Felly, er mai'r un digwyddiada sydd gen ti yn cyfateb bob tro i bob dant, mae'r stori'n medru newid yn llwyr o newid trefn ei darllen . . .'

Sbiodd Boris ar ei gariad, a'i lygid yn gweld y dannedd yn pigo allan fel drain di-awch trwy groen ei wyneb olewydd. Dannedd gwyn fel noda piano.

'. . . Duda bo chdi'n dod yn ffrindia efo rhywun pan mae o neu hi yn eu tridegau, wrth ddod i'w nabod nhw'n well, fatha chdi'n dod i fy nabod i'n well, yn dod i wybod yn raddol bach am bethau a digwyddiadau mawr a bach fy nhri-deg-a-dwy o flynyddoedd, mi fydd dy amgyffred o fy stori i'n drawiadol wahanol na phetait wedi fy nghyfarfod yn yr ysgol, neu mewn cadair olwyn a choesau clec higldipigldi saith deg oed. Ti'm yn meddwl, Boris?' meddai Guido, a'i draed yn ymestyn yn llac rŵan dros ochrau'r chaise longue.

Mi fasa dy synfyfyrdoda ar y pryd yn penderfynu be fasat ti'n ei glywad gen i, yn yr un modd y basa fy synfyfyrdoda innau yn penderfynu'r drefn y baswn i'n datgelu petha wrtha chditha, gan wnïo pytiau at ei gilydd yn ôl mympwy'r presennol. Er enghraifft, mi llaswn i fod wedi mwydro fy mhen ar y pryd efo, dwi'mbo, drysa ffrynt tai pobl. Mi fasa'r holl betha eraill faswn i'n sôn amdanyn nhw yn byw dan gysgod y drysau ffrynt, ac felly, yn cael eu siapio ganddyn nhw. Drysau ffrynt fasa'r telisgop y baswn i'n 'i estyn i chdi sbio trwyddo fo arna i. Ti'n dallt be dwi'n feddwl?

Roedd Boris wrthi'n byta jaffa cakes, a'i dafod yn mynd 'zing!' wrth i'w ddannedd dorri trwy'r siocled i'r jam oren.

136

'Ac wedyn,' meddai Guido, yn dwyn *jaffa cake* o geg Boris, 'mi fasat titha ella wedi mwydro dy ben yn ddigon rhesymol efo'r tywydd. Fedri di ddychmygu? Dy faromedra di rownd y fflat, ar ben bob dim, a'r teclyna mesur gwynt yn chwipio ar y balconi, yn bangio'n erbyn y gwynt. Wel, mi fasa hynny wedyn yn gwyro fy mhaldaruo innau am ddrysau ffrynt. Ella y basat ti wedyn yn storio fy nrysau ffrynt i yn dy ben mewn nifer o focsys gwahanol—bocs drws ffrynt ar fora heulog; bocs drws ffrynt yn y glaw; bocs drws ffrynt mewn eira gwyn, gwyn, a bocs drws ffrynt gyda'r nos, wrth i'r haul fachlud.

Taniodd Boris sigarét. Mi roedd gas gan Guido hynny. Hen beth mochaidd oedd yn ei lathruddo, a'r mwg pygddu yn dawnsio fath â Salome walltddu o'i flaen. Roedd y *Financial Times* yn dal yn ei boced, yn agor yn gymhlethdod o flodyn pinc fel pawennau ci bach newyddanedig o dan ei gesail.

Yng nghanol y petala papur mi roedd yna adolygiad o nofel gan *Granta* am ddannedd ac ysbïwyr, wedi ei chyfieithu o'r Eidaleg. Ond mi roedd Guido'n rhy brysur yn pontifficeiddio ar yr union bwnc hwnnw i feddwl chwilio am fwy ohono fo yn ei boced. Roedd Boris ar y llaw arall wrthi'n darllen adolygiad arall am yr un nofel yn yr *Observer*. Roedd o'n pwyso yn erbyn y cownter oedd yn rhannu'r gegin oddi wrth y stafell fyw. Ac yn darllen: '*Teeth are, for those of us who keep them till we die, our final message across the centuries to posterity: our smile, our grimace of rage or envy to the person rummaging in the dust, perhaps thousands of years hence, who finds the remains of our fleeting presence on the earth.*' Ac yna: '*Having worked in numerous guises and a miscellany of trades and professions, our hero, S.G., struggles with the demands and transformations of his body and, more importantly, his teeth. In each city he visits he seeks out dentists from his homeland. Key moments of his life and indeed the last half-century have uncanny parallels with his dental state of health. Swept up in the agitated course of history he becomes involved in secret plots and covert missions, whilst on a personal level he engages in endless affairs and ceaseless reflection on the meaning of life.*'

Sbiodd Guido ar war Boris yn cwympo'n llyfn uwchben ei bapur newydd. Fel hwyaden blastig wen. A'i ben yn ei *Observer* pygddu, toedd o ddim wedi gwrando ar ei bregeth am ddrysau ffrynt a'r tywydd, ac am nofel Marianne. Fe'i dychmygodd ei hun yn clymu ei freichiau o gwmpas ei ganol, ac yn cusanu ei war. Tynnodd bawennau pinc ei *Financial Times* o'i boced, a'i rowlio'n dynn fel telesgop, cyn sbio eto ar war Boris, trwy'r twnnel, a darllen, mewn llythrennau bach main dros ei ysgwydd, 'Dentie e spie *reviewed by Adam Mars-Jones . . . bla-bla . . . the reader may follow the story according to various different sequences. Metaphysical, hypnotic and unsettling, this is at once a spy story, an adventure and a philosophical novel bristling with black humour . . . Pressburger, the acclaimed author of* The Law of White Spaces, *which won the Independent Foreign Fiction Award in 1992—an intensely touching book about the spirits of illness that inhabit people, waiting for their moment to mystify and challenge the logic of love and time . . . Pressburger conveys this sad, exotic idea with economy and rueful humour.'*

Diolch i *Granta Books* a'r *Observer* am y dyfyniadau, ac i Giorgio Pressburger am y stori.

Champagne Afternoon

Manon Rhys

Mae hi'n eistedd mewn tacsi, ar ei phen ei hunan yng nghornel y sedd gefn, yn syllu ar y dafnau glaw sy'n cronni ar y ffenest. Y perlau bach, yr arian byw sy'n hofran yn grynedig cyn ildio, cyn colli'u gafael a llifo'n fân wythiennau i lawr y gwydr. Cofia'r gêm ar y daith rhwng Rhufain a Siena. Betio'u liras prin ar y diferion bach simsan ar ffenest y trên—am ba hyd y gallent ddal eu gafael ac ymhle yn union y byddai'r nentydd igam-ogam yn terfynu. Hapchwarae â chrisialau. Gêm fach i ladd amser. Ac yntau'n ennill. Yr un a'i brifodd. Yr un y mae'n ei golli'r funud hon.

A dyma hi. Yn astudio ffenest arall. Yn dilyn hynt dwsinau o raeadrau arian. Yn gweld drysfa risial gymhleth.

Nid yw'r gyrrwr wedi torri gair â hi. Ac mae hi'n falch o hynny. Mae hi'n falch nad yw'n un o'r rheiny sy'n holi perfedd neu sy'n dalp o ragfarn. Dim sgwrs ddienaid, dim trafod tywydd. A dim radio. Does dim i dorri ar draws ei dryswch ond swish y sychwrs a chwthwm y gwresogydd. A'r dagrau glaw.

Try ei phen i edrych arno. Corun moel, stribedi main o wallt dros stwmp o wegil; crys du, diraen, ei lewys wedi'u torchi; sosejys o fysedd yn maldodi'r llyw, baw o dan ewinedd, plaster brwnt ar fawd, modrwy aur ar fys priodas. A'i lygaid pŵl yn llenwi'r drych . . .

Tacsi du-a-gwyn ar strydoedd llwyd, mewn nudden drwchus. Gyrrwr mud yn mynd â hi i ymweld â rhywun nad yw am ei weld. Mae ei meddwl ar rywun na wêl fyth eto.

Tyd draw i 'ngweld i. Neidia i mewn i dacsi. Rŵan. Mi gawn ni lonydd drwy'r prynhawn. Ti a fi a Costner. Wyt ti'n dallt?

Wrth gwrs ei bod hi'n deall. Rhaid ufuddhau i'r blewyn a mynd lwrw'i phen i boen. Ildio i Fasochistiaeth lem, aflawen. A brifo rhywun arall yn y fargen. Sadomasochistiaeth drist.

Bydd yn treulio'i phrynhawn mewn tŷ dieithr. Gyda gŵr y tŷ. A'i gi.
A bydd yn difaru'i henaid heno.

*   *   *

Talu, ffarwél swta ac mae hi ar ei phen ei hunan ar y pafin, yn
gwylio'r tacsi'n tasgu i ben draw'r stryd, un go lydan, goediog. Tai
mawr, urddasol, moethus. Gerddi moel a marw, a fydd, cyn hir, yn
fyw gan flodau'r gwanwyn. Ond heddiw, ambell glwstwr o eirlysiau
nawr ac yn y man yw'r unig fflach o liw. 'Gwyn, gwyn . . .' Ai lliw
yw gwyn? Neu ddim?

Cwyd ei hwyneb at y glaw a chau ei llygaid. Yr unig sŵn yw
islais cyson dinas. Mae'r glaw sy'n sgeintio ar ei gwallt ac ar ei
thalcen, ar ei llygaid, ar ei bochau, yn law distaw. Glaw dywedwst.

Mae hi'n gwlychu wrth sefyllian. Try i chwilio am y tŷ. A'i gael.
Mae'r gât yn gwichian wrth ei hagor, ac mae ci yn dechrau cyfarth i
gyfeiliant clic-clic-clic ei sodlau main ar deils y llwybr. Mae'r
helygen fawr o flaen y ffenest yn diferu drosti. Ac mae'r drws yn
agor. Saif yntau yno gyda Gelert mawr o fleiddgi hirflew sy'n
tynnu'n wallgo ar ei dennyn.

Croeso. Tyd i mewn . . .

Mae'r drws yn cau'n glep a'r bleiddgi'n ymryddhau o law ei
feistr. Rhuthra ati, ei dennyn yn llusgo ar y llawr a stwffia'i drwyn
malwoden o dan ei sgert.

'I ffordd fach o o estyn croeso. Ocê, Costner, dim mynd dros ben
llestri. Whiff ne' ddwy, dim mwy.

Mae'r cyntedd tywyll yn anniben. Popeth dros y lle i gyd.
Pentyrrau—llyfrau, papurau, amlenni heb eu hagor, taflenni
hysbysebu—ar y llawr, ar y ford, ar bob gris hyd at y landin. Gwêl
trwy ddrws yr ystafell ganol annibendod gwaeth. Desg o dan ei
sang, silffoedd llyfrau gorlawn, a jync yn cuddio'r llawr.

Tyd i'r gegin.

Cornelyn tywyll, llwm. Astell fach o ford a dwy gadair simsan. Hen sawr seimllyd. Gweddillion prydau bwyd ar y stof ac yn y sinc. Mae'r bleiddgi'n llyfu plât sydd ar y llawr.

Mae potel hanner llawn o *Moët & Chandon* mewn bwced iâ. Estynna wydr hirgoes iddi ac arllwys y ddiod euraid iddo ac i un arall sy'n hanner llawn yn barod. Mae'r swigod yn byrlymu'n sêr bach gloyw dros ei bysedd. Fe'u llyfa'n ysgafn gan flasu eu miniogrwydd chwerw-felys ar ei thafod.

Dwi'n licio'r sgarff. Dwi'n licio'r sgarff yn fawr . . .

Clec i'r gwydrau, a chymer ddracht o'r ddiod, a'i gadw'n llond ei cheg am rai eiliadau cyn ei lyncu. Mae ei ias yn saethu'n syth i'w phen. A chymer ddracht fach arall. A gwthia'r bleiddgi ei drwyn malwoden o dan ei sgert.

Gad lonydd iddi, Costner! Hen fochyn wyt ti, washi, fatha finna! Mochyn bach llysnafog. Ond mae hi'n licio—'dwyt? Ac mae'r bybli'n neis—'tydi? Yn oer, yn bybli, fel y dylia'r bybli gora fod. Bybli-dallt-ein-gilydd, ia. Ma' 'na dair arall yn y ffridj. Tyd, ma' gin i dân yn parlwr . . . Tyd . . .

* * *

Mae dau gorff blewog yn gorwedd ar y llawr o flaen tân trydan, yn hepian cysgu, y naill yn cofleidio'r llall. Mae hithau'n eistedd ar wahân, yn ynys lonydd mewn gwawl symudliw. Hyrddiadau bach o fflamau'n ffrwtian, ffrwtian, yn byseddu pinc a glas ac aur y sarff o sgarff yn nhrwch y carped gwyrdd. Mae dwy esgid ar yr aelwyd, â'u sodlau meinion ar i fyny. Mae'r bleiddgi'n gwingo yn ei gwsg, yn ddi-goler, yn ddi-dennyn. Mae'r rheiny a gwregys lledr yn crogi dros gefn cadair, eu byclau a'u claspiau'n disgleirio'n arian yng ngolau'r fflamau ffug.

Sylla ar y tân, ei chof am noson rewllyd, glir. Coelcerth anferth ac arni sach o ddyn yn llosgi'n fodlon, ei wên fach wirion fel safn ysgerbwd. Lliwiau llachar yn rhwygo'r awyr, sêr yn tasgu, cylchoedd sêr yn troi a throi, sêr yn sboncio, clecian, ffrwydro. A

141

phawb yn gweiddi, chwerthin, curo dwylo. A'i freichiau yntau, yr un na wêl fyth eto, yn cau amdani'n dynn a'i lygaid fel dwy seren dywyll yn ei llosgi'n ulw.

Tân sy'n llosgi'n ulw. Mynydd tân. Vesuvius berfedd nos, yn ffrwydro, ei fflamau'n saethu at y sêr. Rhaeadr ferwedig. Pompeii yn adfeilion. A dim ar ôl ond cerrig. A murluniau gwych, erotig. Cariadon wrthi'n paru. Cyn i'r rhaeadr eu boddi. Boddi'u nwyd. Rhewi rhyw. Cariad wedi'i rewi'n gorn. Calon rew. Mynydd iâ.

Cwyd i eistedd ar y soffa. Mae'r ddau gorff blewog ar y llawr yn rhoi plwc bach sydyn nawr ac yn y man. Breuddwydio am ei gilydd, falle. Clyw eu chwyrnu ysgafn. Synhwyra'u sawr anifail. Gwêl flewiach llwyd fel gwawn ar hyd y carped gwyrdd. Mae ei dillad dros y lle i gyd. Mae ei dwylo'n llaith yng ngwres y tân.

Mae potel hanner gwag o bybli yn y bwced dyfrllyd. Mae gwydryn gwag ar y silff ben tân ac un arall, cynnes, yn ei llaw. Mae arni syched. Mae hi'n tynnu'r botel mas o'r bwced ac yn llenwi'r gwydr â'r dŵr claear. Llynca'r dŵr yn awchus.

Erbyn hyn mae golau lampau'r stryd, un yn union y tu fas i'r ffenest a'r llall ar draws y ffordd, yn treiddio i'r ystafell, drwy ganghennau llesg helygen. Mae cysgodion megis coesau corryn anferth yn cosi'r nenfwd.

Tyd . . . Tyd i mewn i'r parlwr hefo mi.

I mewn i'w barlwr, fe a hi a'i fleiddgi. A'i botel bybli. At ei esgus bach o dân. At eu hesgus bach o gêm. At eu drama ffug. Prynhawn o ffugio, actio rôl. Esgus, esgus . . . A'i meddwl gydol yr hen chwarae chwerw ar un a'i carodd unwaith cyn ei thwyllo a'i bradychu. Cyn cefnu arni mor ddisymwth.

Ac yna'r gosb a'r artaith. Gorfod gwrando.

Mi ges i uffar' o blentyndod diflas. Does ryfadd 'mod i'n hogyn bach anhapus. Hogyn bach ar goll. A dyna ydw i o hyd, ma'n siŵr. Methu ffitio mewn. Methu gneud â phobol eraill. A neb yn dallt. Neb yn trio dallt. Neb yn gwrando. Toes gin i neb i wrando arna i. Neb.

A gorfod edrych. Llond drôr o luniau, a stôr o wenwyn.

Sbia, llun o'r ffycin teulu dedwydd. Fi a 'nhad a 'mam a 'mrawd.
Sbia arni hi'r hen ledi. Mi oedd hi'n hen yr adag honno, druan, a
hitha'n ddim ond deg ar hugain. A sbia arno fo, y ffycar. Fo
lladdodd hi, y bastad brwnt. Dyn golygus, cofia. 'Tydi? Sbia ar 'i
fwstásh o'r cythral bach golygus. A sbia hwn—fo a hi ar ddiwrnod
eu priodas. Sbia del oedd hi. Cyn iddo roi 'i facha ynddi'r 'sglyfa'th
budr. Sowldiwr, wedi bod, a sowldiwr oedd o byth. Curo oedd 'i
betha fo. Curo dryms yn 'rarmi. Curo Mam a minna. A ddaru mi
erioed wneud dim i'w helpu hi, i'w hamddiffyn hi. Dyna faich i'w
gario 'ntê? Sbia hwn wedyn—'y mrawd ar 'i ddiwrnod graddio, yli.
'Chyffyrddodd o erioed yn hwnnw. Dim erioed. Dim blaen bys.
Hogyn smart, tydi? Hogyn clyfar. Doctor, yli. Gneud rhwbeth efo'i
fywyd. Nid fel fi. Fi 'di'r methiant mawr. Methu gneud dim byd yn
iawn. Faswn i wedi medru, cofia, taswn i 'di cael hannar y cyfla
gafodd o.

Monolog. Na, deialog unochrog. Ydy'r ffasiwn beth yn bosib?
Mae unrhyw beth a phopeth dan yr haul yn bosib medden nhw. Pwy
y'n 'nhw'? Ai lliw yw gwyn? Neu ddim.

Ma'n nhw'n deud wrtha i am beidio â bod mor ddiflas, nad ydw i
ddim gwahanol i bawb arall. Bod pawb yn brifo yn y bôn, ond nad
ydyn nhw isio sôn. Tydw inna byth yn sôn. Dyna 'mhroblem i. A
phan fydda i'n sôn toes neb yn cymryd iot o sylw. Tydw i ddim yn
trio bod yn ddiflas. Un felly ydw i. Ond does neb yn dallt.

Yn sydyn, cafodd ddigon. Syrffedodd ar y gêm. Syrffedodd ar yr
actio, ar y ffugio. Ffugio'i dicter, ffugio'i phleser bob yn ail yn ôl y
galw. Ffugio'i diddordeb yn ei fywyd trist. *Moët & Chandon* o
berfformiad drwy'r prynhawn.

Cwyd at y llenni a'u tynnu'n chwyrn cyn camu dros ddau gorff
blewog a gwisgo'i dillad gwasgaredig. Mae'r bleiddgi ar ei draed yn
syth. Saif yn sypyn syn am rai eiliadau cyn gwthio'i drwyn
malwoden o dan ei sgert.

Gad lonydd iddi, Costner. 'Dan ni gyd 'di cael ein gwala am un pnawn.

*   *   *

You live 'ere, lady?
No, just visiting . . .

Mae hi'n eistedd ar ei phen ei hunan ar sedd gefn tacsi, yn magu pâr o sgidiau sodlau uchel a photel hanner gwag o bybli. Gwêl wên gynnil y gyrrwr yn y drych. Clyw ei barablu gwag—rhywbeth am y glaw diddiwedd. Ac yna clyw ei fwmian canu—rhywbeth am *your cosy afternoon, your long and crazy Champagne Afternoon . . .*
Ac mae hi'n difaru'i henaid.

Colli Iaith

Meic Stephens

Arferai'r wers olaf ar brynhawn dydd Gwener fod yn dawel a
digyffro. Roedd bechgyn IIIA, â'u cefnau'n grwm dros eu llyfrau,
yn esgus copïo penillion o'r bwrdd du. Ond mewn gwirionedd,
roedden nhw'n chwarae *Oxo*. Eisteddai Mr Parry, yr athro Cymraeg,
wrth ei ddesg o flaen y dosbarth. Ar ei arffed, wedi ei blygu mewn
sgwâr bach taclus, roedd copi o'r *Goleuad*, ac fe'i darllenai'n slei
bach. Bob hyn a hyn, codai ar ei draed a chamu, ei freichiau y tu
cefn iddo, lan a lawr rhwng desgiau'r bechgyn, gan osgoi eu
sachellau a chan edrych dros eu hysgwyddau fel pe bai'n
goruchwylio'u gwaith. Achosai hyn ychydig o gynnwrf nes iddo
fynd yn ôl i'w ddesg a dechrau darllen papur ei enwad unwaith yn
rhagor. Roedd gan yr athro a'r bechgyn eu ffordd eu hunain o ladd
amser wrth ddisgwyl i'r gloch gyhoeddi diwedd y prynhawn a'r
wythnos. Ugain munud arall, ac yna byddai'n amser i Mr Parry
gasglu ei got o ystafell yr athrawon a mynd adref i dreulio'r
penwythnos gyda'i wraig yng nghysur oer eu cartref di-blant.

'*Another week nearer my pension, boys*,' arferai ddweud wrth ei
gydweithwyr. Yn eu tyb nhw, dyma ffordd yr hen Parry o fynegi'r
blinder yr oedd pob un ohonynt yn ei deimlo ar brynhawn dydd
Gwener. Doedden nhw ddim yn sylweddoli ei fod yn adleisio Bardd
yr Haf, ac nid oedd unrhyw bwynt iddo grybwyll hyn, gan na
fyddent yn deall y fath gyfeiriad: ni theflir perlau o flaen moch.
Roedd Parry wedi disgyn ymhlith Hwntws. Roedd wedi hen ddysgu
peidio byth â sôn am y llenyddiaeth Gymraeg a oedd wedi rhoi
cymaint o bleser iddo pan oedd yn fyfyriwr ym Mangor. Cyhyd ag y
gwelai, doedd dim diddordeb gan y lleill mewn unrhyw beth ond
rygbi, straeon budr, y ffilmiau diweddaraf, cwrw, rasys ceffylau,
gwyliau haf ac weithiau, y fersiwn leol o wleidyddiaeth Lafur yr
oedd e, fel Rhyddfrydwr cadarn, yn ei dilorni'n llwyr.

Roedd Mr David Parry yn ei ddeugeiniau. Roedd ganddo aeliau
duon, hanner-sbectol dros drwyn eryraidd, croen gwelw, wyneb sur

a diflas, a llawer o flew trwchus yn tyfu o'i glustiau mawr. Hongianai ei ŵn academaidd, a oedd yn drwch o gen, dros ei ysgwyddau crwm, ac yr oedd y styden arian yn ei goler gwyn yn sefyll allan lawn ddwy fodfedd uwchben cwmwl tenau ei dei coch, melyn a glas. Roedd llawes ei siwt yn sgleiniog wrth y penelin. Er ei fod yn aelod o'r staff ers cyn y rhyfel (pan oedd y rhan fwyaf o'i gydweithwyr wedi gwrthod siarad ag ef oherwydd ei safiad ar dir cydwybod), roedd Mr Parry'n dal i'w ystyried ei hun yn ddieithryn yn y cwm. Yn wir, ni chelodd y ffaith ei fod yn frodor o Flaenau Ffestiniog a'i fod yn edrych ymlaen at ddychwelyd i'w fro'n syth bin ar ôl ymddeol. Am y rheswm hwn—ac er mwyn gwahaniaethu rhyngddo ef a'r Mr David Parry arall, yr athro Cemeg, a adwaenid fel Dai Bunsen—llysenw'r bechgyn arno oedd Dai Slate.

Un o'r bechgyn hyn oedd Glyn Pardoe. Y prynhawn Gwener hwn, eisteddai'n dawel wrth ei ddesg tua chefn y dosbarth, yn ôl ei arfer, o dan y darlun o 'Sêr y Pulpud Presbyteraidd 1880–1905'. Beth amser yn gynharach, bu'n helpu Dici Weston i dynnu mwstasys Hitleraidd ar eu hwynebau. Safai'r ysgol ar ochr bryn uwchben y dref a nawr ac yn y man syllai'r bachgen allan dros y cwm. Gallai weld bws coch yn ymlwybro lan y briffordd wrth ochr yr afon ddu a thrên bach yn tynnu tryciau o lo i lawr i Nantgarw. Roedd hi'n bwrw glaw yn drwm ond—y tu hwnt i'r Maen Chwyf a'r gwaith tsiaen, o dan ddarn o awyr las—roedd Allt Meio'n troi'n wyrdd unwaith eto ac roedd defaid ac ŵyn yn y caeau. Cyn bo hir byddai'n adeg chwilio am nythod adar . . .

'By next week I want you all to have learned these verses.'

Torrodd y llais main ar draws breuddwydion Glyn Pardoe wrth i'r athro bwyntio â'i ffon fesur at y geiriau yr oedd wedi eu hysgrifennu ar y bwrdd du.

'I'll read them once more . . . Siôn a Siân a Siencyn yn mynd i Aberdâr . . .'

Dêr, roedd y ffilm am Al Jonson nos Sadwrn diwethaf yn un dda. Bu Glyn Pardoe'n canu'r caneuon byth ers hynny. Yn anffodus, bu bron i'w frwdfrydedd achosi trafferth iddo. Ychydig cyn y wers gyntaf ar brynhawn dydd Llun, roedd IIIA wedi bod yn aros i'w hathro gyrraedd yr ystafell ddosbarth. Dyma gyfle am ychydig o hwyl a'i dro ef oedd hi i wneud iddyn nhw chwerthin.

'*Maaammy! Maaammy! The sun shines east, the sun shines west . . .*'

Roedd y bechgyn eraill yn ei wylio â chwilfrydedd direidus wrth iddo fynd i lawr ar ei liniau o flaen y dosbarth, a chanu'n uchel, un llaw ar ei galon a'r llall yn chwifio yn yr awyr, a'i lygaid yn rowlio'n gwmws fel rhai Al Jolson. Ac eithrio'r ffaith nad oedd ei wyneb yn ddu, roedd y perfformiad yn un da.

'*But I know where the sun shines best . . .*'

Roedd yn mwynhau bod yn ffocws eu hedmygedd, hyd yn oed am funud neu ddwy. Safai rhai o'r bechgyn ar eu desgiau gan weiddi'n groch.

'*I'd walk a million miles for one of your smiles . . .*'

Yn sydyn, synhwyrodd fod y lleill yn dechrau colli diddordeb yn y sioe ond roedd yn benderfynol o orffen.

'*My Maaammy!*'

Doedd dim rhagor o gymeradwyaeth, ar wahân i un pâr o ddwylo a glapiai'n araf, mewn ffug-werthfawrogiad o'i berfformiad. Aeth pawb yn dawel iawn a dychwelodd y bechgyn i'w seddau. Pan gododd Glyn Pardoe ei olygon, gwelodd yr hyn yr oedden nhw eisoes yn gallu ei weld: Mr M. A. Jones, y prifathro, yn sefyll yn y drws. Yn ôl chwedloniaeth yr ysgol, ei enw llawn oedd Melchizedek Absalom Jones, ond oherwydd fod ganddo gyrlen ar ei dalcen lydan a gên sgwâr, a chan ei fod bob amser yn cadw ei law chwith o dan ei siaced, megis ar ei waled, roedd y bechgyn yn ei alw'n Nap.

'*Pardoe,*' meddai'r prifathro, '*come and see me at the end of the afternoon . . . You ain't heard nuthin' yet.*'

Roedd Glyn mewn dŵr poeth iawn. Roedd gwahoddiad i stydi'r prifathro ar ddiwedd y prynhawn yn golygu un peth yn unig: cosfa go iawn. Eto i gyd, ac er gwaethaf ei bryder, ni allai'r bachgen anwybyddu'r ffaith fod y prifathro wedi defnyddio ymadrodd a oedd yn enwog ymhlith y rhai a fynychai'r White Palace, ac roedd hynny yn ei syfrdanu. Anodd credu, rywsut, fod Nap yn mynd i'r pictiwrs. Ffigwr urddasol, sych ydoedd yng ngolwg y bechgyn. Er ei bod yn hysbys ei fod yn Gymro Cymraeg, roedd yn hoff iawn o siarad Saesneg coeth a rhugl, a mynnai ddarllen *The Pilgrim's Progress* bob bore yn y neuadd o flaen yr holl ysgol. A oedd Nap wedi gweld *The Jazz Singer*? Roedd y pum munud a dreuliodd Glyn Pardoe yn syllu ar ddrws y stydi, gan feddwl sut yn y byd yr oedd unrhyw un yn gallu cael llythrennau M.A. o flaen ac ar ôl ei enw, yn teimlo fel awr gyfan.

'Enter!'

Cymerai'r prifathro arno ei fod yn tacluso'i ddesg ac ni chododd ei olygon wrth i Glyn Pardoe gerdded i mewn i'w stydi. Safodd y bachgen o'i flaen, ond ymhell o'i afael, gan symud yn annifyr o'r naill droed i'r llall; disgwyliai i bwysau llawn awdurdod Mr Jones ddisgyn arno unrhyw eiliad. Pan edrychodd arno o'r diwedd, ochneidiodd y Prifathro a lledodd gwên wan dros ei wyneb.

'Well, Pardoe, it seems you're fond of the cinema.'

'Yes, sir.'

'Mmm . . . Do you go often?'

'Yes, sir. Every week, sir.'

'Mmm . . . And what films have you seen recently?'

'The Count of Monte Cristo, *sir.'*

'Mmm . . .What about Mrs Miniver? *They tell me that's good.'*

'Yes, sir.'

'Mmm . . . What else have you seen?'

'I saw Michael Strogoff *, sir, when it came to the Cecil, sir.'*

'Mmm . . . Did you like it, boy?'

'Yes, sir, but it was all in Russian, sir.'

'Mmm . . .'

Nid oedd y sgwrs rhwng y ddau yn arwain i'r unman. Symudodd y Prifathro nifer o bapurau ar ei ddesg a phan darodd y cloc ar y silff ben tân bedwar o'r gloch, syllodd arno fel petai yn ei amau'n llwyr.

'Off you go, boy, or your parents will be wondering where you are.'

'Yes, sir. Thank you, sir.'

'Oh, and Pardoe, don't let me catch you singing again, will you, boy?'

'No, sir. Sorry, sir.'

Cael a chael oedd hi . . . Roedd Nap yn llawer cleniach na Dai Slate, diolch byth. Y diwrnod o'r blaen, wrth geisio hoelio'u diddordeb yn y Diwygiad Methodistaidd drwy ddysgu geiriau emyn iddynt, roedd yr athro Cymraeg wedi dal Glyn Pardoe'n sibrwd wrth Dila Davies, a eisteddai yn y ddesg nesaf ato. Fel cosb, roedd y bachgen wedi gorfod dysgu'r tri phennill cyntaf ar ei gof, rhywbeth am edrych dros y bryniau pell, cyn cael caniatâd i fynd adref ar y bws hwyr.

Fel y digwyddai, ni chafodd Glyn Pardoe unrhyw drafferth i ddysgu'r emyn. Roedd yn mynd i gapel Libanus yn eitha rheolaidd, lle roedd y pregethu a'r canu yn y Gymraeg; ac yn yr Ysgol Sul âi lan i'r Sêt Fawr yn gyson i ddweud ei adnod neu i ddarllen o'r Beibl, heb ddeall gair o'r iaith. Bu'r Gymraeg ar drai yn y pentref ers tro a dim ond yr hen bobl oedd yn ei siarad bellach. Doedd dim Cymraeg yng nghartref y Pardoes. Eto i gyd, roedd Glyn yn hoff iawn o rythmau a seiniau'r iaith, a'i gallu dirgel i ddeffro rhywbeth yn ddwfn y tu fewn iddo. Pan fyddai ar ei ben ei hun yng Nghoedwig y Biwt, arferai ddatgan darnau yn y Gymraeg, er mwyn profi'r pleser pur o drafod y sillafau mawreddog. Ac yn y fynwent fach lychlyd wrth ochr Libanus, fe dreuliodd oriau yn ceisio darllen y geiriau ar y cerrig beddau. Ond yn yr ystafell ddosbarth, o dan lygaid gormesol Dai Slate, nid oedd ganddo'r diddordeb lleiaf.

'Pardoe, you haven't heard a word I've been saying.'

'Yes, sir, I have, sir.'

'Come along then—what's the Welsh for 'shoes'?'

Nawr roedd Glyn Pardoe yn gwybod beth oedd *'trousers'* yn Gymraeg, a *'hat'* a *'jacket'* a *'waistcoat'* a *'spectacles',* gan nad oeddynt yn wahanol iawn i'r Saesneg. Ond doedd e ddim yn cofio beth oedd *'shoes'.* Felly, dywedodd y gair cyntaf, y gair lleol, a ddaeth i'w ben.

'Daps, sir.'

Aeth wyneb Mr Parry yn goch iawn.

'Daps? Daps! Come out here, boy! I'll give you daps—on your backside!'

Cydiodd yn Glyn gerfydd ei glust a'i dynnu allan o'r tu ôl i'w ddesg, ei lusgo o flaen y dosbarth a'i hwffio i gornel y tu cefn i'r bwrdd du. Roedd y bechgyn eraill yn dawel iawn. Gwyddent beth oedd yn siŵr o ddigwydd nesaf: byddai Dai Slate yn rhoi pelten i Glyn Pardoe. Roedd hyn wedi digwydd i bron bob un ohonynt yn ei dro ac roeddent yn gyfarwydd â'r ddefod. Tynnodd yr athro ei sbectol, ei ŵn a'i siaced yn araf iawn. Safai yn ei wasgod a llewys ei grys, a'r styden wedi ei thynnu o'i goler, gan chwipio'r gansen roedd yn ei chadw ar gyfer achlysuron fel hyn ar gledr ei law. Roedd yna rywbeth creulon yn y pleser a gâi o guro bechgyn: gellid gweld hynny o'r dull bwriadol y profai'r gansen, a alwai'n Wilbur.

Ond yn sydyn, canodd cloch yr ysgol a llanwyd y coridor â bechgyn swnllyd. Roedd hyn yn ollyngdod mawr i IIIA. Stwffiodd pob un o'r bechgyn ond Glyn Pardoe ei lyfrau yn ei ddesg a bachu ei sachell. Heb aros am ganiatâd gan Dai Slate, gadawsant yr ystafell yn ddiymdroi. Wedi'r cyfan, roedd yn brynhawn dydd Gwener, a dymunent fynd adref cyn gynted ag yr oedd modd. Doedd neb am loetran er mwyn gweld beth oedd ar fin digwydd i Glyn Pardoe.

'Bend over, boy!'

Ufuddhaodd y bachgen, gan gadw ei goesau'n syth yn y dull traddodiadol a chan gyffwrdd ei draed â'i fysedd. Doedd dim pwynt dadlau gyda Dai Slate a gwyddai beth y dylai ei wneud. Wrth iddo edrych i lawr a gwasgu ei ddannedd yn dynn, cofiodd yn sydyn y gair yr oedd wedi ei anghofio yn gynharach. Esgidiau! Roedd iddo dinc hyfryd ac ni fyddai'n ei anghofio fyth eto. Ond gyda hyn, daeth Wilbur i lawr ar draws ei ben ôl. Un, dau, tri . . . Clywodd y gansen yn hisian am eiliad . . . Ac eto—un, dau, tri.

Wedi iddo gyfri hyd at chwech, a chan feddwl bod y gosb drosodd, sythodd y bachgen. Roedd ei ben ôl yn brifo ond nid oedd yn bwriadu rhoi i Dai Slate y boddhad o weld ei boen. Roedd yn fachgen cydnerth ac roedd wedi dysgu dioddef y gansen heb gwyno. Ond nid oedd yn barod am yr hyn a ddigwyddodd nesaf. Nid oedd yr athro, a oedd yn gynddeiriog o hyd, wedi gorffen ag ef. Fel fflach, a Glyn Pardoe'n dechrau meddwl ei fod am ei ollwng, ymosododd arno unwaith yn rhagor. Y tro hwn dyma wadad ar draws ei gefn, â Wilbur i ddechrau, ond wedyn, pan dorrodd y gansen, â'r ffon fesur a'r ymyl ddur iddi. Er mwyn osgoi'r waldio, anelodd y bachgen am y drws, ond fe'i daliwyd gan yr athro a'i fwrw'n fwy cïaidd nag o'r blaen. Cwympodd i'r llawr, gan guro'i ben yn erbyn y nobyn pres wrth geisio'i amddiffyn ei hun. Roedd Dai Slate yn ei boenydio â'i holl nerth. Dechreuodd trwyn y bachgen waedu ond ni phallodd yr ymosod. Roedd fel pe bai rhywbeth wedi torri yn yr athro a doedd e ddim yn sylweddoli'r hyn a wnâi.

Ond yna, yr un mor sydyn ag yr oedd wedi cychwyn, arafodd y trais a pheidiodd yn llwyr. Roedd Dai Slate yn pwyso yn erbyn y wal, yn anadlu'n ddwfn, yn dal ei frest ac yn chwysu'n drwm. Roedd ei lygaid yn fawr a'i wyneb yn welw iawn, yn union fel y byddai pan âi ei beswch yn drech nag ef, ond yn waeth rywsut. Wrth i'r athro gamu tuag ato, rhoddodd y bachgen ei ddwylo dros ei ben eto, ond nid oedd angen gwneud hynny bellach. Heb yngan gair, camodd Dai Slate drosto, agor y drws a gadael yr ystafell. Roedd y cyfan ar ben.

Ni wyddai Glyn Pardoe am ba hyd yr arhosodd yno ar y llawr. Roedd yr ysgol yn dawel ar wahân i sŵn y bechgyn a oedd yn ymarfer yn y gampfa. Gwelodd olau gwan y prynhawn ar y ffenestri. Rhaid bod y bysys olaf wedi gadael erbyn hyn. Llifai gwaed i lawr ei wyneb, roedd cur yn ei ben ac roedd wedi ei wlychu ei hun. Yn ara' deg, rhoddodd ei ben rhwng ei goesau mewn ymgais i gael ei wynt ato. Cyn hir, llwyddodd i sefyll a dechrau meddwl am fynd adref.

Daethpwyd o hyd iddo gan Mr Jack Reynolds, yr athro Ffrangeg, a oedd yn digwydd mynd heibio ar ei ffordd o'r llyfrgell.

'*Pardoe! What on earth are you doing here? Good God, what's happened to you, boy? Who did this?*'

'*Mr Parry Welsh, sir. Hit me, sir. Beat me up, sir.*'

Gwyddai'r athro'n iawn beth i'w wneud.

'*Stay there. Don't move, boy. I'll be back in a jiffy.*'

Dychwelodd ymhen rhyw funud gyda Mr Ivor Sullivan, gofalwr yr ysgol, a gariai focs cymorth cyntaf a phowlenaid o ddŵr oer. Llwyddwyd i'w symud i un o'r desgiau blaen ond roedd mewn cymaint o boen roedd eistedd yn amhosib. Gosododd Mr Reynolds ei freichiau o dan ei geseiliau tra oedd Mr Sullivan yn golchi'r briwiau ar ei wyneb a'r gwaed oddi ar ei ddwylo. Ofnent, ill dau, y byddai'n llewygu.

'*Right, that'll do for now, boy. Let's see about getting you home.*'

Fe'i cludwyd adref i Greenleaf Terrace, ddwy filltir i lawr y cwm, yng nghar Mr Reynolds. Ni dderbyniodd yr athro wahoddiad y Pardoes i fynd i mewn i'r tŷ. Nid oedd am fod yn rhan o'r hyn a oedd newydd ddigwydd.

Roedd Bert Pardoe, a fyddai'n gweithio'r shifft nos y noson

151

honno, yn grac iawn. Roedd tad-cu'r bachgen, yr hen Mr Halford, yn barod i fynd lan i'r ysgol i roi dôs o'i ffisig ei hunan i Parry. Ond y peth cyntaf i'w wneud oedd tynnu trowsus Glyn er mwyn gweld y cleisiau ar ei ben ôl a'i goesau, gan eu bod yn achosi cymaint o boen iddo. Safai'r bachgen ar lawr y gegin, a'r dagrau'n llifo dros ei fochau wrth iddo ddechrau sylweddoli'r hyn a oedd wedi digwydd iddo. Ac yna brasgamodd ei dad i'r bwth teleffon ar dop y stryd i ffonio Mr M. A. Jones, gan fynnu ei weld drannoeth, fore Sadwrn. Cytunodd y prifathro ar unwaith. Cafodd ei berswadio, debyg iawn, gan lais Bert Pardoe wrth iddo ddisgrifio cyflwr ei fab.

Drannoeth, â'i ddillad gwaith o dan ei got fawr, martsiodd Bert Pardoe'i fab lan i'r ysgol. Roedd gwynt cwyr a mwg sigâr yn y stydi a ffiol o gladioli ar silff y ffenest. Unwaith eto bu'n rhaid i'r bachgen ollwng ei drowsus er mwyn arddangos y clwyfau yr oedd wedi eu derbyn.Yna cafodd orchymyn i aros yn y coridor er mwyn i'w dad a'r prifathro drafod y mater.

Nid oes angen i ddarllenydd y stori hon wybod yn union beth a ddywedwyd. Nid oedd gan Bert Pardoe gyfreithiwr ac nid oedd yn awyddus i fygwth y gyfraith ar Mr Parry a'r ysgol. Ond roedd am gael ymddiheuriad a sicrwydd na fyddai hyn yn digwydd eto ac y byddai'r athro'n cael ei ddisgyblu. Rhoddwyd addewid o'r tri pheth hyn iddo'n glou iawn. Wrth i'r prifathro geisio esbonio ymddygiad Mr Parry, ensyniai ei fod wedi bod o dan bwysau mawr yn ystod y misoedd diwethaf, yn yr ysgol a gartref, er nad oedd yn rhydd i ddatgelu rhagor i'r perwyl hwnnw. Roedd y trais yr oedd wedi ei ddefnyddio yn erbyn y bachgen yn hollol annodweddiadol ohono; roedd ganddo brofiad hir o fod yn athro; roedd o gymeriad dilychwyn, roedd yn aelod uchel ei barch o staff yr ysgol, a byddai'n siŵr o edifarhau am ei weithred. Wedi'r digwyddiad anffodus roedd Mr Sullivan, y gofalwr, wedi dod o hyd iddo yn y tai bach yn llefain yn afreolus. Galwyd y prifathro ac roedd Mr Parry wedi cytuno y dylai gymryd gwyliau ar unwaith.

Argymhelliad Mr Jones oedd y byddai'n well petai Glyn yn cael ei symud o'r dosbarth Cymraeg ac yn dechrau cymryd gwersi ychwanegol gyda Mr Jack Reynolds. Roedd y bachgen wedi dangos rhywfaint o allu gyda'i Ffrangeg a chyda thipyn bach o ymdrech gallai wneud yn dda yn y pwnc.

'*Remember the School motto, Mr Pardoe*—'Ymdrech a lwydda'. *Perseverance will succeed*,' meddai'r prifathro gyda'i urddas arferol a chan roi'r pwyslais ar yr ail sill, er mawr ddryswch i Bert Pardoe. Yna, wedi sylwi ar wyneb y rhiant, ac mewn ymgais i seboni'r dyn, ychwanegodd yn gyflym: '*The boy's no duffer and, in any case, he'll be encouraged to drop Welsh in favour of French by the time he sits the Central Welsh Board examinations.*'

Erbyn hyn roedd Bert Pardoe, a oedd yn arddangos parch traddodiadol y dosbarth gweithiol tuag at ddyn o safle proffesiynol y prifathro, wedi cael ei berswadio i dderbyn ei argymhellion. Daeth y cyfweliad i ben â'r ddeuddyn yn ysgwyd llaw.

Toc, wrth i'r prifathro hebrwng Bert Pardoe o'i stydi, chwiliai am rywbeth ychwanegol i'w ddweud am addysg ei fab, rhywbeth a fyddai'n plesio'r dyn, rhywbeth i'w gysuro, neu o leiaf rhywbeth y byddai'n gallu ei ddeall. Dyma weithred garedig gan ddyn call a chyfrifol.

'*After all, Mr Pardoe, it's not as if the lad needs Welsh if he's going to get on in the world. It's good enough for those of us who've been brought up to speak it. But you don't have the language, do you, Mr Pardoe? I, myself, didn't know a word of English until I was seven. Welsh, of course, has some great poetry and there's no one enjoys a good sermon more than I. But French will stand the lad in much better stead. It's an international language, you see, the language of European culture and the United Nations. I'm sure it will all be for the best. Good-day to you now, Mr Pardoe.*'

Doedd gan Bert Pardoe ddim syniad beth i'w ddweud. Un fel'na fuodd e erioed. Bob tro y dymunai ddweud rhywbeth pwysig, doedd e byth yn gallu dod o hyd i'r geiriau.

Y Gŵr wrth Ddyfroedd Hunllef

Angharad Tomos

Y cyfan welan nhw yw crwydryn. Crwydryn blêr yr olwg yn ei gôt fawr a'i sgidiau tyllog. Hen grwydryn milain a budr sy'n tynnu oddi ar yr olygfa. Waeth gen i, rydw i wedi dysgu dygymod â hwy. Petawn i wedi dewis lle llai cyhoeddus i osod fy stondin, fyddai dim cymaint o ots ganddynt. Ond mae angen tramp go hy i ymgartrefu ar gornel Palas y Dug, y drws nesaf i Ponte dei Sospiri. Pont yr Ocheneidiau—hon y maent wedi dod i'w gweld, yr enwocaf o'r holl olygfeydd. Hi sy'n cysylltu'r plas a'r carchar, a thrwy ffenestri cerfiedig hon y câi drwgweithredwyr Fenis eu cipolwg olaf ar y byd. Dydw i erioed wedi bod y tu mewn iddi, ond gallaf ddychmygu ei bod yn olygfa wych. Dŵr llonydd y canal a gondola yn rhwyfo'n ddiog heibio—darlun tangnefeddus iawn mi dybiwn.

Carcharorion o fath gwahanol yw twristiaid. Anodd credu fod llawer yma i'w mwynhau eu hunain. Maent wedi dod yn eu cannoedd tua sgwâr San Marc, eu llygaid wedi eu cuddio'r tu ôl i sbectol haul, eu bagiau'n llawn 'nialwch ac un creadur bach ar y tu blaen yn chwifio ambarél rhag i'r gweddill ei golli. Mae pob un ohonynt eisiau cael ei hun wedi ei dynnu o flaen Ponte dei Sospiri, ac mi fydda i'n cael difyrrwch yn eu gwylio'n eu harddangos eu hunain i'r camera. Clic, gwên, ac i ffwrdd â nhw. Mae ambell un yn troi ac yn sylwi arna i, ac yn sobri'n sydyn. Pam fod yn rhaid i mi darfu ar eu mwynhad yn y modd hwn? Mae ambell un yn lluchio darn arian tuag ataf mewn tosturi. Fy mhlagio a wna'r plant gan weiddi enwau a thynnu arnaf. Yn anaml y byddaf heb gwmni rhyw gath sy'n stelcian o gwmpas yn y gobaith y caiff rannu fy nghinio. Ar y chwith i mi, mae un gondola ar ôl y llall yn llithro heibio. Mi fydda i'n gwylio'r rhwyfwr yn ymarfer ei grefft ac yn cofio sut y byddem ni blant yn plagio Antonio'r Cychwr. Bryd hynny, doedd dim chwarter cymaint o ymwelwyr yn britho'r lle, a chaem lawer mwy o lonydd. Ond wedi llifogydd chwe-deg-chwech, daeth tynged Fenis i sylw'r byd, a tydi o ddim wedi gallu gadael llonydd i ni ers hynny.

Nid yma y cefais fy magu—un o blant yr ynysoedd oeddwn i. Mab i un o bysgotwyr Burano oeddwn, ac ar strydoedd twt yr ynys honno y dysgais chwarae a charu. Anaml yr af yno bellach, ond does fawr wedi newid. Mae'r hen wragedd yn dal i eistedd o flaen y tai amryliw yn pwytho lês. Sawl awr a dreuliais yn gwylio Nain yn ymarfer ei chrefft? Fel pry copyn, canolbwyntiai yn llwyr ar ei thasg, a'i bysedd yn dyfal frodio'r clustog ar ei glin. Pan orffwysai, fe fyddai'n adrodd chwedl neu ddwy am fywyd y môr, ac ar adegau prin iawn, fe ganai un o ganeuon y pysgotwyr inni. Hen fywyd digon caled ydoedd i'r ynyswyr, ond gan na wyddem am ddim rheitiach, ni fyddem yn grwgnach.

Un o fanteision bod yn fab i bysgotwr oedd cael benthyg cwch, a droeon byddai fy chwaer a'm brawd a minnau yn crwydro i ynysoedd Murano a Torcello. Ar ynys Murano yr oedd Sebastian yn gweithio yn y ffatri wydr, ac yn aml caem boteli gweigion yn anrheg ganddo i anfon negeseuon ynddynt dros y môr. Petai fy chwaer wedi byw, synnwn i ddim y byddai Sebastian wedi bod yn un o'i chariadon. Os mai ynys y gwydr oedd Murano, ynys y jyngl oedd Torcello. Roedd mynd ar goll yn ei chaeau gwelltog a phlagio myneich Santa Fosca wrth fodd calon hogyn deuddeg oed.

Fi fuo'n ffôl debyg, ond ni freuddwydiais erioed y gallai bywyd fod yn wahanol. Stryd Basadonna oedd swm a sylwedd fy myd; dyna lle y cawn i fy maeth a'm bendith, dyna oedd fy noddfa a'm nef. Sut oedd disgwyl inni rag-weld y deuai rhyfel byd arall i rwygo'n byd yn ufflon? I fachgen pymtheg oed, rhyw hwyl diniwed oedd y cyfan. Roeddem wedi chwarae cwffio erioed, ac ymestyniad o'n chwarae oedd y rhyfel, dim ond ein bod yn cael gynnau go iawn, a chyrff go iawn a oedd yn tasgu gwaed go iawn i chwarae â hwy. Arbedwyd dinas Fenis ei hun rhag bomiau'r byd, ond gwasgarwyd hogiau Fenis ar draws yr Eidal i gynnal baner Il Duce.

Doeddwn i ddim gwaeth na dim gwell na'r un milwr arall, dwi'n siŵr o hynny. Onid cofgolofnau i filwyr oedd i'w weld drwy Fenis—boed o'n Colleoni falch ar ei geffyl efydd neu Garibaldi ar ei graig yn y parc—dilyn yn ôl traed y rhain wnes i. Ond ni roddwyd i mi yr un ceffyl efydd na'r un fidog arian. Ches i ddim clod na bri, dim ond pâr o esgidiau rhy fach a baich rhy drwm. Nhw a'm trodd yn anifail ac a barodd i mi golli pob atgof o dynerwch ac unrhyw syniad o drugaredd. Ar sgwâr y Ghetto Newydd dan olau'r lloer, tyngais lw o ffyddlondeb i Nina lygatddu. O fewn misoedd, roedd Nina'n anghofiedig a minnau'n barod i foddhau fy chwant gydag unrhyw butain oedd ar gael. Doeddwn i ddim amgen na pheiriant a oedd yn saethu, yn bwyta ac yn cachu. Pan gollwyd y rhyfel, fy niolch oedd dedfryd o garchar ac roedd ein tipyn ymdrech yn gwbl, gwbl ofer.

Un ddelwedd a arhosodd yn fy meddwl drwy gydol y rhyfel—y llun enfawr hwnnw gan Tintoretto o'r Croeshoeliad. Hwn oedd hoff lun fy mam, a pha bryd bynnag y byddai'n ymweld â'r ddinas, byddai'n dod i weld y llun. Yn blentyn, gwnaeth argraff hynod arnaf; astudiais bob modfedd ohono nes bod y cyfan wedi ei serio ar fy nghof. Gwyliais y gwragedd yn cysuro ei gilydd wrth droed y groes; gwelais y march gwyn yn cario'r milwr Rhufeinig a syllais ar yr un a gynigiai'r sbwng o finag i Grist. Syllais yn hwy mewn anghrediniaeth ar y rhai a glymai'r ddau leidr ar y ddwy groes arall, gan waredu casineb dyn at ei gyd-ddyn. Dychmygais fy hun yn y llun fel y disgybl annwyl, a thyfais i ganfod mai arteithiwr cyffredin oeddwn.

Mam gafodd ei siomi fwyaf ynof. Rwy'n credu y byddai wedi gallu dygymod ag unrhyw beth ar wahân i'r ffaith i'w mab ochri gyda'r Ffasgwyr. Wylodd ddagrau a fyddai'n boddi Fenis, ond wnaeth hynny ddim mymryn o wahaniaeth. Gyda'r cwch, byddai Mam yn ymuno â'r criw bychan o saint a addolai yn San Francesco del Deserto dros y dŵr, ond yn gwbl ofer y galwodd ar ei Harglwydd. Roedd gen i amgenach pethau i bryderu yn eu cylch na gofid Mam.

Rhyw ffurf ar benyd ydi ymweld â'i bedd yn awr. Byddaf yn fforffedu fy hawl i fwyta pan ddaw'r amser i allu fforddio pris y cwch i Ynys San Mihangel lle cleddir meirw Fenis. Taith ryfedd fydd honno bob tro. Mi fydda i'n teimlo 'mod i'n croesi'r Styx yng nghwmni Antonio'r Cychwr ac yn teithio am y tro olaf un. Ond rywsut, mi fydda i'n cael maddeuant bob tro, a chaf ddychwelyd i dir y byw ar yr amod 'mod i'n gadael Mam yn wystl. Wn i ddim pam 'mod i'n cael dychwelyd. Wn i ddim beth sy'n rhaid i mi ei wneud cyn i ddaear Mihangel fy nghymryd i'w chôl. Bellach, gwn mai penyd o uffern ydyw. 'Nôl a mlaen, 'nôl a mlaen am byth bythoedd am na wnaiff Mair Forwyn dosturio wrthyf a'm claddu innau. Mae fy chwaer yno'n gorffwyso'n dawel am iddi hi fod yn blentyn ufudd.

Mae'r beddau yn dwt eithriadol ym mynwent San Mihangel. Sgwâr ar ben sgwâr unffurf, yn disgleirio'n glaerwyn, gyda llun o'r ymadawedig a blodau i sawru'r golled. Chaf i byth orffwys yno. Cael fy lluchio'n ddiseremoni i faes yr anuniongred fydd fy nhynged i, neu fy ngollwng i'r dyfroedd cyn cyrraedd y lan.

Dyma sut yr ydw i ddydd ar ôl dydd yn fy mhlagio fy hun. Y cyfan welan nhw yw crwydryn, crwydryn blêr yr olwg yn ei gôt fawr a'i sgidiau tyllog. Does ganddyn nhw 'run syniad pa mor friwedig ydi'r enaid y tu mewn i'r gôt, pa mor filgwaith butrach na'i sgidiau ydyw, pa mor glwyfedig yw. Wyddan nhw ddim. Ŵyr neb. Gan na chyfaddefais erioed wrth Fair Wiwlan nac wrth yr un dyn byw, mae'n rhaid i mi gario'r baich fy hun. Wrth fwytho wyneb Nina, doedd waeth gen i am ffurf ei thrwyn. Wrth deimlo gwres ei chorff wnes i dim teimlo atgasedd at waed ei hil. Wrth deimlo pwysau ei gwallt sidanaidd, ddychmygais i erioed y câi ei siafio'n ddiseremoni. Wrth gerdded yn ôl ei throed, freuddwydiais i ddim y byddai ei hesgidiau hi yn un pâr arall a daflwyd ar bentwr miliynau ohonynt.

I mi, cyrff oedden nhw. Cyrff hil yr oedd yn rhaid ei dileu. Ciwed ddiddiwedd, na ddaru nhw erioed gynhyrfu unrhyw emosiwn ynof. Dim ond megis anifeiliaid oeddynt. Cofrestru eu henwau, cadw golwg arnynt, eu bwydo, carthu eu baw, eu dadwisgo, eu dileu. Doedd o'n ddim amgen na gofalu am ladd-dy.

Tan y diwrnod hwnw y trodd un ohonynt ei phen, ac mi welais ei llygaid. Llygaid eirias mewn wyneb a fyddai'n dlws pe na bai wedi ei anffurfio gan ofid. Am eiliad, mi dybiais mai hi ydoedd, ond trodd y pen ymaith. Es innau ymlaen â'm gwaith a rhoi cerydd i mi fy hun am adael i arlliw o emosiwn dreiddio i'r wyneb.

Pan ddychwelais i Fenis, holais ei hynt; ond roedd y ghetto wedi ei glirio'n llwyr. Wrth gwrs na fydde 'na sôn amdani hi na'r un o'i thylwyth. Oni wnaethom job ragorol o'u troi yn llwch?

Peth rhyfedd ydi diafol. Mi all gymryd y ffurf ryfeddaf a does dim diwedd ar ei blagio. Fy nghosb i wrth borth y palas ydi cario baich na allai neb ei oddef. Ddydd a nos, ar ba adeg bynnag y meiddia f'enaid deimlo ton o hapusrwydd, fe ddaw i'm dwyn oddi arnaf cyn gynted ag y daeth, ar ffurf hoeden lygatddu.

Mae yna gymaint o ddŵr o'm cwmpas. Ond ni allasai holl ddyfroedd dinas Fenis olchi fy mhechodau.

157

Plentyn yn Nulyn

Eirug Wyn

Rho dy fraich am fy ngwddf i heno, a chlyw bedolau 'sgidiau yn clindarddach ar balmentydd gweigion Dulyn yn y glaw. Gwêl y gwlych yn tasgu'n fyrddiwn o fwledi mud, ac yn saethu'i dawel gân o'r gwyll. Cerdded? Wrth gwrs cei gerdded, os dyna dy ddymuniad. Rho dy ddwy droed ar y palmant gwlyb, a rho dy law fach gynnes am fy mysedd i. Camwn gyda'n gilydd.

Chwith, dde. Chwith, dde. Chwith, dde . . . Fe gawn fartsio fel dau filwr dros Bont O'Connell. Y glaw yn saethu'n drochion gwyn o flaenau'n traed, a golau'r stryd yn sgleinio ar straeon y cerrig sydd ar y bont.

> *'And we're all off to Dublin in the green, in the green*
> *With our helmets glistening in the sun;*
> *Where the bayonets flash and the rifles crash*
> *To the echo of the Thompson gun.'*

Glywi di sŵn y lleisiau'n canu a larwm eu martsio yn deffro gwlad? Wyt ti'n blasu'r powdwr du yn rheg y gwynt? Wyt ti'n teimlo'r ias ddisgwylgar sy'n hofran uwch y ddinas yn y glaw?

Nag wyt ti? Wrth gwrs nad wyt ti ddim! Dwyt ti'n ddim namyn plentyn yn Nulyn. Plentyn nad yw'n rhyfeddu at ddüwch oer y Liffey yn sleifio'n fudr tua'r môr, a galar y gwylanod uwch ei llif wedi marw gyda dod y nos. Y nos a'r glaw a'r llais. Y nos. Y glaw. A'r llais bach wrth ein traed.

> *'Can you spare a penny?'*

Na! Paid ag oedi! Paid ag edrych arno! Awn heibio iddo. Ni roddwn hyd yn oed geiniog goch i'r plentyn sy'n begera'i g'lennig ar y bont. Sgêm yw eistedd yno'n droednoeth hefo'i gi bach del, ei gwpan tun, a'i waddod o geiniogau gwlyb. Awn heibio iddo ac anghofio'i gryndod yn y glaw. Awn heibio iddo, a'n dihidrwydd yn dannod iddo'i dlodi.

Weli di olau'r lleuad yn chwyddo'n fostfawr rhwng y tyrau concrid? Y golau sy'n rhoi sglein ar lais y glaw? Y golau sydd yn dangos inni dwll drws siop a dau yn ymgofleidio yno'n wlyb? Cofleidio a chusanu'n wyllt yn sioe i ni? Bysedd mewn cynffonnau gwallt yn gafael am yfory gwell.

Tyrd, trown i'r chwith 'rôl croesi'r bont a cherdded tua gorsaf reilffordd Tara Street. Heibio i'r tlotyn syn sy'n rhythu i ebargofiant, a chofleidio'i hun am ffics. Bu hwn fyw yn hir. Fe ddywaid stori'i wallt ei fod yn hen. Rhaffau claerwyn, budron wedi'u clymu yn eu baw, ac yn ei lygaid ysfa sydd yn hŷn na'r stryd ei hun. Ysfa sydd yn hŷn na'r glaw . . .

Edrych! Poolbeg Street! Aros yma ennyd wrth y drws mahogani —drws nesa i siop y sadler. Estyn dy glust tuag at y crac sydd dan y bwlyn pres a dwed beth glywi?

Tyrd i wrando! Ie, ti, sydd newydd ddysgu dy glust i nabod pob un smic. Sŵn drws yn cau ar ddiwedd dydd. Sŵn llenni'n agor twll i olau'r haul. Sŵn tincial pres, sŵn clencian potel laeth . . . Beth glywi di? Lleisiau? Tyrd! Tyrd at y ffenest. Weli di'r enw wedi'i baentio'n gwafars celfydd arni? 'MULLIGANS.'

Gad inni rwbio'r glaw oddi ar y gwydr ac edrych drwy yr arwydd ar y lleisiau.

Edrych ar y cysgodion. Cysgodion dynion. Dynion o bob lliw a llun yn gwthio at y bar. Dynion yn chwerthin. Dynion yn siarad. Dynion yn dadlau. Dynion yn ffraeo, smocio ac yfed. Awn i mewn i'r mwg. Awn am ennyd i'r cynhesrwydd.

Dy godi? Wrth gwrs fe'th godaf. Swatia di i nyth fy nghôl. Awn gyda'n gilydd i'r frwydr fawr wrth wthio i ffrynt y bar. Barod? Gwthiwn y drws. Ar amrant try sawl pâr o lygaid atom, a rhythant ar ddieithryn gwlyb. Dieithryn yn dal ei fraich fel pe bai reiffl arni. Tania'r llygaid atom dan y capiau pig. Capiau pig sy'n cael eu codi a'u hailosod. Mae'r clebran yn distewi . . . Ac yn ailddechrau. Cerddwn ninnau a'r glaw'n diferu oddi arnom i'r llawr pridd. Cerddwn drwy'r murmur at y bar.

'*A pint of Guinness and a glass of lemonade, please.*'
'*Dat is shure a strange mixture for a wet man on a noight loike dis!*'
'*The lemonade is for the child.*'

Edrycha arnaf. Heibio i mi. Edrych lawr i chwilio am y plentyn anweledig. Plentyn yn Nulyn. Mae o'n ysgwyd mymryn ar ei ben cyn pwmpio'r düwch gyda gwên i'r gwydr, a nodio'i ddealltwriaeth.

'And would you be from Wales?'

Cyhuddiad yw ei gwestiwn. A phan nodiaf innau, mae o'n dallt yn iawn. Mae o wedi'n gweld o'r blaen. Yn dod yn heidiau gwyllt i lowcio'n peintiau. Mae o'n deall angerdd pob un sip. Yn deall dewrder gwaddod sydd mewn gwydr gwag. Mae o'n deall. Yn deall, ac yn tosturio wrth blentyn yn Nulyn.

Tyrd! Awn oddi yma. Dychwelwn i'r tir unig. Ailgerddwn strydoedd y breuddwydion cyfarwydd. Rwyt ti'n oer? Nag wyt ti ddim! Dwyt ti ddim yn oer! Wyddost ti be 'di oer? Oer yw'r un fu'n nychu'n unig yn ei gell. Ei gydwybod yn ei fwydo, a'r cigfrain yn sgrechian eu glafoer uwch ei gnawd ar ledr llysnafeddus-wyrdd San Steffan draw. Oer yw'r un fu'n plycio'n aflonydd-drwm ar grocbren jêl Amwythig, a barrug byw y bore bach yn ceulo'r ffrwd o'i ffroenau. Oer yw swn y rhofiau'n plannu i'r pridd yng nghysgod mur y carchar. Oer yw celu corff rhag galar teulu. Oer yw'r saith yr hyrddiwyd atynt gawodydd poeth y dial un bore yng Nghilmainham. Oer yw'r geneuau, wedi'u cloi yn dynn ddi-ildio wrth syllu i safn angau. Oer. Oer. Oer.

Dyna be 'di oer.

Maen nhw i gyd yn oer.

Ond fe fuon hwythau unwaith yn gryndod o gnawd cynnes glân. Wedi'u lapio'n fwndeli bychain gwerthfawr gwyn. Yn sugno tethau y fam wlad. Yn ddim gwahanol i ti a minnau. Dim gwahanol. Dim, ti'n dallt? Dim ond bod ganddyn nhw ryw swmbwl yn eu cnawd, ac yn eu gwaed, ac yn eu mêr i gerdded yn ddigywilydd yn y glaw . . .

Tyrd! Lapia dy fraich fach gynnes am fy ngwddf. Teimla wres fy nghorff yn dadol g'nesu dy gorff dithau, a phaid ag edrych ar y glaw sy'n llenwi llygaid.

Dychwelwn.

Dychwelwn, i chwilio yng nghilfachau'r cof am dinc y glaw sy'n canu. A hwyrach, pan ddaw yfory, yng nghrombil ddofn ein caer ddiamddiffyn y byddwn ninnau eto'n blant i'n cof, a'n bryd ar ddilyn ysbryd rhyddid.

A byddwn ninnau'n blant ar strydoedd Dulyn yn y glaw.